JN201411

あの子を自由にするために

アン・クレア・レゾット 作／横山和江 訳

岩波書店

SET ME FREE
by Ann Clare LeZotte

Text copyright © 2021 by Ann Clare LeZotte
Jacket illustration copyright © 2021 by Julie Morstad
All rights reserved.

First published 2021 by Scholastic Press,
an imprint of Scholastic Inc., New York.

This Japanese edition published 2025
by Iwanami Shoten, Publishers, Tokyo
by arrangement with Scholastic Inc.,
557 Broadway, New York, NY 10012, USA,
through Japan UNI Agency, Inc., Tokyo.

新型コロナウイルス感染症《かんせんしょう》に罹患《りかん》した

すべてのろう者、

難聴者《なんちょうしゃ》、

若者へ捧《ささ》げます

「その子は、だれにも開けられない
小さな金庫のようだ。
金庫の中には宝物が入っているのかもしれない」

——ウィリアム・ギブソン作『奇跡《きせき》の人』

目次

カバーイラスト　ジュリー・モースタッド

この物語の会話は手話が主体となるため該当部分は〈　〉でくくりました。
そして、声に出す会話には「　」を、声に出しながら手話をする会話には《　》を使用しています。また、石板に書いた文章は、地の文に「――」でつなげました。

――訳者

I

1

あの船をおりてからしばらく経《た》つのに、わたしはまだ船酔《ふなよ》いしてるみたいに気分が悪くなる。そんなときは、荒《あ》れた海の波がふくらんであふれ出てくるんじゃないかと不安になりながら、息を深く吸って吐《は》き気と戦う。大きな引き波に捕《つか》まってしまう、小さい生き物はかわいそう。岩にぶつかったらどうなるの？

白や黄褐色《おうかっしょく》や紫色《むらさきいろ》、そして黒い砂が混ざりあった浜辺《はまべ》の一角に、船乗りたちのゴミ捨て場がある。ロブスターを捕《つか》まえるためのしかけ、こわれた船の帆柱《ほばしら》、むかし錨《いかり》で引き上げられた、ひびの入った短剣《たんけん》を見つけた。海の道具の墓場みたい。手押《てお》し車は、内臓を取り出された魚を数えきれないほど運んだせいで汚《よご》れている。玉虫色のコバエが手押《てお》し車に群がってる。わたしが座《すわ》るために敷《し》いた毛布のまわりには、明るい緑色の草が芽を出してる。

エズラ・ブリュワーの家の裏にある、この人気《ひとけ》のない場所を、わたしは書きものをする場所と決めた。聴覚《ちょうかく》障害者の割合がとても高い、島のろう者の人びとの歴史について書いている。マサチューセッツ州の沖にある島、マーサズ・ヴィンヤード島西部のチルマークで生まれる四人に一人はろう者だ。毎日、調べては記録しているおかげでチルマークについてすみからすみまでくわしくなったし、新しい情報はなんでも知りたい。けれどこのところ、考えやことばが出てくる勢いが弱まってる。それは、手話と情景、そして音楽のように流れる感情を組みあわせて考えているから、書き出すまでに時間がかかるんだと思う。

わたしは今、十四歳《さい》。十二歳《さい》で学校を卒業してから自由な時間が増えたと思われるかもしれないけれど、家の手伝いが増えたし、大きくなるにつれて前よりたくさん家事をこなすのを期待されるようになった。だから、いつかひとりで暮らすかもしれない。夢見ているのは、ほんとうにそれだけ?

見慣れない釣《つ》りざおがある。沈泥《シルト》につきささり、斜《なな》めに傾《かたむ》いてる。雷《かみなり》が落ちたにちがいない。黒く変色してるから。謎《なぞ》めいたものから想像がふくらむのを待った――花崗岩《かこうがん》につきささった中世の剣《けん》が、正当な持ち主に引《ひ》き抜《ぬ》かれるのを待っている――けれど物語る気持ちはしぼり取られてしまったみたい。

親友のナンシーが送っている生活がうらやましい。おじさんのジェレミア・スキフといっしょにボストン近郊《きんこう》に暮らしていて、コンサートのチェンバロ奏者になる勉強をしているから。ナンシーは熱心で、ひたむきな生徒だけれど、勉強以外のことにも積極的だ。女性の権利を主張する、ブルーストッキングと呼ばれる活動に参加している。ナンシーが教えてくれた「自立」という考えに、わたしは興味を持った。わたしが自分の土地を持てず、投票もできないのはどうしてだろう?

きゅうに吹《ふ》きつけた風が、手と首をくすぐった。わたしのまわりで動く風は、音楽みたい。風の音を耳で聞かなくても、風が吹《ふ》きぬけるのがわかる。

ナンシーとふたりで冒険《ぼうけん》していたころがなつかしい。ナンシーが島を離《はな》れてからというもの、まだ一度も会っていない。できるだけ頻繁《ひんぱん》に手紙のやりとりはしている。本土に行く島の漁師が見つかれば、ナンシーに手紙が届くまでは一週間しかかからない。見つからなければ、手紙のやりとりのできないさびしい数か月になる。

ナンシーのおじさんのジェレミア・スキフのことを考えると、胸に痛みを感じずにはいられない。ジョージ兄さんの事故死の当事者なのに、取り調べを受ける前に島から逃《に》げたから。ひきょうなやり口だ。それでも、ナンシーを虐待《ぎゃくたい》する両親から自由にする手助けをしたジェレミアには感謝している。いつかナンシーに会いに行けたらいいのに。

けれどボストンと考えるだけで、ぞっとしてしまう。知らない町で囚《とら》われの身となり、家に帰れるかわからない夢を今でもたまに見る。朝、目を覚ましたとき、あのとき感じたのと同じように、手を動かせず話ができないことがある。

にぎっていたペンからインクがスカートに落ちた。綿紙《めんし》にスカートのしみを吸わせようとしたけれど、ぜんぜんだめ！　昼までに農場にもどると父さんと約束していたんだった。わたしは目を細めて空高くにある太陽を見上げると、書きものの道具をまとめて、家のほうへ歩きはじめた。

エズラの家の角を曲がると、昔からの友だちのエズラがポーチでお気に入りの籐椅子《とういす》に座《すわ》っていた。エズラのからだは筋肉質でひきしまっているものの、ぜんそくもちで歩くときには足を少し引きずる。指の関節が曲がった手にことばを合わせ、簡潔な手話を使う。

わたしが心配しているのを気づかれたにちがいない。エズラが、こう手話をしたから。

〈お嬢《じょう》ちゃん、マラリア熱のせいでからだは弱っちまったが、意地の悪さはやられてないぞ〉

去年、悪寒《おかん》と高熱が出る病気が島じゅうに広がった。幸いにも、うちの家族はかからなかった。ワンパノアグ族の人たちは、たくさんの人がかかった。ワンパノアグ族のなかの四つの支族、アクィナ、チャパキディック、ターケミイ、ヌンネポグも。前は四千人くらいいたのに、今は千人もいない。

〈あの短剣《たんけん》は、どの船にあったの?〉話をそらしたくて聞いてみた。

〈いや、覚えてないな〉エズラが答える。手になじんだナイフで魚の鱗《うろこ》をこすり落としたせいで、指が銀色に光ってる。足元にはバケツがある。わたしが飼っている猫《ねこ》のイエローレッグの母猫《ねこ》で、片目のスミシーが、タラのわけまえをもらおうとしていた。エズラがスミシーをひざに乗せると、スミシーのひげがご主人と同じ灰色なのがわかった。

〈じゃあいいわ。わたし、納屋《なや》に行かなくちゃ〉エズラに伝えた。

エズラの顔に、いたずらっぽい笑《え》みが広がる。〈メアリーを、うらやましいとはいえないな。だが、時間ってのは若者のものなんだろう。たとえアイルランド人でも〉

エズラは、最近アイルランドからやってきた、うちの農場で働いているエイモンの甥《おい》っ子たちについて話してるんだ。

〈へんくつな考えには、うんざり〉

〈おれが?〉エズラは自分を指さした。〈おれには悪さをしないとわかってるのに、わざわざ気にしないいさ〉

エズラはポケットに手をいれてパイプを取りだそうとしながら、椅子《いす》の下に手をのばして酒びんを探した。どっちもなかったからエズラは顔をしかめた。
〈おれのからだがほしがってるものはなんだ?〉エズラが手で話す。〈時間は若者のもんさ。ほら、行ったほうがいい〉エズラはずっと変わらないように見える。若くても年をとっても。海みたいに。エズラはどうしてきゅうに年齢について考えるようになったんだろう? わたしはエズラをひとり残し、家へ向かった。

前はよく歩きながら物語を作っていた。空想するのに夢中だったから。けれど、誘拐《ゆうかい》されたボストンで助けてもらい、島にもどってきてから少しすると、空想できなくなった。今は、頭の中でやるべき家事をリストにして、やり終えたものを消していくようになった。そう決めておくと安心だから。

大通りにやってくると、靴《くつ》に入った砂を出して、歩きなれた道を進む。石化した流木のかけらをかがんで拾った。側面は不思議なほどなめらかで、上は結晶化《けっしょうか》してる。この姿になるには何百年もかかっただろう。物語が生まれそうなひらめきを感じたものの、これから行く場所で、落ち着いて書けるとは思えなかった。

2

父さんはエイモンと羊牧場にいた。エイモンの三人の甥《おい》っ子たちは、エイモンといっしょに納屋《なや》にあるわらぶとんで寝泊《ねと》まりしてる。わたしは一時間、三人の面倒《めんどう》を見ると約束していた。アカギツネの世話をするみたいなものだ。納屋《なや》に入ると、三人は床《ゆか》の掃《は》き掃除《そうじ》をはじめたところで、ほこりをまきあげるほうが多かった。エイモンの姿が見えないと、甥《おい》っ子たちは子羊をぐるぐる追いかけまわしはじめた。わたしが羊とのあいだに立ったら、三人がぶつかってきて転びそうになった。

わたしは羊をさばくテーブルをきれいにして、書きものの道具を置いた。そしてペンにインクをつけて書きはじめた。

歴史を知りたがる人は、物乞《ものご》いのようなもの。物乞《ものご》いは食べもののかけらをほしがる。歴史を知りたがる人は、だれが、なにを、いつ、どこで、どのようにしたか、そして、とりわけ、なぜかという情報のかけらを知りたがる。石化した流木に例えてみよう。この流木は、のどかなこの島で作られたのか、それともどこかから流れてきたのか？

床《ゆか》を踏《ふ》み鳴《な》らす振動《しんどう》を感じた。リアムがいて、ついてきてという身ぶりをする。リアムはいたずらっぽい笑顔《えがお》で、床《ゆか》の干し草をけとばした。モップみたいな赤い髪《かみ》の毛に、ミルクみたいに白い肌《はだ》の顔じゅうにそばかすがある。前歯二本のあいだにある大きなすきまから舌をつきだして、いかにもなにかたくらんでそう。

〈なんなの？〉いらいらしながら手で聞く。つい昨日、リアムたちは手にろうそくを持ったまま干し草の山に登り、火をつけてしまった。リアムにはわたしの手話がわからない。リアムはぴょんぴょんジャンプしてる。ほかのふたりは、寄生虫を駆除《くじょ》するために羊を洗羊液に浸《ひた》すおけが置いてあるとなりの部屋で大笑いしてるんだろうと思った。わたしが目をはなしていたあいだに、リアムたちはなにをたくらんだんだろう。いやな予感がする。

紙の上に流木を置いて、座《すわ》っていた樽《たる》から立ち上がった。リアムは角を曲がってから、わたしがついて来ているか顔をのぞかせた。自分で作った新しいスカートは、前の服より動きにくいけれど、思いきって歩くスピードを上げた。

〈今、行くから〉だれにするともなく返事をする。

わたしの反応はリアムたちの期待した通りだったみたい。そのふるえる生き物を見たわたしは、口をあんぐりと開け立ちつくした。麦わらみたいなナツメグ色の髪《かみ》の毛で、ぱっちりした茶色い目のクリスティーとフィンの双子《ふたご》が立つそばには、前脚《まえあし》と後《うし》ろ脚《あし》の毛を赤く染められた子羊がいたから。急いでおけを見てみたら、水の中にたくさんのつぶしたクランベリーが入ってた。リアムたちはすっかり興奮していて、お腹《なか》を抱《かか》えて床《ゆか》を転げ回ってる。わたしは首を横にふり、きれいなふきんを探した。どんなにふいても、子羊のふわふわした毛についた赤い色は落とせない。毛を刈《か》る前に染められた羊毛で、クリスマスに赤いセーターを着るはめになるのはだれだろう。

納屋《なや》から出して子羊を群れへもどしたものの、母羊は自分の子羊だとわからなかった。それを見て、わたしもちょっと笑ってしまった。

風が強く吹《ふ》いてきた。牧場から納屋《なや》にもどろうとしたとき、わたしの紙がインクのついた鳥みたいに飛んできた。拾い集めようとするそばから、草といっしょに羊たちが食べてしまう。何か月もかけて、はじめてきれいに書いたチルマークの記録が、羊の評論家たちのごはんにされてしまう。

おけをきれいにしようと納屋《なや》にもどると、はしごの上におけを引き上げたリアムたちが、茶色い瞳《ひとみ》でわたしをじっと見つめてる。恥《は》ずかしくていいたくないけど、わたしはけっこう頭にきてた。面倒《めんどう》を見るとはいっても、やんちゃな子たちにはがまんならない。もしアイルランドのゴールウェイ県から来たのが三人の姪《めい》っ子たちだったら、こんなにいらいらしなくてすんだのに。手でわめいて悲鳴を上げながら干し草の山をけるわたしを見て、どうせ三人は笑ってるんだから。

エイモンが騒《さわ》ぎを聞きつけたらしく、走ってきた。わめきながら手話をする。〈なんてことだ!〉

わたしはその場を離《はな》れて近くにある柵《さく》につかまり、気持ちを落ち着かせようと五十から逆に数をかぞえていった。

そこへついてないことに、学校の同級生だったサラ・ヒルマンが、お母さんといっしょに馬車で通りかかった。サラのボーイフレンドのナサニエル・ハミルトンは、大通りをのぼったところに住んでいる。きっとハミルトン家のお茶に呼ばれたんだろう。リー牧師も同席するのかも。教会に行くと、いつもサラとナサニエルは見つめ合ってる。馬が止まったので、わたしは汚《よご》れた上着のしわをのばし、ほつれた髪《かみ》を束ねたところに押《お》しこんだ。

《メアリー》サラは声に出しながら手話をした。《なんだかぼんやりしてるし、服も髪《かみ》もよれよれね。なにかお手伝いしてあげましょうか?》

声の調子はわからなくても、相手の表情を読むのは得意だ。サラはつんとすましてる。

〈うまくいってるわよ〉サラの目を見つめながらわたしは答える。

サラが、むっとしたのがわかる。《メアリー、率直《そっちょく》にいって、あなたのふるまいや態度は、年齢にふさわしくないわね》

〈サラは、一歳《さい》と何か月かしか年上じゃないでしょ〉わたしはいいかえす。

《なのにこんなにちがうなんてね!》サラは青リンゴ色の目を光らせながら話す。

〈ミセス・ヒルマン、お会いできてよかったです〉わたしは歩き去る前にうそをついた。

家に近づくにつれて、ふと思う——母さんも、しかるべき若い男性の家を、わたしと訪問したい? それだけが、わたしの将来に願うことなの?

玄関《げんかん》に入ったところで汚《よご》れた靴《くつ》をぬいだ。わたしの部屋は家の奥《おく》で、台所のとなりにある。書きものの道具と流木のかけらを部屋に置いたあと、台所に行って母さんを手伝った。

エイモンの甥《おい》っ子たちのいたずらを母さんに話した。母さんは、にこにこ笑ってる。わた

しのしかめ面《つら》を見て母さんが手で話した。〈あなたとナンシーがやりそうなことね〉

〈そんなこと、わたしたちはぜったいしなかった〉わたしは母さんに話す。

〈そうだったかしら〉母さんが首を横にふりながら答える。

わたしは皿をふきながら、ナンシーといっしょにしたことを思い出していた。リトルウッズ通りを入った沼地《ぬまち》でシーツにくるまり幽霊《ゆうれい》のまねごとをした。そのせいでナンシーとけんかをして仲直りしたけど、けんかするのは日常茶飯事《にちじょうさはんじ》だった。オークの木の枝に座《すわ》り、通りすがりの人にドングリを投げた。ジョージ兄さんが亡《な》くなる前は、身の危険をかえりみず、三人で荒《あら》い波に飛びこんだり、崖《がけ》をよじのぼったりした。

〈わたし、冒険《ぼうけん》する気持ちをなくしちゃったのかな?〉母さんに聞いてみる。

母さんは皿を置いて手で話す。〈そうは思わないわ。あなたは成長したし、あんな目にあったあとで、慎重《しんちょう》になるのは当然よ〉

今でもまだ、生々しい記憶《きおく》のせいでわたしは不安になる。

〈そうよね〉わたしは手で話す。〈それでもたまに自分が落ち着きすぎてるように感じるの〉

〈落ち着いたように感じるのはいいことよ〉母さんが話す。

母さんは自分と同じようにさせようとしてるんだ。母さんの期待にこたえなかったらどうなるの？　ひとつのところに住む人生に、わたしは満足できる？

皿の片付けが終わると、ふたりで洗濯物《せんたくもの》をたたみはじめた。

〈最近、ナンシーから手紙が来ないの〉わたしは話す。

〈大きい鍋敷《なべし》きをテーブルに置いてくれる？〉母さんは話をそらすように、やけに速く手話をした。〈大きな鍋《なべ》にシチューを作ったの。もうすぐ父さんが帰ってくるわ〉母さん、わたしになにか、かくしてる？

食卓《しょくたく》を整えていると、冷たい風を背中に感じた。父さんが台所のドアから入ってきたみたい。ひざの裏を軽く押《お》されるのを感じ、飼い犬のサムもいっしょなのがわかった。ふりかえってサムをなでようとしゃがんだ。首をなでようとしたのに、サムはおしりを向けた。両手で力をこめてかいてやる。顔を上げたら、母さんが顔をしかめてたから、サムを外へ出すことにした。父さんは流しでひじのところまで洗ってる。飼《か》い猫《ねこ》のイエローレッグは、暖炉《だんろ》のそばにある椅子《いす》に陣取《じんど》ってる。前脚《まえあし》をからだの下にしまった姿は、まるでパンのかたまりみたい。

食事をお皿によそって、食前のお祈《いの》りをした。

父さんが話す。〈今日、群れにめずらしい子羊が生まれたよ〉

ゆかいそうにほほえむ母さんを見て、わたしは話す。

〈羊の子どもがかわいいからって、父さんと母さんが孫をほしがらないことを願うわ〉

父さんは思いきり笑った。

〈メアリーったら！〉母さんは右手の指でほっぺたをこすり、わたしのサインネーム（訳注：手話で表現するあだ名）を意味するしぐさをした。〈食事中にふさわしくない話よ。それに今からどうするかなんて決めないで。あなたにはまだ早いわ〉

〈母さんは、どっちなの？〉わたしはニンジンをぱくつきながら聞いた。〈さっき、母さんはわたしが成長して、慎重《しんちょう》になったっていってたよね。サラには、わたしのふるまいや態度が年齢にふさわしくないといわれたけど〉

〈よその人からあなたのふるまいをとやかくいわれるのは、いやね〉母さんが話す。〈しっかりメアリーを育ててきたもの。あなたは子どもと大人の女性のあいだを行き来しているのよ。そのころがどんなふうに居心地《いごこち》悪いものか、母さんも覚えているわ〉

わたしは大きく息をはき、椅子《いす》を後ろに引いた。

〈海をながめるだけで、からだがまだふらふらするの〉わたしは話す。〈あのおそろしい

試練にわたしの一部を取り去られる前は、波に浮《う》かぶのが大好きだった。わたしは自分がどうしていいたいのか、まだわからない〉

〈当然よ〉わたしを安心させようとしているけど、母さんの目は心配そう。

父さんがグラスをかかげ、もう一方の手で手話をした。

〈メアリーに、乾杯《かんぱい》。すべてのすばらしい矛盾《むじゅん》に。メアリーの進む道を、神様がつねにお導きくださいますように！〉

それについては、アーメン《賛成》といえる。

母さんを手伝って夕食の後片付けを終えると自分の部屋に行き、ベッドに入る前に納屋《なや》で書きかけた文章を急いで書き直した。若い女性の顔のように見える輝《かがや》く月が、窓越《まどご》しにわたしを見つめるなか、イエローレッグをなでてやる。横になって目を開けたまま、明日の計画について考えた。わたしは勇気を持って最後までやりとげられる？

3

枯葉《かれは》と木から落ちたばかりの葉を踏《ふ》んで歩き、井戸の水をくんで台所にもどり、やかんに入れた。床《ゆか》のはき掃除《そうじ》をして家具のほこりを払《はら》うと、初秋のアップルサイダー色の太陽の光の中でほこりが舞《ま》った。いっしょに家事をしている母さんは、動きに合わせて鼻歌をうたってるのかも。わたしは家事をしながらそんなうきうきした気持ちになることはぜったいにない。文章を書いているときには、たまにある。けれど、敷居《しきい》をまたいで庭に出ようとしてスカートのすそにつまずくようなときに鼻歌なんかうたわない。またつまずくだけだもの。

わたしは学校の先生になる夢をあきらめていない。ハモンド先生は、鍛冶屋《かじや》のパイさんと結婚《けっこん》して妊娠《にんしん》を機に学校の先生をやめた。生活が少し落ち着いたら復職して、わたしを見習いにすると約束してくれた。それまではジョージ兄さんの本を読んで自分で勉強を続ける。でも日を追うごとに気が急《せ》いて、じりじりするのを感じてた。

考えごとに夢中になりすぎて炭入れを落としてしまい、灰が散らばった。おずおずと手にしたほうきを、母さんに取られてしまった。母さんは、おだやかな人だけれど今はなんだか気持ちが張りつめているみたい。

母さんが話す。〈散歩に行ってきたらどう？　からだがすっきりして気持ちが晴れるかもしれないわ〉母さんの提案は、ありがたかった。やかんが湯気を出すみたいに、ほっぺたを赤くして母さんがかっかしてるのがわかったから。

作業用の服のままで出かけることにした。潮が引いているうちに、干潟《ひがた》を探検するつもり。このだらだらした日々から抜け出さなくちゃ。

小さないたずらっ子たちに見つかりませんように。指をからめて十字の形にしながら、農場を足早に歩いた。小枝を拾い、大通り沿いにある石垣《いしがき》をたたきながら歩く。パイさんの鍛冶屋《かじや》の前を通りすぎた。金槌《かなづち》が鉄をたたく音の振動《しんどう》を、胸に感じる。規則的なリズムを楽しもうと立ちどまった。

いきなり石を投げつけられた。投げたのはだれ？　顔を向けてみる。あの子たち、秘密のスパイ任務をしてるつもりだろうけど、どこにいたって気配でわかる。おまけに壁《かべ》の後ろから赤い髪《かみ》の毛の頭がちらりと見えた。あの子たちについてこられないように、なんとかしなくちゃ。

手をかぎ爪《づめ》みたいにしてかまえて、うなりながらリアムたちを追いかけた。リアムたちはばらばらに逃《に》げていった。わたしはフクロネズミみたいにニヤニヤしながらまた歩きはじめた。

秋を告げるシナモン色に染まったウシクサの茂《しげ》みにおおわれ、エスチュアリー通りは見えなくなってる。ここに来る人はあまりいない。カキ漁師たちは、潮が引いたときに干潟《ひがた》を歩く。ナンシーのいとこのジェブ・スキフは、探検に行ったきり帰ってはこなかった。

通りに立ててある看板を読んだ。

警告：干潮時に干潟《ひがた》に出ていかないこと。上げ潮が流砂《りゅうさ》を作るため、大変危険です。

ごくりとつばを飲む。ナンシーに、ここを探検しようと誘《さそ》われたことは一度もない。子どものときにこわくて挑戦《ちょうせん》できなかったことを今ならできる？　今のわたしのほうが勇敢《ゆうかん》なのかな？

草をかきわけて丘《おか》をおりていった。岸辺に着くと、打ち上げられた海藻《かいそう》や貝殻《かいがら》が並んでいてどこまで潮が満ちたのかがわかる。からみあった海藻《かいそう》のにおいが鼻にツンとくる。そこを通りすぎると、まっ青な空の下、粒《つぶ》の細かい沈泥《シルト》が何キロも続いているのが見えた。海水のない海底だ。

わたしは靴《くつ》と靴下《くつした》をぬいだ。泥《どろ》を踏《ふ》んだら、おどろくほど固かった。なめらかではないけれど、波に削《けず》られてる。引きずりこまれないことを信じて、十歩ほど歩いてみた。潮が流れる音は、わたしには聞こえない。

日差しを手でさえぎり前のほうを見た。わたしは今、家事や町の決まりから解放されてる。わくわくしながらスカートをひざまで上げて、スキップしたりクルクル回ったりした。片方のつま先で、自分の名前を泥《どろ》に書いてみる。

ふりかえると、靴《くつ》も靴下《くつした》も見えないところまで来ていた。それでも、この広い空間には前に進ませるなにかがある。どんどん遠ざかっていくような地平線に追いつきたい。

地表に露出《ろしゅつ》しているカキ礁《しょう》は、表面がざらざらして飛び出てる。身をかがめてカキの貝《かい》殻《がら》を見てみた。どれも白灰色でスズメバチの巣みたい。触《さわ》らないでおこう。

細い水の流れが、足の裏にくっついていた湿《しめ》った砂を落としてくれた。どのくらいここにいたのかわからない。太陽の位置が移動して、わたしの影《かげ》が移動したり消えたりしたのにも気づかなかった。つま先が水につかりはじめても、足首近くにまで水がつかっても気にとめなかった。こんなにもうっかりしていたなんて！　子どものころ、シーグラスを探すのに夢中になりすぎて、日焼けで痛みを感じるまで、何時間も浜辺《はまべ》にいたときみたい。冒険《ぼうけん》したい気持ちが強すぎて、潮が満ちはじめたのに目もくれていなかった！

ふりかえって見ると、はるか遠くに岸がある。歩いてきた道が、だんだん海水に沈《しず》んでいく。心臓の鼓動《こどう》が少し速くなり、足を踏《ふ》み出すと、砂に足跡《あしあと》がつくほど引きこまれた。もう片方の足をあげると砂が肌《はだ》にすいついてくる。

焦《あせ》りがこみ上げてきた。走ると砂に足を取られてつまずきそうになる。からだを起こし、より慎重《しんちょう》に足を動かして急ごうとした。

太ももまで海水につかるなか、ジェブ・スキフのことを考えないようにしたけどむりだった。エズラから聞いた話では、ジェブが助けを呼ぶ声をカキ漁師たちが聞いたときには、満ち潮でジェブは胸まで流砂《りゅうさ》に埋《う》もれていたらしい。漁師のひとりが腰《こし》にロープを結んでジェブのほうへ進み、ほかの漁師たちは冷たくよどんだ海水に浸《つ》かってロープをつかみ続けた。ジェブを砂から引き出そうとしたものの、漁師は力尽《つ》きてジェブをつかんだ手をはなしてしまった。潮が引いたとき、ジェブの片方の肩《かた》だけが、泥《どろ》の中に埋《う》もれた岩みたいに残っていたそうだ。

おしりまで海水につかり足が沈《しず》みそう！　でも前のほうには岸が見える。どうしてリアムたちをおどかして追《お》い払《はら》ってしまったんだろう？　あの子たちがついて来てればよかった。

ありったけの力でからだを前に押《お》し出したら、海水を飲んでせきこんだ。ちょうどそのとき、目の前にロープがあるのに気づいて必死につかまった。ロープに引っぱられると頭が水に沈《しず》んだ。ロープを手首に巻きつけて、潮の流れに身を任せてからだをよじる。砂がお腹《なか》をこすり、背中に冷たい空気を感じるまで、陸に近づいているのかどうかもわからなかった。

顔を上げてもだれも見えない。それから、鹿革《しかがわ》の靴《くつ》とブロード地のスカートのすそが目に入った。ロープがゆるみ、だれかがわたしへ手を差しだした。力強く手をにぎられ、サリー・リチャーズの褐色《かっしょく》と金色に輝《かがや》く瞳《ひとみ》が見えるところまでからだを引き上げられた。

〈ありがとう〉わたしは手で話す。

サリーは〈馬〉を意味する手話をして、浜辺《はまべ》にいる茶色い馬のバヤードを指さした。バヤードは、もともとジョージ兄さんが飼っていた。サリーはロープを投げてからバヤードの背中に飛び乗って引っぱり、わたしを助けてくれたにちがいない。

上着はびしょぬれ、髪《かみ》の毛はぬれてからまり、わたしはふるえていた。靴《くつ》と靴下《くつした》はどこかに流されてしまった。サリーはバヤードから毛布をはずして、わたしの肩《かた》にかけてくれた。わたしの足取りはおぼつかない。たがいの背中に腕《うで》を回してわたしたちは歩いた。足を踏《ふ》みならして鼻を鳴らし、目をぐるりと回すバヤードをこわがっていたのに、助けてもらった。サリーがバヤードに乗り、その後ろにわたしも乗る。からだじゅうの筋肉が痛い。サリーが手綱《たづな》をにぎると、背筋をのばしたサリーの背中に寄りかかった。バヤードは波打《なみう》ち際《ぎわ》の浜辺《はまべ》を早足で進んでいく。

サリーが何も聞かずにいてくれて、ほっとした。鞍《くら》から下がっているカキが入った網《あみ》を、わたしが見て見ぬふりをしたのと同じように。

存在すら知らなかった場所で、わたしたちは止まった。バヤードから下りると、焚《た》き火《び》台があり、まわりにはいくつかの丸太が椅子《いす》として置いてあるのがわかった。チルマークの人たちには、ここのことを秘密にしておこう。わたしは座《すわ》り、サリーが火打ち石と鋼の火おこし道具で火をつけるのを見つめる。わたしは役に立つものをなにも持っていない。サリーは鞍《くら》につけたかばんから小さな鉄製のやかんとカップ、そして乾燥《かんそう》ハーブの入った小さな袋《ふくろ》を取り出した。近くの泉から水をくんできて、やかんを火のそばに置き、お湯をわかした。サリーはヒメコウジの葉をやかんにいれ、温かいお茶を作ってくれた。心地《ここち》よいミントのような味がほのかにして、ほろ苦い。戦争中にイギリスから紅茶がかんたんに手に入らなかったとき、多くの入植者と同じようにハーモニーおばあちゃんもヒメコウジの葉のお茶をよく作ってくれた。

緊張《きんちょう》がゆるんできた。サリーは十三歳《さい》にして、もう薬の知識を持ち、獣医《じゅうい》になるために学んでる。ワンパノアグ族の社会では、女性がリーダーだ。ふと、ナンシーが参加しているブルーストッキングは、そのことを知っているのかなと思った。

〈ほんとうにありがとう〉わたしが話す。〈ぎりぎりのところで来てくれたね〉助けてもらえなかったらどうなったかを考えるのは、あまりにも恐《おそ》ろしいことだった。胸がぎゅっとしめつけられる。わたしまで失ったら、両親はどうするだろう？　母さんはジョージ兄さんの死をようやく乗《の》り越《こ》えたのに。小さいころは、自分のすることにどんな影響《えいきょう》があるかなんて考えもしなかったけれど、今はすべてが変わってしまった。

サリーがにっこりする。〈たいしたことないよ。スキフ農場に行ったんだけど、帰りは大通りじゃなくて南の浜辺《はまべ》を通ることにしてたの〉

〈ナンシーの両親は、どんなようす？〉わたしは聞いた。

サリーは首を横にふる。〈あの農場に行くのは、不愉快《ふゆかい》でしかないよ。羊が何頭か、ブルータング病にかかったんだ〉

わたしはたずねるようにサリーを見た。

〈虫にさされると、蹄《ひづめ》に病変が広がるの。ほかの羊にうつさないために、病気になった羊を隔離《かくり》して水をたくさん飲ませるように、ってスキフさんに伝えた。集めたハーブで湿布《しっぷ》をするべきともね。でも蹄《ひづめ》が腐《くさ》ってると決めつけて、羊を殺そうとしているの！〉

〈サリーの指示を無視したの？〉心配になって聞いた。

〈手間賃も払《はら》わず、帰るようにいわれた〉サリーが話す。

〈サリーにそんな態度をとるなんて頭にくる！〉わたしが話す。

〈わたしは母さんと同じ薄茶色《うすちゃいろ》の肌《はだ》で、長い髪《かみ》はまっすぐじゃないからね。父さんはアフリカ人奴隷《どれい》だったのを、みんなが知ってる。そのせいでチルマークに来ると「ただの先住民」とは区別される。それにアクィナでも区別されることがあるの〉

〈両親の結婚《けっこん》のせいでサリーがつらい目に合うなんておかしい〉わたしは話す。〈仕事の報酬《ほうしゅう》をもらえないのもね〉

〈先住民を一方的に決めつける考えには、いやになっちゃう！　イギリス系の人たちは、祖先の血が混ざっていたってそんなにとやかくいわないでしょ〉サリーは身を乗り出して前を見つめた。

〈少なくとも報酬《ほうしゅう》は浜《はま》で集められたけどね〉サリーはウインクをして、カキが入った網《あみ》を指さした。

〈サリーのお母さんがカキのシチューを作るの？〉ぐうぐう鳴るお腹《なか》をおさえて、わたしは聞いた。

〈メアリー〉サリーが告げた。〈わたしの母さん、死んだの〉それを聞いておどろいてしまい、からだを丸めて思いきり泣きたくなった。

サリーのお母さんのヘレン・リチャーズは宝石職人の才能がありながら、何年ものあいだ、スキフ家で洗濯《せんたく》仕事をしていた。わたしが知るかぎり、ヘレンはからだが弱かった。ある時期、ヘレンは定期的に農場へやってきていた。サラ・ヒルマンみたいに高慢《こうまん》ちきな感じじゃなく、ヘレンは誇《ほこ》り高《たか》かった。うちの母さんが自分に偏見《へんけん》を持ってると知っていても、ジョージ兄さんが死んだときに食事を持ってきてくれた。なのに、母さんはベッドで寝《ね》たままだった。ヘレンを見かけなくなったときに、どうしているか聞くべきだった。

〈ごめんなさい。だれも知らせてくれなかったの〉付き合いを続けなかった罪悪感を抱《いだ》きながらわたしは話した。イギリス人入植者とアクィナの人たちのあいだには大きな溝《みぞ》があり、緊張《きんちょう》が高まるときがある。最近、チルマークに住むワンパノアグ族の男の人が、馬泥棒《どろぼう》の疑いで背中を銃《じゅう》で撃《う》たれた。町議会は、イギリス人入植者の正当防衛と判断した。

〈愛する人を失うのは、一番つらいね〉わたしは話す。〈わたしは兄さんを失った。両親も失うなんて想像できない。マラリア熱だったの？〉

目から涙《なみだ》をあふれさせ、サリーはうなずいた。〈母さんが恋《こい》しい。でも母さんは祖先に会うための旅をしているの。父さんは別の旅をして悲しみをうめようとしてる。早く帰ってきてくれるといいんだけど〉

サリーのお父さんのトーマス・リチャーズは、父さんの羊牧場で働いていたけど、今は捕鯨船《ほげいせん》に乗っている。

〈だれに面倒《めんどう》を見てもらってるの？〉

〈父さんが捕鯨船《ほげいせん》からもどるまで、おばさんとおじさんといっしょに住んでる〉

〈わたしはサリーよりも一歳《さい》年上だけど〉わたしは話す。〈目指すべき道がまだわからない。サリーは自分の道がよくわかってるみたいね〉

サリーは、ほめことばには答えずに質問してきた。〈干潟《ひがた》でなにをしてたの？〉

〈昔みたいに無謀《むぼう》な冒険《ぼうけん》をしてみたかったんだと思う〉なんて子どもじみていたんだろうと感じながら打ち明けた。

〈成長すれば、別のやり方で大胆《だいたん》になれるよ〉サリーが話す。

〈サラ・ヒルマンとボーイフレンドのナサニエルみたいに？〉わたしは聞いた。〈そういうのには興味がないの〉

〈その人たちのことは知らないけど〉サリーがにっこりする。〈命を縮めなくても、勇気を出せる方法は見つかると思う〉

〈そうだといいな〉わたしは指を翼《つばさ》のようにはためかせた。

〈お腹《なか》がすいたね〉サリーはお腹《なか》をさすりながら話した。

サリーはカキが入った網《あみ》をつかんだ。わたしはボウルにカキを入れ、殻《から》が開くまで火にかけた。ぷりぷりと弾力《だんりょく》のあるカキを、ふたりで食べた。

太陽が沈《しず》みはじめた。わたしたちはバヤードに乗り、海岸線に沿って牧場裏の草地を登った。バヤードから下りると、開いた手のひらをあごから下に動かして、もう一度サリーにお礼を伝えた。

〈ほんとうにありがとう。サリーに頼《たの》まれたら、なんでもするからね〉

〈そのために助けたわけじゃないよ〉

〈もちろん〉わたしは話した。

4

おぼれたネズミみたいな姿を、リアムたちに見られたくない。走って家に帰り、玄関《げんかん》ドアからさっと入ると、こっそり台所のほうへ歩いた。母さんは二階で裁縫《さいほう》をしているにちがいない。わたしは部屋のドアをきっちり閉めてから、着ていたものをすべてぬぎ、きれいな下着を着てショールをはおった。鏡をのぞいてみる。顔にいくつか小さなかすり傷がある。朝日色の髪《かみ》をほぐして砂を落とし、髪《かみ》のもつれをほどくために力をこめてブラシをかけた。服を着てから台所に行くと、まあまあいつもと同じように見えた。

母さんは台所のドアから薪《まき》を運んできた。いつもは母さんがする仕事じゃない。わたしは手伝おうと母さんに近づいた。

〈あら、メアリー。帰ってたのね〉母さんが片方の手だけで手話をしたから、わかりにくかった。

暖炉《だんろ》のそばに薪《まき》を置くのを手伝いながら、どこまで話すか考えた。けれど母さんはわたしに背中を向けたまま、手話をしないでなにか話してる。母さんと目が合わない。なにかあったの？

母さんの手をにぎり、自分に顔を向けさせて表情を読み取ろうとしたのに、目をそらされた。

〈母さん。なにがあったのか教えて〉

母さんは部屋を見回した。きっと、父さんがまだ外で仕事をしているのを確かめたんだろう。

〈メアリーが帰ってこないから心配していたのよ〉母さんはささやくように手話をした。

〈時間を忘れてて……外に長くいすぎたの……母さん、わたしはだいじょうぶよ〉わたしはどぎまぎしながら話した。

〈数日前に届いたときに、メアリーに伝えるべきだったわ。エプロンにしまっておいたの。消えてしまえばいいとか、気のせいだと半分願いながらね〉

〈なんの話？〉わたしは聞いた。

台所のドアが勢いよく開いた。父さんが長靴《ながぐつ》で歩く、なじみのある振動《しんどう》に、ほっとする。

〈メアリーに渡《わた》したかい？〉父さんが母さんに聞いた。

〈これからよ〉母さんが返事をする。

父さんが、だいじょうぶだよというように母さんにうなずいた。

〈メアリー〉父さんは愛情をこめて、わたしのサインネームを意味する、指でほっぺたをこするしぐさをした。〈返事を送る前に、よく考えるべきだよ。わかっているね〉

〈手紙なの？〉わたしは母さんに聞いた。ナンシーがわたしを勇気づけるような手紙を送ってくれたのかも。

母さんがうなずいた。青空色の目がものうげに見える。母さんはエプロンのポケットに手を入れ、封筒《ふうとう》を取り出した。父さんは母さんから受け取り、わたしに渡《わた》した。わたし宛《あ》ての手紙なのに、封《ふう》を切られて読まれてる。そんなの母さんらしくない。もしかするとナンシーの字じゃなかったから、そうせずにいられなかったのかもしれない。この手紙のなにが母さんをおびえさせたの？　わたしは暖炉《だんろ》のそばにある父さんの椅子《いす》に座《すわ》り、手紙を読みはじめた。

親愛なるメアリーへ
この手紙をよろこんで受け取ってくださいますように。メアリーと別れてから三年が経《た》ちましたね。ふるさとの島へ無事にもどっているよう、祈《いの》っています。前の雇用主《こようぬし》だったビーコンヒルのマイノット博士には、あなたの消息がわからなかったそうですが、なんとか住所だけは調べました。

少し前に、ヴェイルという広大な屋敷《やしき》に雇《やと》われました。ご主人一家は夏だけ滞在《たいざい》しますが、使用人は一年じゅういます。じつはご主人の親族の少女が、上の階の部屋にかくされています。少女は八歳《さい》くらいだと思います。

少女は、正気を失い乱暴だといわれています。大きな声で叫《さけ》び、舌を打ち奇妙《きみょう》な音を立てます。そのせいで部屋に閉じこめられているのです。この土地のお医者さまは、定期的に少女に鎮静剤《ちんせいざい》を打って落ち着かせています。でも、わたしは、少女がろうあ者だと気づきました。

わたしは、メアリーに教えてもらった手話を、かなり忘れてしまいました。でも、少女のつらい状況《じょうきょう》をなんとかしたいと考えています。わたしは執事《しつじ》に家庭教師に心当たりがあると伝えました。すると動物の調教師のほうが役に立つといわれました。見かけで人を判断しないこと、けっして希望を捨てないことを、わたしはメアリーに教えてもらいました。屋敷《やしき》の住所を同封《どうふう》します。メアリーに家庭教師を依頼《いらい》する許可をもらいました。部屋と食事が提供され、些少《さしょう》の報酬《ほうしゅう》がありますす。メアリーが少女の助けになってくれるよう祈《いの》っています。念のため伝えておくと、少女が部屋にかくされていることには、わたしには知りえない事情があるのかもしれません。

心をこめて

ノラ・オニール

わたしは両親を見た。ふたりの手は忙《いそが》しく動いている。

〈きっとわなよ〉台所の炉床《ろしょう》の前を行ったり来たりしながら母さんが話す。〈メアリーを取りもどしたいんだわ〉

〈そうは思えないよ〉父さんが手で話す。〈アンドリュー・ノーブルがうそをついていたとわかってから、ノラは正しい行いをしたのだから〉その名前を聞いて、母さんとわたしはそれぞれちがう反応をした――母さんはいらだちとともに、少しの罪悪感を抱《いだ》いたのに対し、わたしは強い恐怖《きょうふ》に襲《おそ》われた。記憶《きおく》が一気によみがえってくる。

アンドリュー・ノーブルは、この島に生まれつきろう者が多い理由を調べるために、島へやってきた科学者だ。そのころ、わたしたち家族はジョージ兄さんの死を嘆《なげ》き悲《かな》しんでいて、アンドリューは母さんに取り入った。するとアンドリューは「生きた標本」として実験をするために、わたしをボストンへ連れ去った。神様と、わたしの機転と、ヴィンヤード島の漁師のつながりのおかげで、わたしは大嵐《おおあらし》を乗《の》り越《こ》え、なんとかふるさとに帰ることができたのだった。

父さんがわたしの目をのぞきこみながら話す。〈メアリーはじゅうぶんに成長したのだから、どうするかは自分で決めなくてはならないよ〉

ノラと知り合ってからしばらく、わたしはノラのことをミス・トップと呼んでいた。心の中でノラの姿を思い浮《う》かべることができる。ノラは動くとき、いつでもなにかしなくちゃいけないことを思い出したみたいに、おじぎをするように腰《こし》を低くして、くるりと回転し、歩きながら両腕《りょううで》を持ち上げていた。わたしがおびえて孤独《こどく》だったときに親切にしてくれた。ノラがわたしをだまして傷つけようとしているとは思えない。逃《に》げる手助けをしてくれたんだもの。それにもし、ノラがほかのだれかを助けたいのなら……。

訴《うった》えかけるような目で母さんがわたしを見てる。

〈今日はもう寝《ね》るね〉手のひらにほっぺたを置くしぐさをして、ふたりに伝えた。〈くたびれたし、この手紙をどう考えたらいいのかまだわからない〉わたしは手紙をにぎった。

〈晩ごはんは?〉いやな考えに取りつかれないよう、母さんは現実的なことに目を向けた。手紙をかくしていた母さんを責められない。でも、干潟《ひがた》の満ち潮で沈《しず》みそうになったことのほうが、まだショックが少なかった。

〈おなかすいてないの〉わたしは手で話す。〈部屋で紅茶を飲むわ。でもどうしても休みたいから、今はこのことを考えられない〉

〈わかったわ〉母さんはきゃしゃな手でうなずく手話をした。しばらくすると、母さんは濃《こ》い紅茶を持ってきて、わたしの部屋のナイトテーブルに置いてくれた。少しすすったものの、もう起きていられなかった。最後に考えたことは、べつの世界にただよっていった。わたしの枕《まくら》が、夢の重さで沈《しず》みこむ。あごまでかけたパッチワークのベッドカバーの上でわたしの指が踊《おど》り、答えは寝《ね》ているあいだに出ていた。

5

朝早く目が覚めて昨日ぬいだままの、泥《どろ》だらけの服に目をやった。服の身ごろ部分を触《さわ》ってみる。泥《どろ》で汚《よご》れているだけでなく、あちこち破れてる。つい最近、きつくなって着るのをやめた作業用の服がある。もう一着作るまでは、なんとか着られるだろう。でも、古い靴《くつ》はつま先がぶつかってしまう。暖炉《だんろ》の火をかきたてて、燃えさかる炎《ほのお》に服をくべた。火かき棒を使って、布の切れはしが残らないように燃やす。なにがあったのかを知られないように。

からだを洗って新しい緑色の服に着かえた。襟《えり》が高くて、長くぴったりとした袖《そで》は、羽《う》毛《もう》みたいにやわらかい。その服を着るとわたしのハシバミ色の目が明るく見えると母さんにいわれていた。量の多い髪《かみ》を二、三回ねじってからまとめて整えた。ヘレン・リチャーズが作ってくれたネックレスを身につける。服によく合ってる。ヘレンは自分の作品に細心の注意を払《はら》ってた。今日は人をたずねるつもり。わたしは台所のテーブルに母さんへの書き置きを残した。
外に出ると、嵐《あらし》が過ぎた名残《なごり》があって、おどろいた。庭に枝が三本、散らばってる。地球の中心までずぶぬれになったにちがいない。水浸《みずびた》しになった穴からミミズが出てきた。ショウジョウコウカンチョウがミミズを食べようと急降下し、それからせっせと巣を作り直してる。すがすがしい空気に満ちている。
表門にかんぬきをかけていると、通りかかったバトラーさんが荷車の速度を落とした。〈おはよう。わたしはぐっすり眠《ねむ》れたわ〉わたしは手で話す。〈バトラーさんは？〉
これはチルマークに暮らすろう者たちのじょうだんだ。耳が聞こえる人が起きるようなうるさい音に、わたしたちは悩《なや》まされないから。けれどバトラーさんはおもしろがるより、なんだかくたびれて見える。
バトラーさんは生々しいようすを手話で再現した。〈空に稲妻《いなずま》が光り――ピカッ――そして雷《かみなり》が納屋《なや》に落ちた。納屋《なや》が燃えたよ〉
〈家畜《かちく》たちは逃《に》げられたの？〉わたしは聞いた。
バトラーさんのほっとした表情を見て、安心した。ふたりでうなずきあい、〈じゃあ、また〉とあいさつする。このなめらかな身ぶりは、この島でしか通じない。ボストンでつらい経験をするまでは、どこでも手話は通じるものだと思ってた。

牧師館の前を通りすぎた。リー牧師の姿は見えない。細長い鉄の柵《さく》に沿って歩いていく。ジョージ兄さんのお墓には、しばらく来ていなかった。数年のうちに、わたしは兄さんの年を追いこすだろう。ある詩の一節が心に浮《う》かんだ……バラのつぼみは摘《つ》めるうちに摘《つ》みなさい／時間は矢のように過ぎ去るのだから。わたしは墓標の汚《よご》れをふいて手で話す。

〈兄さんなら、どんなアドバイスをしてくれる？〉わたしは兄さんがしそうな返事を想像してみる。〈科学的手法だよ。思慮分別《しりょふんべつ》を持ち、よく考えること。その分野の専門家に助言を求めるといい〉

その返事にしたがい、わたしは大通りを歩いてパイさんの鍛冶屋《かじや》へ向かった。夏のバラよりもっと好きな海の空気を吸いこむ。ガンたちがVの字の形になって飛んでいく。鍛冶《かじ》屋《や》のとなりにある家は、パイさんがひとりで暮らしていたころよりもきれいで、住み心地《ごこち》がよさそうだ。玄関《げんかん》ポーチは塗《ぬ》り直されて、ドアにリースが飾《かざ》られてる。ケーキかラベンダーせっけんをおみやげに持ってこなかったことを後悔《こうかい》しながら、ドアをノックした。

パイさんと結婚《けっこん》してパイ夫人となったハモンド先生は、前よりふっくらして、ほっぺたがつやつやしてる。この三月に産んだリッシーを抱《だ》いて家に迎《むか》え入れてくれた。リッシーを寝《ね》かせると、パイ夫人は〈なにかあったの？〉と聞いてきた。
ノラから来た手紙を渡《わた》した。パイ夫人が手紙を読むあいだ、リッシーをひざに乗せて軽くはずませ、リッシーが笑うのを感じた。リアムたちとちがって、かわいい赤んぼうになら、わたしはいいお姉ちゃんになれる。
パイ夫人が話をうながした。〈おどろいたわ。すごい話ね。でもメアリー、どうしてわたしのところへ相談に来たの？〉
しっくりくることばを見つけようとして、わたしは考えこむように顔をしかめた。
わたしは話す。〈もしもその子が一度もことばを教わったことがないとしたら、そんな相手に手話を教えられるものか知りたいんです〉
パイ夫人はにっこりして、やれやれというように頭を横にふった。〈わたしの生徒の中で、いつもメアリーが一番答えがいのある質問をするわね〉
わたしは笑いながら、ちょこんと頭を下げた。
〈率直《そっちょく》にいえば、わからない。常識からすれば、教えられないと答えるでしょう。赤んぼうは、ことばを話せないからね〉パイ夫人は、指でおしゃべりするリッシーのまねをしながら話した。〈わたしたちはまわりの世界を理解しはじめたときに、ほかの人の話を聞いたり見たりしてことばを学ぶの。自分より年上の人からね……〉パイ夫人は肩《かた》をすくめる。

〈その子の手話は、家族だけで使うものかもしれません〉わたしは考えていたことを伝えてみる。耳の聞こえない女の子が、わたしが当然と思ってることを、まったくちがう方法で理解しているかもしれないと思うと、不思議な気持ちになる。

パイ夫人はわたしの表情からなにかを読み取ったにちがいない。やさしく同情するような感じで話したから。〈よく考えなくてはならないわ。経験豊富な教師でも、あなたが頼《たの》まれたことをやろうとするのは難しいでしょう。調べてみてもいいかしら？ 自分の経験や調べたことをまとめて書いてみるわ。それをできるだけ早くあなたに渡《わた》すわね。それでいい？〉

考えごとをしつつ、うなずいて感謝の気持ちを伝えた。ほんとうにできるのか、わたしでいいのかを考えてた。もしまちがったことをして、その子を不利な立場にしてしまったら？ その一方で、わたしがその子のたったひとつの助けになるとしたら、と考える。経験したことのない複雑な感情で、どう感じたらいいのかもわからない。不安と興奮が混ざりあったこの感情の正体は、教師になったら理解できるものなの？

家を出るとき、パイ夫人はわたしの肩《かた》に手を置いてから話をした。〈メアリー、必要なことがあればなんでも、できるかぎり手助けするわ。忘れないでね、メアリーには友だちがたくさんいることを〉

ひとりで立ち向かうわけじゃないんだと心強く感じた。パイ夫人の経験をさらに生かせると確信してる。パイ夫人と別れてから、つぎは気持ちの面でのアドバイスを求めようと、大通りをもどり牧師館にやって来た。今度は外に出ていたリー牧師が、落ち葉をかいて集めてる。

〈さあさあ、入りなさい〉わたしを見ると、リー牧師は片方の手で身ぶりをした。リー牧師は背が高くやせたからだを曲げて玄関《げんかん》を入った。

牧師館の居間で、わたしは赤紫色《あかむらさきいろ》のソファに座《すわ》り、リー牧師は木の椅子《いす》に座《すわ》った。くしゃくしゃになった手紙をポケットから取り出して、もう一度読んだ。それから手紙を渡《わた》そうとすると、リー牧師は手を挙げた。

〈メアリー、もうお父さんに打ち明けられましたよ〉リー牧師は、ぎこちなく手で話した。

わたしは大きく息をはいて、ひざの上に手紙を置いた。リー牧師の家の手伝いをしているティルトンさんが、紅茶とビスケットが乗ったトレイをわたしたちのあいだに置いた。

わたしは控《ひか》えめに首を横にふる。リー牧師はスプーンでカップの紅茶をまぜ、受け皿に置いた。

〈パイ夫人に相談したんです〉リー牧師にわかるよう、ゆっくり手話をする。〈パイ夫人は、アドバイスをまとめて書いてくださるそうです。わたしは学校の先生になることをずっと夢見てきました。こんな特殊《とくしゅ》な状況《じょうきょう》で教えることになるとは思いもよりませんでしたが〉

〈子どもの魂《たましい》が危険にさらされています〉リー牧師が話す。

わたしはたじろいだけれど、リー牧師は話を続けた。

〈問題は、その仕事に選ぶ価値《かち》があるかどうかよりも、メアリーがこの依頼《いらい》に応じるのにふさわしいかどうかですね〉

わたしが気を悪くしたように見えたにちがいない。リー牧師は説明してくれた。〈三年前に、メアリーが経験した試練は、だれもが魂《たましい》をゆさぶられるものです。メアリーは立ち直り、満ち足りた心でふるさとの人たちとの交流ができるようになりました。けれどわたしは今でもメアリーの心の内に恐怖《きょうふ》と動揺《どうよう》を感じることがあるのです〉

ブーツの先でじゅうたんをこすり、よく考えてから返事をした。

〈否定はできません。誘拐《ゆうかい》され、ボストンで囚《とら》われの身になったことは、ずっと消えずにわたしの中に残っています。海を見ると恐怖《きょうふ》を感じますし、島を出て旅をするのはその長さに関係なくためらいがあります。けれどわたしは、島にいて行きづまっています。友だちは先に進んでいるのに、わたしはまだ同じ場所を歩いているからです〉

〈誘《さそ》いを魅力的《みりょくてき》に思うにちがいありませんが、このたびのことを島から逃《に》げ出す機会と考えるべきではありません。わが身についてより、かわいそうな少女を第一に考え、助ける決意をしなければなりませんよ。それができますか？〉

〈わかりません〉わたしは答える。〈考える材料を与《あた》えてくださり、ありがとうございます。よく考えてからノラに返事をすることを、父と約束しました〉

〈よかった！　では失礼してもいいかな。メアリーはわかってくれると思いますが、困ったことがあってね。日曜日の説教のことばを書くのに少々手間取っているんですよ。ここにはぜんぶあるのだがね〉リー牧師は頭をトントンと指でたたいて話す。〈問題は……〉

〈外に出すことですね〉リー牧師のことばを引《ひ》き継《つ》いだ。

〈その通り〉リー牧師は帽子《ぼうし》をかぶっていない薄《うす》い白髪《しらが》頭を骨ばった手でなでながら答えた。

牧師館を出る前、リー牧師がわたしの手を取った。祝福のことばをかけられたわけではないけれど、リー牧師の助言に祝福された気がする。家に帰る気にはなれない。ほかに行く場所はある？

よくナンシーといっしょに登ったリンゴの木の枝に、なんとか腰《こし》を落ち着けた。座《すわ》るにはわたしが大きくなりすぎたせいで枝がしなるし、気取った服のせいで座《すわ》るのはちょっとたいへんだ。とびきり大事なことを相談できるのはナンシーしかいない。

ナンシーとふたりでここに来ると、ナンシーがジェレミア・スキフに作ってもらったリコーダーを吹《ふ》くのをよく見つめてた。そしてふたりで近所の人たちを観察したものだ。ナンシーならこの招待を冒険《ぼうけん》と考えるかな。ナンシーは大胆《だいたん》だから。たぶん、恐《おそ》れるんじゃないとだれかに背中を押《お》してもらう必要があるんだと思う。頭の中で親友に宛《あ》てた手紙を書きはじめると、ナンシーがアドバイスしてくれてる気がしてきた。

大好きなナンシーへ、わたしは考える——すごい機会がめぐってきたの！　わたしはナンシーをわくわくさせるように、遠く離《はな》れた屋敷《やしき》について説明する——そこはヴェイルと呼ばれる屋敷《やしき》で、よその家とは離《はな》れた静かな場所にあるんだって。所有者の一族は、夏以外は住んでいなくて、屋敷《やしき》のほとんどが使用されずに、使用人が数人だけで管理してるみたい。

屋敷《やしき》に囚《とら》われた少女の謎《なぞ》についてはこう書いてみる――少女が悲劇的な状況《じょうきょう》にある理由はだれにもわからないらしいの。その秘密を明らかにしなければならない――わたしは未知の世界へ冒険《ぼうけん》に出ることを考えた――どんな船に乗って、着いた先では、なにが待っているか思う？


わくわくしたようすの、いたずらっぽいナンシーの笑顔《えがお》を想像すると、心が軽くなった。

母さんと父さんに、ただいまと伝えるのを頭に浮《う》かべながら家に帰った。静かに家事を手伝っていると、ふたりがためらいつつ気にかけてるのに気づいた。わたしをじっと見つめてる。〈まだ結論を話す心の準備ができていないから、部屋に行くね〉と伝えた。母さんはなにか聞きたそうな顔に見えたけれど、うなずいてから硬《かた》い笑顔《えがお》を向け、わたしを呼び止めて小さいころいつもしていたように頭のてっぺんにキスをした。

部屋に入って机につき、ナンシーに手紙を書いた。ペンを紙に走らせるうちに、かつてはわたしをつねに導いていた不安と期待が入り混じった興奮のうねりが、またお腹《なか》の中でゆれ動くのを感じる。わたしはもう心を決めたのだと気づいた。今日のうちにノラに返事を出そう。ナンシーには、ヴェイル宛《あ》てに返信してくれるよう伝えればいい。

6

母さんは、わたしの決意を聞いてもよろこばなかった。うなずく父さんを見る母さんの口が、きつく結ばれてる。

〈オニールさんに大急ぎで連絡《れんらく》を取りましょう〉母さんが手で話す。〈メアリーの身の安全に責任を持ってくれるのかたしかめなくちゃ〉

一歩前に出てわたしは手で話した。〈自分で返事を出すわ（ほんとうは、もう手紙を送っていたけれど）。それに少なくともボストンへ着くまでは、リー牧師に付《つ》き添《そ》ってもらえたらと思うの〉それを聞いて、母さんは少しほっとしたみたい。

母さんはエプロンをはずし、ドアをノックする手話をしてから玄関《げんかん》へ歩いていった。台所から玄関《げんかん》をちらりとのぞくと、母さんがパイ夫人を家に招き入れていた。

ふたりとも耳が聞こえるけれど手で話してる。〈メアリーが行くことを決めたの〉

パイ夫人は両手を軽くたたいてから話した。〈そうすると思ったわ。わたしたちを見て

いるようだから、メアリーを呼びましょうよ〉

母さんに呼ばれるのを待ちきれずに自分から行き、居間の入り口にもたれかかった。パイ夫人は青い椅子《いす》のひとつに座《すわ》り、母さんはソファに腰《こし》を下ろした。

〈メアリー〉パイ夫人はわたしの名前を指でつづった。〈昨日は顔のすり傷に気づかなかったわ〉

〈わたしは昨日の夜に気づいていたのよ〉母さんが話に割りこむ。〈でも、聞こうか悩《なや》んで聞かなかったの〉

わたしは急いで〈猫《ねこ》〉の意味を示す、ほっぺたにひげを描《か》く手話をした。ふたりがその話題をやめたから、ふうと息をはいた。

〈メアリーにメモを持ってきたの〉パイ夫人が話す。〈昨日、リッシーが寝《ね》たあと一時間ほど時間があったから。ずいぶん早く決断したのね。たぶんそれがいいと思うわ〉

〈わたしは時間をかけて考えてほしかったのだけど〉母さんが手で話す。〈わたしたちが若かったころはそうしたものでしょ〉

〈そうだった?〉パイ夫人が話す。〈わたしは父さんの許しを待たずに教師になったわ。若者は恐《おそ》れずに飛《と》び越《こ》える。無謀《むぼう》だけれど、すばらしいことでもあるわ。わたしはメアリ

ーを信じます〉

〈もちろんですとも〉母さんが話す。〈娘《むすめ》を全面的に信頼《しんらい》しているわ。ただ……〉

〈今回は、メアリーがどこにいるのか、ちゃんとわかっていますからね〉パイ夫人はこぶしをふりあげた。〈メアリーになにかあれば、みんなで押《お》しかけましょう〉

〈少女は危険そうだわ〉母さんは首のあたりで手をふるわせてる。

〈動物のように扱《あつか》われているそうですね〉パイ夫人が話す。

わたしはうなるような音を立てなきゃならなかった。ふいにふたりは、わたしがいるのを思い出した。パイ夫人はにっこりして、手にしていたメモを差し出した。わたしはパイ夫人からメモを受け取る。

パイ夫人が話す。〈授業をはじめてから参考になりそうな細かいことも書いてあるけれど、まず人に教える際の三つの基本を一番上に書いておいたわ。この三つを忘れないでね。たとえ心から失望して逃《に》げたくなったときでも〉

わたしは覚えておくとパイ夫人に約束した。

1、ことばを話せなくても、人には知性があります。

2、どこから来たかより、どう行動するかのほうが重要です。
3、生徒を見捨ててはいけません。

感謝のことばを伝えると、パイ夫人はわたしの手をとり、ことばに出さずにわたしの幸運を願い、やさしくにぎってくれた。母さんとパイ夫人がおしゃべりを続けているので、わたしは自分の部屋へ行った。パイ夫人にはすごく感謝してる。とりわけ母さんの不安をやわらげてくれたのがとてもありがたかった。

机についてパイ夫人のメモをじっくり読んだ。アドバイスのいくつかには首をかしげ、ほかのものにはその通りと思ってうなずいた。たとえば、

書きことばはＡＢＣから教えますが、手話を教えるときは、手話をしてから、そのものを指さしたり動いてみせたりします。耳の聞こえない子どもが、ものに名前があることにまだ気づいていない場合、くりかえすことで、その子の心の中にあることばの扉《とびら》を開く鍵《かぎ》になります。

つぎの週、わたしはノラの返事を待ちながら旅の準備をして過ごした。ノラが申し出を取り消すのを心のどこかで願ってた。ヴェイル屋敷《やしき》は町から離《はな》れたところにある。ボストンでしたように、助けを求めて逃《に》げ出すことなんてできない。わたしを誘《さそ》い出して、さらに実験するための罠《わな》だとしたら？　わたしは、おびえて興奮しすぎてる。

わたしは旅行用のトランクを持っていないし、父さんのトランクはいかにも男性用だ。近所の人に貸してもらえたら……。この島で、ヴェイルのような場所でも恥《は》ずかしくないしゃれたトランクを持ってる人はだれ？　答えははっきりしてるものの、心の中でうめき声が出てしまう。

結局、ヒルマン家がトランクを貸してくれることになったので、いかにもな田舎者《いなかもの》にならずにすんだ。父さんがいっしょに受け取りに行ってくれることになった。ヒルマン家に着くと、馬車にいてと父さんに身ぶりで伝えた。玄関《げんかん》ドアをノックすると、ヒルマン夫人が出てきて納屋《なや》のほうへ行くよう告げられた。残念なことにサラがいっしょについてくる。

〈わたしなら使用人扱《あつか》いはごめんだわ〉サラは鼻をつんと上げてすまして話す。〈でもお父さまの話では、ウォルサムにはイギリスの様式に影響《えいきょう》を受けたすばらしいお屋敷《やしき》があるんですってね。ジェファーソン大統領の好みだそうよ。メアリーはなじみそうにないけど。

どうせ反独立派（訳注：アメリカ独立戦争で、イギリス王への忠誠を誓《ちか》った王党派）が住んでたんでしょ。姿をかくした裏切り者と暮らしたいの？〉

〈わたしは冒険《ぼうけん》をするの〉そっけなく答える。

〈サラ、わたしは自分で意見をいうほうが好きだな〉後ろからやってきたサラのお父さんが話した。ヒルマンさんはヴィンヤード島の男性にしては、おしゃれな人だ。眼鏡をかけていて、はっとするほど美しい赤い髪《かみ》の毛はサラに遺伝している。

サラはぷりぷりして、父さんとヒルマンさんが荷車にトランクを載《の》せるあいだ、舌をつきだしてた。

〈メアリーのために祈《いの》るよ〉ヒルマンさんは、両手を合わせる手話をした。旅の安全を祈《いの》ってくれたことを、わたしはありがたく受け取った。サラも同じように思ってくれたらいいのに。

家に帰ると、母さんとリー牧師がいっしょに座《すわ》っていた。たわいのない町のうわさ話をして、母さんをなだめようとしてるみたい。

九月の冷えをやわらげようと、四人でチキンスープを食べた。そのあとリー牧師は、ボストンまでの道中を示す地図を広げた。ナンシーはボストンから十六キロほど南下したところにあるクインシーに住んでいる。前の大統領のジョン・アダムズは、クインシーにあるピースフィールド屋敷《やしき》で生まれ、選挙でジェファーソン大統領に敗北したのちにクインシーへもどった。ナンシーのおじさんのジェレミア・スキフはヴィンヤード島での漁業を早々にやめ、ボストンで造船業をするようになり成功している。ジェレミアに再会したらどんな気持ちになるだろう。

わたしは地図に注意をもどした。コッド岬《みさき》までは、大西洋を進む予定だ。胃がぎゅっとなる。また、エズラのブラック・ドッグ号であのときと同じ航路を進むの？　エズラならば目的地まで無事に連れて行ってくれるとわたしは信じてる。今回はコッド岬《みさき》までブラック・ドッグ号で行き、岬《みさき》の細い場所を荷車で移動してから、別の船でボストンへ向かう。リー牧師の友だちが道中を助けてくれるらしい。

牧師の友人たちに、どんなふうに扱《あつか》われるだろう？　外の世界で、わたしはどんなふうに見える？　前に自分の意志に反して島を出たときは、ひどい扱《あつか》いを受けて見下された。今回は、それとはちがう状況《じょうきょう》だ。相手はわたしが来るのを待っているし、人とちがっていることもわかってる。もちろんこわい気持ちはある。でもそれが当然なんだと自分にいいきかせる。わたしとちがう人や、みんなとちがう人に出会う可能性もあるかしら？

おかしな行動のせいで謎《なぞ》の監禁《かんきん》をされている少女はどうなんだろう？　そもそも、わたしはその少女のために島を出るんだ。その子について、わたしはなにを知ることになるんだろう？

そんなことを考えながら、部屋で荷造りをするために席を立った。

わたしはナンシーから黒いビーバー革《がわ》のおしゃれな帽子《ぼうし》をもらっていた。上質な羊毛で黒いマントを仕立てるのを、母さんに手伝ってもらった。実用的な下着とペチコートと長《なが》靴下《くつした》といっしょに、きちんとした服も必要だ。

ヴェイル屋敷《やしき》でなにを用意されているかわからないまま、わたしは古い石板とチョークをいくつか布にくるんで荷物に入れた。きっと紙とインクくらいは用意されるはず。幸運と教えを請《こ》うために、ハーモニーおばあちゃんの聖書を持っていこう。

少女に贈《おく》りものを持っていくべき？　おもちゃで遊んだことはある？　うちにはもう、おもちゃは残っていない。ほかの考えごとをする前に、母さんから納屋《なや》に行っておいで、といわれた。どうして納屋《なや》に？　と思いながら行ってみると、リアムたちが小さい順に並んでいた。三人は、まじめなふりをしようとしてるみたい。エイモンがなにかいい、両手を背中にまわしているリアムに身ぶりで示した。わたしは疑うように目を細めながら近づいた。

リアムがわたしにはわからないことばをしゃべると、双子《ふたご》は恥《は》ずかしそうにおじぎをした。そしてリアムが背中にかくしていたものを差しだしたので、わたしは目を丸くした。おどろいたことに、羊にやる麦わらで作った小さな人形だった。ハンカチをしばったものを服と帽子《ぼうし》にしてる。髪《かみ》の毛は羊毛だ。思いがけないプレゼントにぼうぜんとしながら指で人形を動かしてみる。〈ありがとう〉わたしは手でお礼を伝えた。

リアムはいつもよりもっと顔を赤くして、なにかつぶやいた。わたしが〈ありがとう〉をくりかえすと、「どういたしまして」の代わりにほっぺたにキスをして、恥《は》ずかしさでばつが悪そうに走り去った。双子《ふたご》がリアムを追いかけていく。わたしはまゆ毛をあげながらエイモンを見た。エイモンは首を横にふり、大きくにやりと笑った。

麦わらを編みこんで丸くした人形の顔は、すべらかで、やさしくわたしを見てるみたい。人形はやわらかく、使い古したハンカチは色あせてる。

ほかになにを持っていけばいいだろうか。チルマークの歴史について書いているものは置いていくことにした。ジョージ兄さんの古い机の前に座《すわ》って、窓から見える泉をながめながら自分の考えをまとめ、手話を文字にして書けないのをさびしく思うだろう。ヴェイル屋敷《やしき》に行けば、新たなひらめきを得られるかもしれない。

荷物を整理していたら、イエローレッグがトランクに飛び乗ってきた。母さんは、いたずらっ子たちのいる納屋《なや》にイエローレッグを入れさせないと約束してくれた。今では、あの子たちの悪ふざけを笑えるようになった。つぎは子守《こもり》じゃなく、よい家庭教師になれますように。少女は、エイモンの甥《おい》っ子たちより難しい相手だろうか？　三か月いっしょにいて、あの三人はわずかな手話しか覚えなかったけれど。

日々が過ぎるなかで、わたしはただ待つより忙《いそが》しくしていようと心がけた。自信をなくさないようにするため、長い散歩をした。母さんとのあいだには、緊張感《きんちょうかん》があった。母さんは、ノラから返事が来ないか、返事が来たとしてももう必要とされていないという内容を願ってるんだと思う。

ある日の午後、わたしが家に帰ると、ようやく届いたノラからの返事が台所のテーブルに置いてあった。

親愛なるメアリー
来てくれると決心してくれて、とてもうれしいです！　メアリーの精神は、あの子にとって大きな財産になるでしょうし、いっしょに手話を学べるだろうと思います。メアリーには、この挑戦《ちょうせん》を引き受ける度胸があるとわかっていました。

夕暮れ過ぎに、屋敷《やしき》まで案内する迎《むか》えの馬車が港で待っています。ヴェイル屋敷《やしき》を、きっと気に入るでしょう。

メアリーに早く会いたくてたまりません。ただ、屋敷《やしき》に来たら、あまりわたしたちは親しくしすぎないほうがいいかもしれません。ここでは、すべてが見える通りとは限らないですから。

心をこめて

ノラ・オニール

母さんはわたしの向かい側に座《すわ》ってる。わたしは手紙を渡《わた》した。母さんはさっと目を通してから手紙を置いた。

〈何日か泊《と》まるくらいの話かと思っていたわ〉母さんが手で話す。

〈ずっとじゃないの〉

〈あんなことがあったのに？　オニールさんの返事はあいまいで心配になるわ〉

〈おびえたままでいてほしい?〉

〈もちろん、ちがうわ〉母さんが答える。〈でも、ここにいてくれたほうがいいと思ってる〉

〈わたしは帰ってくる〉

〈ほんとうに? とてもうまくいったとしても?〉

〈もちろん〉わたしは迷わず答えた。

〈それならこの話はおしまいね〉母さんはそう話すと洗濯物《せんたくもの》をたたみはじめた。食器《しょっき》を洗いながらふりかえると、母さんが静かに泣いているのがわかった。涙《なみだ》をぬぐってる。わたしたちはおだやかに、会話をせずに家事をした。わたしが助けを必要とするとき、ふるさとの温かい気持ちを思い出せますように。

父さんは気づかってくれ、納屋《なや》の作業を手伝うよう頼《たの》んだ。〈いつもメアリーを思っているよ〉わたしが羊にエサをやるのを見つめながら、父さんが話す。

がまんできなかった。わたしは子どもみたいに父さんの腕《うで》に飛びこんだ。父さんのそばを離《はな》れるのが一番つらい。父さんは、わたしの支えだもの。いつもわたしが転んでも支えられるようすぐそばにいてくれるけど、わたしが失敗する余地を残してくれてる。船乗りの心を持つ農夫は、水平線の向こうへ旅してみたいという願いを理解してくれる。ふたりとも、家の外にいるほうが落ち着く。父さんの香りをそばに置いておきたくて、父さんのシャツのポケットからタバコをひとつまみ取り出し、スカートのポケットに忍《しの》ばせた。

〈サリーに会ったら伝えてね〉父さんに頼《たの》んだ。〈わたしがどこに行ったかを〉

父さんは指で目の横をたたいてみせた。サリーがチルマークに来るのを、よく気にかけてるので、わたしの近況《きんきょう》を伝えてくれるだろう。

出発の日、どのくらい不在にするかわからないから、わたしは近所の人たちに別れを告げなかった。不作法にするつもりじゃない。いまは目的地に到着《とうちゃく》すること、そして状況《じょうきょう》がちがえば自分も同じ立場になっていたかもしれないかわいそうな子どもを助けることにだけ気持ちを集中させてる。愛する人たちに会えば、決意が弱まる可能性を恐《おそ》れてるのかも。

浜《はま》に下りると、父さんが片手でわたしを引き寄せ、大きな手でぎゅっと抱《だ》きしめてくれた。ことばがなくてもじゅうぶん気持ちが伝わってくる。

母さんがわたしの首にスカーフを巻いて、きれいな結び目を作り、ビーバー革《がわ》の帽子《ぼうし》を直してくれた。心配そうだし、顔がこわばっていて悲しそう。ジョージ兄さんのことを考えてるの？　もし兄さんが生きていたら、母さんはそばにいてほしがるだろう。家族のために。
わたしを見ながら母さんが手で話す。〈たまにね、もっとわたしに似ていたらよかったのにと思うことがあるのよ〉
そのことばが心につきささり、自分の選択《せんたく》が間違《まちが》っているのではないかと思ってしまう。母さんを抱《だ》きしめ、涙《なみだ》をぬぐった。
渡《わた》り板《いた》を歩いて船に乗りこんだ。エズラは前ほど力持ちじゃないから、エズラの仲間の船乗りがわたしのあとからトランクを運んでくれた。
エズラが話す。〈メアリー・ランバートでなけりゃ、ひとりで行かせるところだ！　泥《どろ》にまみれたって、もう連れもどさないぞ〉
〈期待してないから〉わたしは返事をする。平静を装《よそお》っていたけど、わたしが舌を出したら、エズラは首をかしげていかにも楽しげにくちびるをたたいた。
ブラック・ドッグ号が沖に向かうなか、母さんが家の台所で豆を洗い、イエローレッグが暖炉《だんろ》の前でうたた寝《ね》をして、畑を耕しにもどる前に父さんが紅茶を飲み干す姿をわたしは想像した。わたしは船の上に立って、自分の家や島に手をふり別れを告げる。未来に目を向けているものの、過去から逃《のが》れることはできない。

7

エズラは陽気に舵《かじ》を取ってる。陸から離《はな》れてうれしそう。船首の先に飛び出しているポールにエズラが乗るんじゃないかって、半分期待してる。わたしは船に慣れようとしていた。

波が反発して荒《あ》れることはない。まるで見えない手が、灰色の海を無事に渡《わた》れるように道を開けてくれてるみたいだ。この旅が、神の意志のしるしとわたしは受け止めた。

〈おれは、海の怪物《かいぶつ》セイレーンや海賊《かいぞく》の攻撃《こうげき》なんかこわくないと話したことがあったかな?〉エズラが話す。

この冒険《ぼうけん》ではエズラの役割に危険がないなんて、そんなひどいことは伝えない。だからといってエズラがなにもできないわけじゃない。手話で歌をうたう前に、エズラはひじから手までを力強くさすって調子を整えた。

レディーバード《テントウムシ》、レディーバード《テントウムシ》、
おうちにお帰り。
おまえのおうちが、燃えてるぞ。
おまえの子どもはみんな逃《に》げたぞ。
ひとりをのぞいて……

〈なんでその歌をうたうの？〉秋風というより肌寒《はだざむ》さを感じて聞いた。
〈だって、そうじゃないか？〉エズラが答える。
〈なにが？〉
〈メアリーが教える子さ。家族はその子だけを残して、みんないなくなったんだろ？〉
〈なにも知らないくせに！〉ここはゆずれない。
〈メアリーよりは知らないさ〉エズラが続ける。

……あんかの下に
もぐりこんでいるよ。

〈やめて！〉わたしは両手をふりまわした。

リー牧師がなだめる。〈メアリー、よくあるわらべ歌ですよ。あなたの崇高《すうこう》な行いに、関係があるとは思えません〉

エズラは笑いながら頭をそらした。もう、罰当《ばちあ》たりなんだから！　わたしが怒《おこ》ってエズラの真意を問いただす前に、お目付け役のリー牧師が話に割って入った。

リー牧師が話す。〈いつも黒い猫《ねこ》を船に乗せていましたよね？〉

エズラが答える。〈そのへんにいますよ。おれみたいに、おいぼれの知りたがりやさ〉へさきに寄りかかっているスミシーを指さした。スミシーの片目はうるんでる。魚を捕《つか》まえようとしてるの？　それとも海にうつる雲を見て、まばたきしてるの？

〈どうしてこわがらせようとするの？〉エズラに聞いた。わたしをからかってるとわかっているものの、軽く受け流せない。〈時間は若者のものだ、っていってたのに〉

自分のことばを投げ返してきたわたしを、エズラは横目でちらりと見た。

〈メアリーが捕《つか》まっていたとき〉エズラは指が動きやすくなるよう、手を開いたり閉じたりしながら話した。〈叫《さけ》んだかい？　胸から叫《さけ》び声をあげて、動かしにくいのどの狭《せま》い

声帯を動かし、ほとんど使わない舌を動かして？〉
〈なんでそんなこと聞くの？〉不安そうなリー牧師を見つめながら、エズラに聞いた。
〈メアリーの父さんから聞いた話では、その子は叫《さけ》んだり舌打ちで奇妙《きみょう》な音を出したりするそうじゃないか。解決策はない。その子はどうにもならないな〉
わたしは反論する。〈わたしたちみたいに音が聞こえないだけで、やっかい者扱《あつか》いされるの？　子どもなのに〉
〈獣《けもの》だよ〉エズラが答える。
わたしは目を丸くした。リー牧師はわたしを抱《だ》きしめてくれた。
〈ひどい〉わたしは両手の指をエズラに向けてふりながら伝えた。
エズラの青い目の色が、真夜中の空みたいに暗くなる。〈おまえさんが、はじめて挑戦《ちょうせん》するんだと思うかい？　悲しい身の上話を聞いたのが自分だけだって？　生まれもって沈《ちん》黙《もく》した魂《たましい》じゃなく、予想しえない奇妙《きみょう》さがゆえに母親から生まれた瞬間拒絶《しゅんかんきょぜつ》された者に対して、きらめきを探し、同じだと感じたのが自分だけだと思うのか？〉
リー牧師は、ヨハネによる福音書《ふくいんしょ》、一章五節を手話で暗唱した。〈光は闇《やみ》の中で輝《かがや》き、闇《やみ》はこれに勝たなかった〉

それを聞いて心がおだやかになり、エズラに告げた。〈なんでも知っているわけじゃないでしょ〉

〈そうとも〉エズラが答える。〈ただ、みんなに警告することを使命にしてる。とくにおれが大切に思う人たちにな〉

〈わたし、うまくやるわ〉

〈信じてるよ〉エズラが認める。

〈神はメアリーとともにいますよ〉リー牧師が話す。

そのとき雨がふりはじめた。レースのカーテンみたいな雨だけど、それでもやる気に水を差された。エズラは空に向かってぐるりと目を回して笑う。わたしは遠くに見えてきた陸地に目をこらした。

バーンスタブル郡の浜《はま》に着くと、わたしは組んでいた腕《うで》をほどいた。気難しいスミシーをなでてから、エズラの肩《かた》に軽く触《ふ》れた。口論せずに感謝の気持ちを伝えたかったから。

それからリー牧師とわたしは船を下りた。

〈ひとりで島へ帰るのは、だいじょうぶですか?〉リー牧師が話す。〈エズラ、むりをしないでくださいね〉

〈牧師さんこそ、達者でな！〉エズラは目の前にいる見えない敵と戦ってるような顔つきで手をふる。〈おれのブラック・ドッグ号は、全速力で島にもどれる一等航海士だ。気をつけなきゃならないのは、おまえさんたちのほうだぞ〉

わたしはエズラに背を向けて、岩だらけの浜《はま》を歩いていく。歩いてきた農夫とすれちがい、道にとめてあるその人の荷車のそばで待った。荷車までトランクを運んできた農夫とリー牧師が、熱心に話をしてる。わたしは荷車の前につながれている二頭の大きな動物の鼻面《はなづら》に手をのばしてやさしくたたいてから、荷車に乗りこんだ。リー牧師が農夫にお金を払《はら》うのが見えた。その人が帽子《ぼうし》を上げてあいさつすると、リー牧師とわたしは出発した。

岬《みさき》の景色はヴィンヤード島に似てる。わたしたちは砂丘《さきゅう》とヤニマツがある場所を通った。リー牧師は、立派な馬車に乗るのに慣れている。雄牛《おうし》はリー牧師の指示にしたがわなかった。牧師は農夫じゃないし、雄牛《おうし》たちはわたしのトランクを運ぶのがしゃくに障《さわ》るのかも。クランベリーが生えている沼地《ぬまち》のほうに道をそれたので、わたしは手綱《たづな》をにぎって手前に引き寄せた。リー牧師は感謝の気持ちをこめてうなずき、その後はだいたいまっすぐに道を進んだ。リー牧師の謙虚《けんきょ》なふるまいと黒い服のおかげで、わたしたちはどこを通っても大切に扱《あつか》われるだろう。

リー牧師は手綱《たづな》をにぎっていて手で話せないから、わたしはこれから待ち受けている仕事について気持ちを集中させた。上品なドレスを着ているけれど意思疎通《いしそつう》ができない子どもを想像してみる。ノラから届いた二通の手紙について考えた。手紙には情報が少ししか書かれていなかった。ノラはどうやって少女の耳が聞こえないとわかったの？　ほんとうの名前がわかるまで、少女のことを「レディーバード」と呼ぶことにしよう。ノラは手話をいくつ教えたんだろう？　少女が自分の世界を伝えるのに役立つ手話を、わたしはたくさん知っている。パイ夫人の指示にしたがいさえすれば、サリーが満ち潮から助けてくれたように、わたしはレディーバードの心を自由にしてあげられる。

荷車の車輪の動きが心地《ここち》いい。わたしは遠い昔の思い出に引きもどされた。昔の記憶《きおく》をはっきり思い出しながら、いつのまにか手話をしていた。わたしが五歳《さい》だったころのこと。季節は冬で、わたしは庭で雪遊びをしていた。それから氷に向かって投げる石を集めようと、川へ歩いていった。そこであるものを見たわたしは、家の中にかけこんで必死に伝えた。

〈父さん、男の人が凍《こお》った小川に袋《ふくろ》を投げるのを見たの。沈《しず》む前に拾わなきゃ〉

父さんが長靴《ながぐつ》をはくのを待たずに、わたしは家の外にかけだした。気が動転しすぎて寒さを感じない。わたしは凍《こお》りついた橋ですべって転んだ。わたしが沈《しず》むには小川は浅すぎる。はいまわりながら、そこらじゅうを探《さぐ》った。水の流れが、枯《か》れた枝や葉をすばやく運んでいく。袋《ふくろ》が枝に引っかかっているのを見つけた。父さんの力強い腕《うで》につかまり、わたしは袋《ふくろ》をつかんだ。

父さんはわたしを暖炉《だんろ》の前のじゅうたんに寝《ね》かせた。母さんが毛布を持ってかけよった。ジョージ兄さんは、じっと立ってる。ふるえがひどくて、わたしは指をうまく動かせない。あえぎながら、しぼるような声をあげた。

ジョージ兄さんは、わたしの訴《うった》えをわかってくれ、手から袋《ふくろ》を取り上げた。兄さんがわたしに背を向ける。わたしはもがきながら、兄さんがなにかをやさしく触《さわ》るのを見た。兄さんが自分のとなりになにかを置く。冷たい石だ。それからまた別の石を置いた。そして最後に、頭を持ち上げようとする小さな黒い毛のかたまりを置いた。

母さんは子猫《こねこ》をきれいなタオルにくるみ、わたしの手の中に置いてくれた。それからパンがゆを入れたお皿を持ってきた。子猫《こねこ》は片方の目を開けた。わたしは温かい息を子猫《こねこ》の頭にやさしく吹《ふ》きかけた。

産まれた子猫《こねこ》のうちで一番小さくて醜《みにく》い子。どうにかして袋《ふくろ》は土手に引っかかったんだ。

子猫《こねこ》はあっというまに大きくなったけれど、飼《か》い猫《ねこ》にはならなかった。ある春の日、母さんが家の外に出したら、それきりもどらなかった。わたしは思いっきり泣いた。

あることを父さんから教えてもらうまでは。〈あの猫《ねこ》が、友だちのエズラ・ブリュワーの肩《かた》に乗っているのを見たよ。メアリー、信じられないよな。あの猫《ねこ》は、エズラの船で波を追いかけたり探検したりしてるんだ〉一匹《ぴき》だけ取り残された子猫《こねこ》が家を見つけるまで生きのびる手助けをできたのだと思い、うれしかった。

リー牧師がわたしの手を触《さわ》り、荷車が止まったのに気づいた。〈メアリー〉リー牧師が目頭をぬぐうしぐさをして話す。〈あなたは貴重な思いやりの魂《たましい》を持っていますね〉

〈でも、思いやりって、ほかの人を見下すことになりませんか？　食べものをほどこして、ほめてもらうみたいに〉

〈まるでエズラみたいなことをいうね〉リー牧師にそういわれて、わたしは顔をしかめた。〈たしかに裕福《ゆうふく》な隣人《りんじん》の中には、利己的な衝動《しょうどう》から行動する人もいるでしょう。その人たちを非難することはできません。なぜなら、それでもよい行いをしているのですから〉

〈かわいそうな少女に手を差しのべられるのが自分だけだと信じるのは、思いあがりだ

とわかっています。それに、わたしは成功してほめてもらいたいんだと思います〉
〈それはまったく自然なことです〉やさしい笑顔《えがお》でリー牧師が話す。〈自分の意図を分析《ぶんせき》するのは美徳の証《あかし》ですよ〉
わたしはうなずいたものの、地平線にコッド岬《みさき》の港が見えると吐《は》きそうになった。荷車を下りて、ひざのあいだに頭をうめる。〈過去に囚《とら》われちゃだめ〉自分にいいきかせた。〈アンドリュー・ノーブルの骨は海底に散らばって、二度とわたしを傷つけたりできないんだから〉
しっかり立てるように、わたしは深呼吸をくりかえした。
この土地の農夫が荷車と雄牛《おうし》を持ち主に返すらしい。リー牧師は船乗りの服を着た男の人と手話をしないで話をしてる。ふたりがこちらに歩いてきたので、わたしは心の準備をした。
《こちらはメアリー・ランバートです》リー牧師は手話をしながら声に出して話した。《マーチン船長を紹介《しょうかい》しますね。教会からの依頼《いらい》で、船長がコッド岬《みさき》からボストン港まで船で連れて行ってくださいます》
〈ごきげんよう〉片ひざを曲げながら、手話であいさつすると、リー牧師が通訳してくれた。本土の人と話をするのは、あのつらい目に合って以来だ。わたしは船長の目をまっすぐ見た。耳が聞こえないのをないことにはできない。でも、お屋敷《やしき》の家庭教師になるなら、敬意を持って接してもらえるように努力しなくちゃ。

マーチン船長は興味深そうに目を細めたものの、手を差し出し、声に出してあいさつするのが見えた。「はじめまして」

わたしはほっと息をはきだし、にっこりする。マーチン船長と農夫が、わたしのトランクを運んでくれた。トウモロコシ畑を通りすぎ、大小さまざまな岩や小石のある海岸まで坂道を下っていく。ふたりはトランクを船長の捕鯨船《ほげいせん》に積んだ。なにかがわたしの目をひいた。手をのばし、すべすべで白い十字模様のある黒い石を拾ってマントのポケットに入れた。その石を指で回しながら気持ちを集中させる。

捕鯨船《ほげいせん》の両端《りょうたん》は細くなっている。わたしはマントの前をしっかりかき寄せて座《すわ》った。船長が舵《かじ》を取るためのオールを持ち上げる。リー牧師も両手でオールをつかんだ。わたしはこぐのを期待されていないけど、そばにあるオールをつかんだ。重い荷物を運ぶわけじゃないし、船は海岸線のそばを進む予定だ。

リー牧師と背中合わせに座《すわ》っているから、手で話はできない。たまにふりかえったとしても、身ぶりから意味を読めない。ふたりの肩《かた》の位置や船がゆれることから、マーチン船長とリー牧師のふたりが会話をしているのを感じる。

あと少しだ、とわたしは思った。ノラは迎《むか》えの馬車で待っている？　会話するときに必要になるかもしれないと思って、石板とチョークはトランクの一番上に入れてある。前に会ったとき、ノラは手話をとても早く覚えた。ノラは熱心に学ぶ、とても優秀《ゆうしゅう》な生徒だった。わたしが教える子はどうだろう？　まっ黒い髪《かみ》をした少女を想像する。わたしが屋敷《やしき》に着くまで、その子はベッドに寝《ね》かされてる？　それともずっと起きてる？　興奮がわきあがり、稲妻《いなずま》のようにわたしのからだを走った。

ボストン港に入ると、また吐《は》き気がしてきた。前にアンドリューのスクーナー船に囚《とら》われてボストン港にやってきたとき、わたしは汚《よご》れて凍《こご》えてた。まわりの景色に目がくらくらして、危険な場所に感じた。それに招かれざる訪問者だった。わたしはまだ田舎《いなか》のネズミだけれど、若い女性としてのふるまい方は心得てるつもり。

港を出発するほかの船の甲板《かんぱん》で起きている争いに気を取られた。まるで急いでいるみたいに船が通りすぎていく。もっとよく見ようとくるりとふり向いたら、ひとりの男が何人かを追い立てていた。その人たちは毛布にくるまれていて、よく見えない。足を引きずり、よろよろしてる。足が鉛《なまり》でできているみたいに。

リー牧師も見ていたのでわたしは聞いた。〈捕《つか》まったんですか?〉わたしは苦しそうな表情を浮《う》かべて、両方の手首を押《お》しつけてみせた。

〈囚《とら》われているにちがいない〉リー牧師が、やけに速く手話をする。牧師が胸に下げている十字架《じゅうじか》に触《ふ》れたのに気づいた。

恐《おそ》ろしくなって聞いた。〈もし自由を奪《うば》ったのだとしたら? もしかして……奴隷捕獲《どれいほかく》人!〉

前にうちの農場で働いていたトーマス・リチャーズが、ジョージ兄さんに話してくれたことがある。恐怖《きょうふ》と病気でふるえる何百人ものアフリカ人たちが荷物のように船倉に入れられて運ばれた、という話を。トーマスは主人である所有者から自由を認められて自由黒人になったものの、捕鯨船《ほげいせん》に乗っている今はまた捕《つか》まる危険がある。ヴィンヤード島にはじめて入植した人たちは、ワンパノアグ族を奴隷《どれい》として売った。たとえサリーのような少女でも。チルマークのほとんどの人は、ろう者コミュニティを作った、わたしの祖先のジョナサン・ランバートがティラル号という小型船でケベックからアメリカへ捕虜《ほりょ》を連れもどしたと信じてる。ほんとうは、逃《に》げて自由の身になった黒人を奴隷《どれい》として売っていたのに。わたしたちはみんな、罪を背負っている。

罪の種類はちがうけど、三年前のボストンでのことがちがう展開になっていたら、わたしはここからそう遠くない波止場《はとば》でエズラにやさしく抱《だ》きしめられるんじゃなく、残酷《ざんこく》なアンドリュー・ノーブルに捕《つか》まっていただろう。

わたしは動揺《どうよう》するあまり、立ち上がって船を転覆《てんぷく》させそうになった。あの人たちを乗せた船はもう、はるか彼方《かなた》に進んでしまった。マーチン船長はどうしたのかという目でわたしを見てから、船を泊《と》める場所を指さした。

ボストンの町は、つくづく卑劣《ひれつ》だ！

II

8

都会を走る町馬車が、わたしたちを待っていた。こんなに美しい馬車を見たのは、生まれてはじめて。どの面にも平らなガラスの窓がついていて、端正《たんせい》な白塗《しろぬ》りの外装には金の線細工が施《ほどこ》され、まるで波模様の彫刻《ちょうこく》のよう。ボストンに誘拐《ゆうかい》されてきたときに見た馬車は、ただの荷車としか思えなくなった。

前の席には手綱《たづな》をにぎる御者《ぎょしゃ》と、黒いお仕着せを着た馬丁《ばてい》が座《すわ》ってる。ノラがいなくてがっかりした。御者台《ぎょしゃだい》から下りた馬丁《ばてい》がわたしを呼んだにちがいない。リー牧師が背筋をのばして声に出しながら手話をしたから。《こちらがメアリーです》そしてリー牧師は、馬丁《ばてい》のスティーブンという名前を指でつづってわたしに教えてくれた。

スティーブンは返事をして、わたしのトランクを取りに行き、御者台《ぎょしゃだい》の下にくくりつけた。大またで歩いて馬車の扉《とびら》を開くと、彫像《ちょうぞう》のようにじっと立ち、片側の腕《うで》を背中の後ろで曲げている。その姿勢のわりに、親し気にウインクをした。御者《ぎょしゃ》のウォルターはまっすぐ前を見てる。背筋をピンとのばした細身のウォルターは、気取ったキリギリスみたい。リー牧師は、わたしの肩《かた》に手を置いて、やさしくほほえんだ。〈少女は子猫《こねこ》ではありませんし、獣《けもの》でもありません。すべての魂《たましい》が救われると心の底から信じています。メアリーは忍耐《にんたい》を学び、腹を立てないようにしなくてはなりません。主の恵《めぐ》みが、メアリーの仕事にありますように〉

わたしはリー牧師を抱《だ》きしめた。今ではわたしの頭が牧師の胸の中ほどになるまで大きくなったんだ。つぎになにが起こるのか、興奮した気持ちでいっぱいでも、リー牧師との別れはつらい。

豪華《ごうか》な馬車に乗りこむ前に、わたしは片ひざを曲げておじぎをして、スティーブンにていねいにあいさつをした。馬車の長椅子《ながいす》が、とてもやわらかい生地《きじ》でおおわれていて、指の下に天国が広がってるみたい。からだの向きを変えて、すべての窓の外をながめてみた。現実とは思えない、色彩《しきさい》豊かな大きな絵画のように見える風景をじっくり観察した。

ゆれながら馬車が進むリズムや窓から世界をながめる感覚は不思議で、魔法《まほう》にかかったみたい。目の緊張《きんちょう》をゆるめると、窓枠《まどわく》に縁取《ふちど》られた冷たく淡《あわ》い緑の景色がぼんやりしはじめた。

だれにも見られないから恥《は》ずかしいと思うこともなく、指がすばやく動いた。〈わたしはこんなに遠くまでやってきた。もうもどれない。パイ夫人だって、昔は初心者だった。仕事の準備ができていなくても、わたしは急いで学ばなくちゃ。レディーバードは、わたしたちが同じだって理解してくれるかしら？〉

馬車は大通りをはずれ、ヴェイル屋敷《やしき》へ続く長い道を進んでゆく。馬たちがとても速いギャロップからゆったりしたトロットへと速度を落としたのを感じる。谷間に沈《しず》んでいるかのような建物を目をこらして見た。銀色の月が、屋敷《やしき》を不気味に白く輝《かがや》かせてる。立派なお屋敷《やしき》は、大きな母屋《おもや》の両側に小さな別棟《べつむね》がバランスよく配置されている。たくさんの窓と玄関《げんかん》ドアは顔みたいに左右対称《たいしょう》で、謎《なぞ》めいて見える。

到着《とうちゃく》に備えて、息を大きく吸った。今知っていることを、ボストンで囚《とら》われていたときに知ってたら、ちがうやり方ができたのではと長いあいだ考えてきた。第一印象は大切だと学んだ。耳が聞こえないことが、仕事の成功を左右するかもしれない。人は好奇《こうき》心旺盛《しんおうせい》だ。はじめは相手を安心させるために、その人のまねをするのが一番だろう。わたしがどんな人間か理解してもらうまでは、おかしな音を立てたり、すばやく手話をしたりしないようにしよう。

馬車が止まると、わたしはゆっくり息をはき、帽子《ぼうし》を整えて、あごを上げた。さりげなく笑《え》みを浮《う》かべる。

馬車から下りるときは、スティーブンが手を貸してくれた。ウォルターは、けっしてわたしを見ようとしない。三階の窓で人が動くのが見えた。だれかがわたしをこっそり見てるの？　スティーブンの手がわたしの肩《かた》に触《ふ》れ、びくっとした。スティーブンが玄関《げんかん》のほうに向かって腕《うで》をふったので見ると、玄関《げんかん》ポーチにがっしりしたからだつきの年配の女性がいた。

トランクを御者台《ぎょしゃだい》からはずしてもらい、石板とチョークを取り出す。初対面の人にいきなり身ぶりをするのではなく、ことばを使うつもり。年配の女性がじりじりと足を動かさずにいてくれたから、わたしは自信を持てた。

女性のあとについて楕円形《だえんけい》の玄関《げんかん》ホールに入った。ドアの上には、扇《おうぎ》を広げたような形のガラスがはめこまれた窓がある。日の高いうちは、この窓から太陽の光が部屋にふりそそぐにちがいない。外から見た左右対称《たいしょう》の造りは室内でも同様だ。つやのある白黒のチェッカー柄《がら》の床板《ゆかいた》で、ホールの両側には緑色の椅子《いす》が二脚《きゃく》ずつ置かれてる。磨《みが》き上げられた手すりのついた階段が上へと続いている。このきれいな場所にいると、耳が聞こえないことが傷みたいに感じられる。けれど、どの家にでも散らかった食器棚《しょっきだな》やゆるんだ床板《ゆかいた》があるはず。それにわたしはレディーバードを助けにやってきたんだもの。

わたしが特別な客であるかのように、女性は片ひざを曲げてとてもていねいにあいさつをした。わたしも片ひざを曲げてあいさつを返す。

わたしはチョークで石板に文章を書いた——メアリー・ランバートです。はじめまして。あなたのお名前は？

女性は石板を手にして、白髪《しらが》頭を横にふった。この人は文字を読めないんだ。〈ごめんなさい〉の手話をしようと、にぎりこぶしを胸にあてると、ノラが現れた。ノラは前とあまり変わっていなかった。燃えるような赤い髪《かみ》で、休みなく動き回るような姿も同じだ。ノラはわたしを抱《だ》きしめると、腕《うで》をのばしたくらいにからだを離《はな》し、にっこりしながらわたしのことを上から下まで見た。この数年でぐんと背が伸《の》びたから、今はノラとほとんど同じ身長だ。

満足したノラは、自分の胸を指さして、名前を指でつづった。わたしはにっこりしてうなずく。ノラは石板とチョークに気づいて手に取り、石板に書かれた文章を見て顔をほころばせた。

ノラは石板に文章を書いてわたしに見せた――こちらは家政婦のコリンズ夫人よ。わたしは彼女の下で働いているの――ノラとコリンズ夫人は熱心に話をしてる。ノラは石板に書いた――メアリー、また会えてうれしいわ。コリンズ夫人が教えてほしいといっているのだけれど、お茶か軽い夕食をとりたいか、先に部屋へ行ってからだをきれいにしたいか、ですって。

まず少女に会いたいです――そう石板に書いてから、ノラからコリンズ夫人に意味を伝えてくれるように手で話した。ノラが声に出して読むと、コリンズ夫人は手をもみあわせながら顔をしかめた。

ノラはエプロンで石板をふいて、文章を書いた――メアリー、それはむりなの。

わたしが返事をする前に、気取った感じで堂々とした男性が歩いてきて、ノラから石板とチョークを取り上げた。その人が石板に書いた――来客をもてなせる状態ではありません。今日は、狂犬《きょうけん》のように口から泡《あわ》を吹《ふ》いていましたから――男の人は、きつく閉じられた薄《うす》いくちびるると、人をぞっとさせるような知的な目をしている。

〈少女は人間です。犬ではありません〉わたしは腹を立て、力強く手で話した。怒《いか》りの炎《ほのお》を感じる。

男の人はいやな感じに笑うと、石板に書かずに話をした。ノラが急いで石板に書いた——わたしが許可するまでは、会えると思わないほうがいい。

男の人は向きを変えて立ち去った。足音が響《ひび》くのを感じる。わたしはひざをさすろうと手をのばした。ガクガクしていたけれど、マントでかくれてひざは見えなかった。

ノラは顔をまっ赤にして石板に書いた——あの人はノリッジ執事《しつじ》よ。

返事をする前に、コリンズ夫人がわたしの手を軽くたたき、台所へ案内してくれた。

少女に会えないなら、わたしはなんのためにここへ来たの？

コリンズ夫人が話した内容をノラが石板に書いた——メアリーさん。ノリッジ執事《しつじ》を怒《おこ》らせてはいけません。

ノラが声に出したことばをぼかしたり、きれいごとにしたりせずに伝えてくれてうれしい。率直《そっちょく》に接してくれると信用できる。わたしは質素な感じの木製テーブルについた。マイノット博士の屋敷《やしき》にいたときは台所を見たことがなかったし、閉じこめられて働かされていた宿屋のハイタイド亭《てい》の台所と比べたら途方《とほう》もなく立派だ。台所にも黒と白の床板《ゆかいた》がはられている。おいしそうな料理のにおいと親切な人たちのおかげで、玄関《げんかん》ホールやちらりと見えた舞踏室《ぶとうしつ》よりも、家にいるみたいにくつろげそう。

わたしは手で話してから書いた——だれも怒《おこ》らせるつもりはありませんでした。コリンズ夫人はわたしの手話に戸惑《とまど》ってるみたい。わたしの「不思議さ」へのコリンズ夫人の不安を早く解消させるのが、わたしにとっても、この屋敷《やしき》でのわたしの役目にとっても一番いいはず。わたしが石板に書いた文をノラが声に出して読む——耳の聞こえないお子さんの家庭教師として雇《やと》われたと思っていたのですが。

「まあ！」コリンズ夫人が話す。「とても複雑なんですよ。家柄《いえがら》はよいのですが、あなたのようにきちんとしたお嬢《じょう》さんじゃないんです。ノリッジ執事《しつじ》の手や庭師のベンの顔にある傷は、セラード医師があの子を落ち着かせるために押《お》さえつけたときにできたもので、野生の動物につけられたようなものなんです」コリンズ夫人の話をノラがすばやく石板に書いた。

〈落ち着ける状況《じょうきょう》じゃなかったのかもしれませんね〉わたしはほのめかしてみた。

手話を見たコリンズ夫人は、戸惑《とまど》うようにノラを見た。ノラが声に出しながら石板に書いた——少女は自分の生活により自主性を望んでいるのかもしれないとメアリーはいいたいんだと思います。

「自主性？」コリンズ夫人のことばをノラが石板に書いた。

ノラは話をしながら石板に書いた――自分の運命をコントロールする能力です。コリンズ夫人は、悪意のないようすで首を横にふる。

わたしは書いた――神は自分の形に似せて少女を創造されたのですから、そのように扱《あつか》われるべきです。

わたしが書いた文章をノラが読むと、コリンズ夫人はにっこりして話す。「わたしもそう信じていますよ。発達が一番遅《おく》れている生き物であっても、神に祝福されているのですから」

わたしは書いた――でももし少女の発達が遅《おく》れていなかったら？　少女の状況《じょうきょう》が、障害となっているだけだとしたらどうでしょうか。

「メアリーさん、考えすぎじゃないですか」コリンズ夫人の話をノラが書く――わたしは自分で見たり聞いたりしたんですから。少女は床《ゆか》をはいずりまわり、口でカチカチとひどい音を立てるんですよ。

わたしは書いた――どうして「少女」と呼ぶのですか？　少女には名前がありますよね。少女に名前があるとしても、わたしたちには知らされていません――コリンズ夫人の話を書き続けたせいで、ノラはくたびれて手首をふった――名前はあるはずでしょうね。でも、あんな生き物が聖なる場所で洗礼を受けたとは思えませんよ。

わたしは、かっとなった。気持ちを鎮《しず》めるために手話をしてから石板に書いた——コリンズ夫人、どうしてノラがわたしを呼ぶ許可を求めたと思いますか？

ノラは、わたしのことばをコリンズ夫人に通訳した。

「おなかがすいたとか痛いとかと知らせる身ぶりを、覚えさせるためでしょう」

手話をしてから書いた——そんな能力しか持てないと信じているのですか？

「ほかになにが？」コリンズ夫人が話す。肩《かた》をすくめる動作でノラが教えてくれた。

無知から生じる悪意に対して、わたしは怒《おこ》ってもいい？　でも、わたしは少女がどんな状態なのか、まだ自分で見てはいない。

手話をしてから書いた——わたしは、いつ、自分の目でたしかめられますか？

「残念ですが、ノリッジ執事《しつじ》にいい印象を与《あた》えませんでしたね」コリンズ夫人が話す。

そうかもしれないし、そうじゃないかもしれません——ノラは声に出して話しながら書き、見えないものの重さを手で量るようなしぐさをした——メアリーがまじめで有能だとノリッジ執事《しつじ》は気づいたはずです。メアリーが少女を素直《すなお》にすることができればノリッジ執事《しつじ》の仕事は楽になると、わたしが説得してみるわ。

〈ちょっと待って――〉わたしは手を挙げて話をする。

〈メアリーは、それだけのために来たのじゃないとわかっているわ〉ノラは頭のわきを軽くたたいて手話をする。ノラと目が合い、わたしたちの目的は同じだとわかった。レディーバードを助けるには、ノラの手助けが必要だ。

〈こんなに大きい家なのに、あまり人がいないのね〉わたしは伝える。

ノラが書いて説明してくれた――夏が終わると、台所の使用人は全員、暇《ひま》を出されたの。だから今は、わたしとコリンズ夫人で仕事を分担しています。メアリーには、洗濯物《せんたくもの》をたたむとか洗った食器《しょっき》をふくとか、かんたんな仕事を手伝ってもらうつもりよ。エリーは、なんでもするお手伝いさん。みんなが起きる前に火をおこすとか、床《ゆか》をモップでふくとか、下働きをしているの。このあたりの子で十人きょうだいの末っ子よ。きっと好きになるわ。

ノラは急いで書いたせいでくたびれた手の痛みをやわらげるために手をふり、また石板に書いた――ノリッジ執事《しつじ》には会ったわね。独立戦争では将校だったんですって。ウォルターは馬車の御者《ぎょしゃ》よ。ノリッジ執事《しつじ》にかなり忠実なの。ウォルターになにか話せば、ふたりに話したことになるわ。スティーブンは馬丁《ばてい》。ウォルターより親しみやすいのに気づいたでしょう。ふたりは正反対な感じね。厩舎《きゅうしゃ》で馬の世話をしているから、スティーブンにはほとんど会わないでしょう。庭師のベンには会ってほしいわ。メアリーのことをベンに話したのだけど、粗野《そや》な見た目のわりにとても思いやりがあるのよ。

説明された内容を理解しようとしながら、わたしはうなずいた。コリンズ夫人に愛想《あいそ》よくほほえみ、紅茶をごちそうになったお礼を伝えようと、開いた右手の指先をあごから下にさげた。コリンズ夫人は同じ手話をくりかえさない。ノラがわたしを部屋に案内するのを見て、コリンズ夫人は自分の仕事にもどれてほっとしたみたい。

わたしが滞在《たいざい》するのは二階にある部屋だ。家具は立派だけど、ビーコンヒルにあったマイノット博士の屋敷《やしき》の家具ほど大げさな感じじゃない。サラ・ヒルマンが話していたイギリスの様式なのかも。壁《かべ》の最上部は、ぐるりと装飾《そうしょく》で囲まれている。トーマス・ジェファーソン大統領はこんなふうに小ぶりですてきな書き机を持っているの？　おばかさんなサラを思い出してくすくす笑うと、少し気が楽になった。

ノラが暖炉《だんろ》の火をおこすとすぐに、わたしはベッドのとなりに座《すわ》るよう身ぶりで示した。ノラはわたしの最初の教え子だ。わたしは手話をしてから石板にそのことばを書いて伝えた。手話をして文章を書くのは、時間も労力もかかってしまう。わたしは手をすばやく動かし、流暢《りゅうちょう》に手話をするのに慣れてる。日常のやりとりをすべて石板に書いたら、永遠に時間がかかってしまうだろう。けれど島の外で耳が聞こえる人と意思疎通《いしそつう》するには、さまざまな工夫《くふう》が必要だ。それにノラは、わたしのためにいやがらずに同じことをしてくれる。

〈レディーバードにはいつ会える?〉

〈レディーバード?〉テントウムシのように手をパタパタさせながら、ノラが聞いた。

〈少女には名前が必要よ〉名前の由来を説明する気になれず、そう答えた。

〈待たなくちゃならないわ〉ノラが答えてから石板に書いた――メアリーは、ノリッジ執事《しつじ》の権威《けんい》をおびやかすような存在じゃないとわかってもらいましょう。まずは屋敷《やしき》とこの土地を受け入れてね。コリンズ夫人とわたしの仕事を手伝ってちょうだい。ベンと親しくなってみて。

わたしはうなずいてから聞いた――どうしてレディーバードの耳が聞こえないと思ったの?

ノラは立ち上がり、レディーバードの動きをまねしてみせた。手話や指で文字をつづったりもするけれど、身ぶりがほとんどだ。ノラはのどを押《お》さえて、耳と舌を指さした。ノラが石板に書いた――あの子はメアリーとちがってがさつだけれど、なんとなくわたしたちがはじめて会ったときのことを思い出したの……。

わたしは手で話してから石版に書いた――もっと教えて。

ノラは考えをまとめるのをためらいつつ書いた――メアリーと親しくなったとき、あなたの目の奥《おく》には、きらめきを感じたわ。ものごとを理解しているような。レディーバードにも、確信はないけれど感じたの。ただの理解以上のなにかをね。

〈わかったわ〉わたしは目を触《さわ》ってから顔を触《さわ》る手話をした。レディーバード独自のやり方をわかってあげる人が必要だろう。わたしは書いた――どうしてレディーバードはここに連れてこられたと思う？

ノラは袖《そで》で石板をふいて書いた――いろいろ考えてはみたわ。だれも引き取りたがらないのは明らかなのに、あの子を施設《しせつ》に入れないから。

わたしは、ぞっとした――レディーバードは、わたしを傷つけると思う？

ノラは手話をしてみたものの石板に書いた――可能性はあるわ。はじめのうちはね。

〈心の準備はできてる〉わたしは不安な気持ちで伝える。

それから石板に書いた――わたしたちが会ったときのことを話してくれたということは、わたしの悲惨《ひさん》な状況《じょうきょう》を覚えてるでしょ。窓の鉄格子《てつごうし》に顔を押《お》しつけて冷たかったのを覚えてる。外がどんなようすなのかを知りたかった。ノラにはほとんど会わなかったし、助けを求める手段もなかった。わたしは施設《しせつ》にいると思いこんでたの。自己嫌悪《じこけんお》でいっぱいになっても、逃《に》げる気持ちは失わなかった。

——意思疎通《いしそつう》ができない状態で閉じこめられているのは、レディーバードにとって毎日が地獄《じごく》みたいだと思う。どんな医者の薬でも、苦痛はいやせないわ。わたしはレディーバードのいらだちや、怒《いか》りに近いものがわかるの。冷たい拒絶《きょぜつ》への痛みを。レディーバードを身近に感じるわ。

ノラは天井《てんじょう》を指さした。レディーバードの部屋は三階で、わたしの部屋の真上なんだ！

ノラが聞いた——「がまん」の手話は、どうやるの？

わたしは〈がまん〉と手話をしてから石板に書いた——ノラは、友人のリー牧師みたいね。

わたしはメアリーを全面的に信用しているわ——ノラは石板に書いてから、ぎこちなく手話をした。〈明日の朝、台所に来てね。一日の仕事について説明するから。おやすみなさい〉

〈おやすみなさい〉わたしも手であいさつした。

ノラが部屋を出たあと、わたしは洗面器《せんめんき》の水でからだをきれいにして、ベッドに横になって考えた。「がまん」は、させる側じゃなくて、させられる側のことばだ。ノリッジ執事《しつじ》の態度は、わたしの決意をぐらつかせてはいない。じゃまされずにレディーバードに教える方法を見つけよう。時間をむだにするつもりはない。ことばのない状態で心が囚《とら》われているなら、少女の魂《たましい》は休まらない。もしわたしが聞いた話が半分でもほんとうなら、あの子はボストンにいたときのわたしより絶望してるかもしれない。こんなこと、わたしが予想していたのとはかけはなれてる。

わたしは天井《てんじょう》を見つめた。ろうそくの火が消えかかってる。右手をハーモニーおばあちゃんの聖書の上に置いた。聖書を開くまでもなく、ガラテヤ人への手紙六章二節を思い出した。〈たがいに重荷を担《にな》いなさい〉

9

つぎの朝、服を着て、コッド岬《みさき》の浜辺《はまべ》で拾った石が入っているマントのポケットに人形を押《お》しこんだ。教えるのに使えるかもしれないから。頼《たの》まれて来たのに、どうしてこれ以上待たなくちゃいけないの？　パイ夫人なら、応援《おうえん》してくれるだろう。

玄関《げんかん》ホールでノリッジ執事《しつじ》と顔を合わせたけれど、冷静に接することができた。レディーバードに会う許可をもらえるまでできるだけのことをしよう。ていねいにおじぎをし、問いかけるように首をかしげた。ノリッジ執事《しつじ》が左を指さしたので、わたしはうなずいた。

母屋《おもや》からは、東西それぞれの別棟《べつむね》へ続く屋根つきの通路がある。わたしは台所のある西棟《とう》へ歩きはじめた。まずはノラと会う約束をしていたけど、気が変わった。散歩をしてからノラを探しても問題ないだろう。

わたしは母屋《おもや》にもどり、東棟《とう》に続く通路を歩いた。舞踏室《ぶとうしつ》をのぞいてみる。来年の夏まで閉じられているのだろう。布がかけられた椅子《いす》と、窓から差しこむ薄暗《うすぐら》い光を見るだけでも、想像力をかき立てられる。「華麗《かれい》」ということばは、こういう場所を表現するために生まれたんだろう。チルマークの集会場で踊《おど》ったカントリー・ダンスを思い出した。ダンスのステップを覚えるのに少し時間がかかったけど、ほかの踊《おど》り手とぶつからないように踊《おど》ったら、心がときめいた。

母屋《おもや》の正面に出て、わたしの部屋の上にある三階のレディーバードが閉じこめられている部屋の窓を見上げると、なにかが動いた。とても近くにいるのに、はるか遠くに感じる。東棟《とう》の裏へ歩いていった。この屋敷《やしき》は、三階部分が二階までよりも小さい。窓へ登る方法はある？

地面に敷《し》きつめられた平たい丸石の道を進むと、風変わりな建物に目が釘付《くぎづ》けになった。見たこともないような透明《とうめい》なガラス窓があり、白い尖塔《せんとう》がつきでていて、湾曲《わんきょく》した屋根でできた小さな宮殿《きゅうでん》みたい。なかに、明るい緑の草木が見える。

気になってしかたないけど、ノラが待っている。初日からのんびりなんかしてられない。

朝の冷えこみから台所に入ると、暖かくて心地《ここち》いい。コリンズ夫人が力強い腕《うで》でパン生《き》地《じ》をこねている。調理台を布でふいているのがエリーにちがいない。

ノラは寛大《かんだい》にも、わたしが遅《おそ》く来たのをとがめなかった。コリンズ夫人は関節をさすりながらテーブルにつき、そのようすから天気について文句をいってるのがわかる。わたしたちは冷たいソーセージとビスケット、紅茶の朝食をとった。

エリーもいっしょに食べたけど、椅子《いす》には座《すわ》らない。熊手みたいにやせていて、上くちびるが裂《さ》けている。うなずきはするけど、わたしをじっと見ないようにしてる。手で話す人にはじめて会ったのかも？　おどろいてるというより、興味を持ってるみたい。わたしが手で話しかけると、エリーは手で口をすっぽりおおった。人とのちがいをかくそうと、必死になる気持ちはよくわかる。

台所のドア口にノリッジ執事《しつじ》が現れた。台所は自分の領分じゃないと承知しているようだけど、屋敷《やしき》の主人気取りでわたしを監視《かんし》してるみたい。

ありがたいことに、ノリッジ執事《しつじ》は紅茶を飲むといなくなった。わたしの耳が聞こえないことにうんざりしてるのはまちがいないけど、ヴィンヤード島の外に出ればよくあることだ。わたしの目的は、ノリッジ執事《しつじ》の考えを変えることじゃない。わたしと、わたしの真意を疑っているものの、ノリッジ執事《しつじ》の権威《けんい》をおびやかす存在とはまだ見なされてない。この状況《じょうきょう》をうまく利用しよう。

食事が終わると、ノラに案内されて小さな庭へ行った。そこには寒さで硬《かた》くなった状態で乾《かわ》いた洗濯物《せんたくもの》が干されたままだ。この仕事ならよく知ってる。物干しから洗濯物《せんたくもの》をはずしてたたみ、ノラが持ってきたかごにしまうのに、わざわざ説明はいらない。

石板とチョークを使えないから、わたしたちはだまって作業した。はじめて会ったときからノラが気に入っていた、わたしが指をさして手話を教えるゲームをした。ノラはジョージ兄さんみたいには勉強をしてないけど、ことばを巧《たく》みに操《あやつ》る才能があるのは兄さんと同じだ。ノラはアイルランド語も話せるのかしら。

ノラのあとについて収納場所がある二階へ階段を上り、シダの防虫剤《ぼうちゅうざい》といっしょに洗濯《せんたく》物《もの》をしまった。さらにいくつか家事をこなすうちに午前中が終わったけど、気晴らしにはならなかった。どこへ行くにも、ノラが使う経路を覚えるようにした。使ってもいないシーツを交換《こうかん》してベッドを整えるのは、ちっともわくわくする仕事じゃないかわりに、探検していると思うようにした。その仕事がどうして必要なのかを聞いても、ノラは肩《かた》をすくめるだけだった。

仕事が終わるとお茶の時間だ。日当たりがよくて暖かい居間で過ごすぜいたくをノラが許してくれた。コリンズ夫人が大皿に乗せたスコーンを運んでくると、またノリッジ執事《しつじ》がわたしたちを探《さぐ》るようにようすを見にきた。思いきりさりげない感じで（心の中はベスビオ火山のようだったけど)、レディーバードに会えるかノリッジ執事《しつじ》にたずねてみる。ノラは緊張《きんちょう》しながら、わたしの質問をノリッジ執事《しつじ》に伝えた。ノリッジ執事《しつじ》がぴしゃりとなにかいった。ノラに教えてもらう前から答えはわかった――今日は、だめだ。

夕方は、もっとのんびりしていた。床《ゆか》はエリーがモップをかけていて、厚手の布でおおわれていない家具は、きれいにほこりが払《はら》ってある。ノラは台所の炉床《ろしょう》の前でロッキングチェアに座《すわ》り、のんびりゆられてた。エリーとコリンズ夫人にカード遊びに誘《さそ》われた。やり方を知らなかったから参加はせず、ふたりを見ながらルールを覚えようとした。

日が暮れるころ、晩ごはんを食べた。自分がとてもお腹《なか》が空《す》いていることにおどろいた。一日でこれだけの仕事をこなしたのだから、母さんも感心するだろう。パンは、今朝コリンズ夫人が焼いたばかりのものだと気づいた。チーズと肉は、冷えた食料庫から出してきたんだろう。わたしはにっこりして、大げさにお腹《なか》をさすった。コリンズ夫人はわたしの肩《かた》をやさしくたたいた。

早めに部屋にもどったものの、頭の中で考えがぐるぐる回りすぎて、とても眠《ねむ》れない。上の部屋にいるレディーバードのことを思う。わたしと同じように落ち着かない? わたしがすぐ下の階にいるのを、レディーバードは知ってる? 知ってたら気にする? レデイーバード、わたしはここにいるのよ！

つぎの日も、ほぼ同じことのくりかえしだった。朝起きて、台所で朝ごはんを食べた。ノリッジ執事《しつじ》は、自分が見ているのがいかにもわかるように行動する。わたしたちは陶磁器《とうじき》のほこりを払《はら》い、飾《かざ》り棚《だな》に注意深くもどした。エリーが洗濯《せんたく》をして、ノラとわたしは日ざしが弱くても太陽の位置が高いうちに洗濯物《せんたくもの》を干した。

またお茶の時間になり、居間に座《すわ》ってクランベリー入りのスコーンをかじり、紅茶をすすった。レモンを入れたの？というように眉《まゆ》を上げてみせると、ノラはほほえんだ。けれどノリッジ執事《しつじ》がわたしの一日のようすを聞きにやってくるまで、三階につながることはなにも説明してはくれなかった。今回は、いつレディーバードに会えるのか質問する代わりに、寝《ね》る前に会えないかと頼《たの》んでみた。

〈たぶん、明日には〉ノラはノリッジ執事《しつじ》の答えを伝えた。

わたしのがまんは、ほころびを繕《つくろ》わなくちゃならない靴下《くつした》くらい限界だ。

その夜、屋敷《やしき》で振動《しんどう》がしなくなったころに、使用人が使っている部屋の裏口《うらぐち》のドアを開けてらせん階段を見上げてみた。わたしは寝巻《ねま》き姿でろうそくを持ち、ほこりを払《はら》ったりシーツを替《か》えたりしたことのない上の階へ歩いていく。ふるえる手でレディーバードの部屋のドアの取っ手を回した。音を立てないように、できるだけしっかりと。もちろん鍵《かぎ》がかかってた！

鍵穴《かぎあな》からのぞきこもうと身をかがめ、目が見つめかえしてくるんじゃないかとドキドキしながらこわい気持ちでのぞいてみる。まっ黒にしか見えない。レディーバードは、ほんとうにいるの？　それとも幻《まぼろし》？

10

レディーバードの部屋の鍵《かぎ》を手に入れなくちゃ。ノラの話では、庭師のベンはわたしのことを聞いて同情してるらしい。ノラはベンと親しくなったほうがいいとも話してた。レディーバードがベンの顔をひっかいたのなら、ベンは部屋に入ったことがあるんだ。部屋の鍵《かぎ》を持ってるかもしれない。

台所で会ったノラに〈病気〉と〈散歩〉を意味する手話をした。うそをついたわけじゃない。いらいらして熱が出そうだったし、外の空気を吸えば具合がよくなるかもしれないから。ノラは、じっとりしたわたしのおでこをやさしく触《さわ》り、手をふってくれた。わたしはマントを着て、玄関《げんかん》ホールを通り外へ出た。そして、緑でいっぱいの風変わりなガラスの建物へ続く、屋敷《やしき》の右側にある小道を歩いた。もし冬に見たら、この透明《とうめい》な建物を氷の宮殿《きゅうでん》と思っただろう。

入り口のドアをコツコツたたいてみる。わたしは返事を聞けないから、形式的なものだ。

ノブを回してみるとドアが開いた。なんのにおいだろう？　つんとくる匂《にお》いがする。記憶《きおく》が一気によみがえる――母さんはクリスマスの料理に、めずらしいオレンジの皮を使ってガチョウのつやを出し、プディングの風味づけをした。秋のマサチューセッツ州に、どうしてかんきつ類があるの？　たまらずマントをぬいだこの場所の暑さと関係があるのかもしれない。

つやのあるレモンに手をのばして引っぱり、枝をたわませた。男の人が、テーブルのかげからいきなり現れた。わたしに気づいても、わめいたりおどろいたりするようには見えない。この人がベンにちがいない。ベンはふさふさとした茶色い髪《かみ》で、大きい宝石みたいな青い目をしていて、がっちりした体格だ。左のほおには、傷あとがある。かがんだとき、上着の裏地《うらじ》に「カルパー」という文字と小さなマークが、かくすように刺《し》しゅうしてあるのに気づいた。ベンの姓《せい》と家の記章なんだろう。

ベンのじゃまをしたのに、その理由を伝えられない。わたしはベンの顔にある傷を指さした。血が乾《かわ》いた傷が三本ある。ベンは家のほうを身ぶりで示した。ベンの話しぶりは気さくな感じだけど、不安そうなのがわかる。わたしは少女に会いたいと伝えるつもりで、自分を指さしてから家を指さした。

ベンは椅子《いす》に腰《こし》かけるようにとわたしに合図した。それから手袋《てぶくろ》をはずした。かんたんな図を描《か》くだけでも、石板とチョークを持ってくればよかった。速く手話をしたら、きっとベンは注意をそがれてしまう。ベンが仕事にもどるまで、あまり時間がないはず。ベンと話すにはどうしたらいい？

ポケットに人形があるのを、わたしは思い出した。汚《よご》れたテーブルに置かれた鉢《はち》に、人形を寄りかからせた。わたしはテーブルを指さし、指でつづってから手話をした。できるだけしっかり、人形を指でさしてつづったり手話をくりかえしたりした。ベンは、そっぽを向かずに付き合ってくれた。けれど、わたしが伝えようとする内容を、明らかにわかってない。

わたしは、またくりかえした。人形でわたしの顔をたたいてから、人形を座《すわ》らせて指で文字をつづり手話をくりかえす。ベンの顔に、わかったという表情が浮《う》かんだ。この動きの目的を理解してくれたんだ！　ベンは直感的に顔の前で手をふり、ヴィンヤード島の手話で「なに？」を意味する動作をした。わたしは高いはしごや、ロープを登る手話をした。ベンは笑ったけど、いじわるな感じじゃない。ドアの鍵《かぎ》を回す動きをしてみた。ベンは首を横にふった。

わたしにできることは少ししかない。仕事をするためにベンが腰《こし》を上げようとすると、わたしは祈《いの》るように頭を下げて手を合わせた。ベンは忍耐強《にんたいづよ》くて信心深い人だと思ったから。全能の神に向かって精いっぱい手話で祈《いの》る――〈助けてください！　道をお授《さず》けください。レディーバードに会う方法を、お示しください〉

ベンが立ち上がると、右足のひざから下がないのがわかった。独立戦争の退役《たいえき》軍人なんだろう。わたしよりそんなに年上じゃない、少年兵士だったにちがいない。だから、ベンはわたしを見下さないの？　木製の義足を取りつける前に、ベンがさっとすばやく動いたのに気づいた。建物のガラス越《ご》しになにかを見つめてる。

ベンに続いて建物を出て、鍵《かぎ》がかけられるのを待った。ベンはくちびるに指をあて、足音を立てないように動くようながす。ベンの態度は明らかに変わった。気持ちを集中させて真剣《しんけん》なようすだ。わたしはベンの後ろを影《かげ》みたいに歩いたけど、冷《ひ》や汗《あせ》がどっと出た。

ベンが手を挙げて生《い》け垣《がき》の後ろで止まるよう合図した。耳に手を置く身ぶりで、音を聞いているのを教えてくれた。銅像のようにじっと立っていると、十メートルほど先にノリッジ執事《しつじ》が見えた。ノリッジ執事《しつじ》の顔つきをうかがうようすの小柄《こがら》な男と話してる。ふたりは握手《あくしゅ》をして、小柄《こがら》な男が立ち去った。

ノリッジ執事《しつじ》は、コートをなでつけると、たばこを吸うために朝の散歩をしていたという感じで、母屋《おもや》に向かって大またで歩いていった。もしわたしがまばたきをしていたら、胸ポケットに手紙をそっと入れたのを見逃《みのが》していただろう。このやりとりにどんな意味があるのかわからないけど、ベンの顔は怒《いか》りで赤くなり、手のひらをぎゅっとにぎったり開いたりしてる。

ふいにわたしが後ろにいるのをベンが思い出した。見たことをだれにも伝えないと示すため、わたしはくちびるに指を押《お》しつけた。張りつめたわずかな時間、わたしの目を見つめたあと、ベンはうなずいた。屋敷《やしき》の裏についてくるよう、わたしに手をふる。行ってみると、ベンは開いているドアの中へ案内した。コートのポケットに手を入れ、真鍮《しんちゅう》の鍵《かぎ》を取りだして、わたしに手渡《てわた》す。鍵《かぎ》は大きくて重たく、持ち手にはうずまき模様がある。手の中の鍵《かぎ》をじっと見つめた。これがレディーバードの檻《おり》の鍵《かぎ》？　わたしたちはわかっているというように見交《みか》わした。

裏の階段をかけのぼろうとすると、ベンに手首をつかまれた。わたしをつかんでないほうの手で自分の顔の傷に触《ふ》れる。警告してるんだ。無茶《むちゃ》をしないと約束するため、わたしはうなずいた。

屋敷《やしき》の裏側にある使用人用の階段は、表の階段ほどきちんと手入れされていない。ひとりで階段を上るうちに暗くなっていく。あたりに、ほこりがただよってる。狭《せま》くて急ならせん階段を上っていくと、自分の部屋の裏口《うらぐち》を通りすぎた。使用人がほとんどいないから、すべてが不気味に静まりかえってる。

ちゃんと数えられていれば、わたしはレディーバードの部屋にある裏口のドアの前にいるはず。若い教師がはじめて教室に入るみたいな気分だ。心がはやり立つあまり、手の中の鍵《かぎ》がふるえた。ドアに鍵《かぎ》を差しこんで回す。レディーバードにも聞こえないだろうけど、ドア下にわたしの影《かげ》を見るか、だれかが近くにいるのを感じるかもしれない。耳が聞こえないと感覚が強まるのは、わたしたちろう者の共通点だ。

〈おはようございます、生徒のみなさん〉緊張《きんちょう》をほぐすためにわたしは手話をした。〈わたしはメアリー・ランバートです〉

ドアをさっと開けると、蝶《ちょう》つがいがきしんでだれかに気づかれる心配をする前に、わたしは口に手をあてた。排泄《はいせつぶつ》物の悪臭《あくしゅう》で吐《は》きそう。

わたしはこみ上げたものを飲みこみ、急いで落ち着きを取りもどして部屋に入った。天井《てんじょう》は低く、暗くてよく見えない部屋の奥《おく》にベッドがある。よく見えないまま、小さな窓に向かって用心しながら歩いていく。エズラの不気味な歌みたいに、あんかの下にかくれてるの？　余計な考えを頭の中から追い出して、まちがいなく混乱しているはずのレディーバードを安心させようと集中する。心の中で数字を思《おも》い浮《う》かべながら十まで数えた。すると床板《ゆかいた》から振動《しんどう》を感じた。

ふりかえると、四つんばいですばやく近づいてくる姿が見えた。後ずさったものの、その必要はなかった。立ち上がろうとしたレディーバードが、うつぶせに倒《たお》れる。床《ゆか》に固定されたベッドに足が鎖《くさり》でつながれてるんだ。床板《ゆかいた》を爪《つめ》で引っかいて、こちらに近づこうとしてる。鎖《くさり》をゆるめようとしたり、後ろの床板《ゆかいた》を引っぱり上げようとしたりする。まっすぐ歩けないのは当然だ。こんなの、ひどすぎる。

レディーバードのようすを見て、気を失いかけた。代わりにわたしはレディーバードの手が届かないところに座《すわ》りこんだ。口と鼻をおおい、大きく息を吸ってはいた。リー牧師がエズラに手で話していた聖書のことばをくりかえす。〈光は闇《やみ》の中で輝《かがや》き、闇《やみ》はこれに勝たなかった〉

わたしの手話に興味を持ったらしく、レディーバードは頭を後ろにそらしてわたしを見た。汚物《おぶつ》にまみれていても、レディーバードは美しい少女だった。からみあったまっ黒な髪《かみ》の毛が、青白い顔にかかってる。ただれやあざのようなもので腫《は》れた口を開けた。くちびると舌を規則的に動かしているのに気づいた。あえぎながら音をカチカチ立てているの？　両手を耳にあてて頭をふり、わたしも耳が聞こえないことを伝えようとした。レディーバードが望んでいた反応じゃないみたい。

激しいまなざしでわたしを見つめる。おぼれた人のような顔つきだ。シェイクスピアが書いた芝居《しばい》『テンペスト』の台詞《せりふ》は、なんだった？「両の目は今は真珠《しんじゅ》」だ。憂《うれ》いの奥《おく》に知性のきらめきがあるとわたしは確信した。どうして人の子じゃないなんていうの？　耳が聞こえず見捨てられてるだけなのに。

ぞっとする考えにとりつかれる。これがわたしの別の人生だったかも？　割れた鏡の向こうにある世界みたいに。

わたしがここに来た理由を思い出して、人差し指で胸をさしてから両手を使ってメアリーという文字を指でつづった。レディーバードは両手を耳にあてたまま、くちびると舌を動かしてる。

〈ちがうわ〉また自分の耳に両手をあててから手話をした。自分を指さし、指でメアリーとつづった。それからレディーバードを指さし、〈女の子〉の手話をした。窓を指さして〈光〉の手話をする。最後にポケットから人形を取りだして〈人形〉の手話をした。

レディーバードは鋭《するど》い目つきでわたしを見つめる。少なくともわたしは、目新しいものを見せている。物の名前を教えられてるのか、呼びかけられてるのか、本人がわかっているのかどうかはわからない。わたしはまた〈人形〉の手話をして、少しだけ近づいた。わたしが引っかかれるのをこわがってるなら、レディーバードのほうはもっとおびえて身を引くだろう。

人形をレディーバードの右手のそばへ投げてみた。レディーバードは人形をつかんで口に詰《つ》めこみ、かんでから吐《は》きだした。いやな味を取ろうと舌をこすってる。レディーバードが落ち着いてきたのを感じる。どんなに混乱していても、わたしに興味を持ってる。レディーバードは愚《おろ》かじゃない。わたしはここで、なにかをやりとげる。

〈ちがうの〉わたしは首を横にふりながら手話をした。〈食べものは持ってない。人形よ〉湿《しめ》ってくしゃくしゃになった人形を拾い、子どもが遊んでいるみたいに目の前でスキップさせて見せた。レディーバードの心の中でなにかが動いた。指を目にあててから、掃《は》かれた床《ゆか》に涙《なみだ》をこすってる。ことばで言い表せないほど悲しく感じたものの、それを表現することも理解してもらうこともできない。

パイ夫人に教えてもらった、物を指さしてから手話をくりかえす方法を思い出した。

〈わたし、メアリー。あなた、女の子。これは、人形〉

ちょうどそのとき、ドアが勢いよく開いた。ノリッジ執事《しつじ》が先頭に立ち、こわい顔でことばを吐《は》きだしてる。執事《しつじ》を見たとたん、レディーバードがからだを丸めたのに気づいた。コリンズ夫人は身じろぎもせずに、じっと見てる。わたしを捕《つか》まえようとしたのはノラだった。ノラは片方の手をわたしの胸の前に回し、わたしを後ろに下がらせようとした。

わたしは使用人用のドアから自分の部屋へ連れていかれた。ノラとコリンズ夫人、ノリッジ執事《しつじ》もいっしょだ。ベッドに座《すわ》ると、ポケットから鍵《かぎ》をこっそり取りだして枕《まくら》の下にすべりこませた。ベンを裏切るつもりはない。通訳がないと、人と話をするのはとても回りくどくなってしまう。声に出して話をする人たちの中にいて、その人たちがわたしの運命を勝手に決めようとしているとしたら、すごくいらいらする。もどかしい気持ちでノラを見たけれど、あまり親しげにしないほうがいいというノラのことばを思い出した。ようやくノラは石板とチョークを使って書いてくれた――どうやって少女の部屋に入ったの?

わたしは石板に書いた――母屋の裏口のドアに気づいて、らせん階段を上ったら、部屋のドアに鍵《かぎ》がかかってなかったの。

ノラはノリッジ執事《しつじ》に石板を見せ、コリンズ夫人には声に出して伝えた。ふたりは疑っているようだけれど、さらに聞こうとはしなかった。コリンズ夫人がおしゃべりしてる。ノラはバラ模様の壁《かべ》まで下がった。どうしてノラはわたしの味方をしてくれないの？ ノリッジ執事《しつじ》は、わたしをばかにするように見て石板をつかんだ。

ノリッジ執事《しつじ》が石板に書く――ひとりで部屋に行くなど、あの娘《むすめ》と同じくらいまともじゃない。何度も説明したはずだ――ノリッジ執事《しつじ》がノラをにらむ――そのときが来たら会う機会があると。

わたしは石板を取り返して書いた――わたしは少女を助けるためにやってきました。これは仕事です。あなたは少女を鎖《くさり》につなぎ、放置して汚物《おぶつ》にまみれさせています。いつになったら「そのとき」が来るのでしょうか？

ノリッジ執事《しつじ》は話をはじめ、目をぐるりと回して石板とチョークをもぎ取った――これでもう生徒に会っただろう。なにかをあの子に教えたら――ノリッジ執事《しつじ》は指を大げさにふり、また書いた――あの子が単純な要求を伝えられるように教えるんだな？ もしできるなら、あの子のふるまいをどうにかしてくれ。

わたしはほっとして、大きく息をはいた。

けれど、コリンズ夫人がエプロンで石板をふくと、ノリッジ執事《しつじ》が書いた――あの子に書くことは教えなくていい。ほかの使用人は――ノリッジ執事《しつじ》は、またノラをにらんだ――読み書きができないから、あの小さな野蛮人《やばんじん》に劣等感《れっとうかん》を抱《いだ》くかもしれない。

わたしは手話をしてから書いた――わたしは手話を教えるつもりです。ろう者には、手話が第一言語ですから――わたしの第一言語に、ノリッジ執事《しつじ》が嫌悪感《けんおかん》を抱《いだ》いているのがわかる。

また手話をしてからノリッジ執事《しつじ》に文章で伝えた――あの子が屋敷《やしき》に住む、ただひとりの一族の人間なら、少女はあなたの主人ですよね。

わたしは踏《ふ》みこみすぎてしまったのに気づいた。ノリッジ執事《しつじ》は石板には書かずになにかをしゃべり、いっしょに部屋を出るようコリンズ夫人に合図をした。ドアがバタンと閉まるのを感じる。

ノラは石板を手にして書いた――今はわたしが主人だということを忘れるな、とノリッジ執事《しつじ》はいったわ。メアリー、それが賢明《けんめい》だと思う。

わたしはきびすを返して洗面台へ歩いた。肩《かた》をやさしくたたかれるのを感じて、ふりかえる。

〈メアリーは〉ノラが手で話す。〈わたしに腹を立ててるのね〉

〈いいえ〉わたしは手話で返事をする。〈がっかりしたの〉

ノラは石板をふいてから、ベッドのとなりに座《すわ》るよう身ぶりで示した。ノラは肩《かた》をすぼめていて、いつもみたいな活気がない。

わたしは手話をしてから書いた――どうして味方になってくれなかったの？

ノラが書く――メアリーがいうことを聞いてくれなかったからよ。困っているあの子を助けようとしてるのを、怒っているわけではないわ。でも、場合によってはわたしの立場を危《あや》うくするかもしれないの。だから、用心してと伝えたのよ。

わたしは手話をしてから書いた――わからないわ。

ノラが書いた――マイノット博士の推薦状《すいせんじょう》もなく、この仕事につけたのはとても運がよかったの。

ノラをさえぎってわたしは聞いた――どうしてマイノット博士は推薦状《すいせんじょう》を書いてくれなかったの？　博士はノラを気に入ってると思ってたのに。

そうね。気に入られてたわ――ノラはわたしと目を合わせない。

〈ごめんなさい〉ふいにノラの事情を察して謝《あやま》った。マイノット博士は親切だと思ったのは見当ちがいだったんだ。博士はアンドリューと同じくらい下劣《げれつ》だとわかった。お祈《いの》りのことばから、博士を抜《ぬ》くことにしよう。

〈あなたのせいじゃないのよ〉ノラは覚えている手話を使った。

わたしは石板に書いた――ノリッジ執事《しつじ》は、ノラが読み書きできるのが気にくわないんでしょ。

ノラが書いた――はじめのうちはかくしていたの。あなたに手紙を送るまではね。わたしの母さんは、アイルランドのコーク県の出で、洗濯婦《せんたくふ》をしていたわ。年季奉公《ねんきぼうこう》で働くときの契約《けいやく》でだまされないように、娘《むすめ》に英語の読み書きをさせようと決めてたと聞いてる。

わたしは感心して、しばらく時間をおいてから質問した――どうしてノリッジ執事《しつじ》は、レディーバードをあんなにきらってるの？

ここに来てからずっと引っかかっていた。アンドリュー・ノーブルが、耳が聞こえないことを欠陥《けっかん》と呼んだけれど、ノリッジ執事《しつじ》はどうしてそんなに侮辱《ぶじょく》できるの？

ノラは大きく息を吸って止めた。何を言うべきか、ことばを集めて慎重《しんちょう》に並べてるみたい。ノラが書いた――ノリッジ執事《しつじ》のような人間がいることを理解する必要があるわ。ノリッジ執事《しつじ》は、この屋敷《やしき》の庶務員《きゅうむいん》として働きはじめて、だんだん出世したの。独立戦争が終わると、家族のところへは帰らず、ここにもどってきたそうよ。レディーバードのお母さんが少女だったとき、ノリッジ執事《しつじ》は屋敷《やしき》にいたはず。その人のことをノリッジ執事《しつじ》が愛《いと》おしそうに話すのを聞いたことがあるわ。よい使用人は、仕える主人の家族を自分の家族のように第一に考えるものなの。ノリッジ執事《しつじ》は主人をかばう気持ちが極度に強くて、どんな犠牲《ぎせい》を払《はら》っても家族の評判を守ろうとしているのね。

〈でも、レディーバードだって家族なのに!〉わたしは食い下がる。この一族の異常な流儀《りゅうぎ》は、わたしが見たことのある最悪の悪夢よりひどい。ろう者には、どこにも望みはないというの?

ノラは渋《しぶ》い顔で書いた——ノリッジ執事《しつじ》の目には、レディーバードが欠陥《けっかん》に見えるんだと思う。恥《はじ》なのね。レディーバードの存在は、ノリッジ執事《しつじ》が心から愛する家族の評判に傷をつけるの。

わたしは、ぞっとした。ノラはただ伝えただけだからノラが話したことばを責めるつもりはないけれど。わたしはゆっくり手で話した。〈わたしに連絡《れんらく》をくれてよかったわ〉

ノラはうなずいて書いた——コリンズ夫人の話では、レディーバードはあの状態でやってきたそうよ。母親のことは、ほとんど話題にされないの。母親は、コッド岬《みさき》に住む貧しい農民と結婚《けっこん》するために家出してそのあと病院へ入れられたんですって。スキャンダルのようなものよね。あの子は、あなたのふるさとのような場所で生まれたんじゃないと思うの。メアリーのふるさとには、家族や土地の人たちの愛情や助けがあるでしょ。

いつでもどこにいても、わたしのようなろう者を受け入れる場所として、チルマークは道徳的な規範《きはん》になっている。

〈ノリッジ執事《しつじ》に、ノラの責任じゃないって伝えるわ〉わたしが手で話すと、ノラはほとんどの内容を理解しつつ首を横にふった。それならやめておく、とわたしはうなずいた。

メアリー、ノリッジ執事《しつじ》は悪魔《あくま》よりも悪賢《わるがしこ》いの——そう書いてから、ノラは急いで消した。

ベンといっしょに庭でノリッジ執事《しつじ》を見かけたことを話そうかと思ったけれど、代わりにノラを抱《だ》きしめた。わたしたちは〈友だち〉という手話を作り、おたがいの人差し指をつなげた。ヴェイル屋敷《やしき》にいる罪のない人たちの幸福のために、無鉄砲《むてっぽう》なことはしないとわたしは誓《ちか》った。

ノラが書いた——伝えるのを忘れてたのだけど、メアリーが到着《とうちゃく》する前に、あなた宛《あ》ての手紙が届いていたの。机の上に置いてあるからね。よい知らせでありますように。おやすみなさい。

わたしはうなずいて、手紙を手にとった。ナンシーからの手紙だ。わたしは窓辺に立ち、満月の光の下で手紙を読んだ。いつものナンシーの文章だ。


親友へ。冒険《ぼうけん》に足を踏《ふ》みだしたね！

メアリーの話は控《ひか》えめにいっても謎《なぞ》めいていて、つぎの手紙ではきっと、夜になると廊下《ろうか》をさまよう幽霊《ゆうれい》の話だらけになるにちがいないでしょうね。

わたしはなによりうれしく思っているよ。ヴィンヤード島を離《はな》れたのは、自分がした中で一番よかったことだもの。ヨーゼフ・ハイドンのソナタだけじゃなく、イギリス人女性が語る、女性が生まれながらに有する権利にも励《はげ》まされているの！

わたしは今、女性解放について話し合うために、この土地でブルーストッキング（訳注：もとは十八世紀後半のイギリスで学芸に秀《ひい》でた上流階級の女性たちを指し、知的な女性を意味する。女性解放運動のシンボル）のグループを主催《しゅさい》しています。

メアリ・ウルストンクラフト（訳注：女性解放運動の先駆者《せんくしゃ》として有名な十八世紀のイギリス人思想家）は、こんなふうに書いているわ。「自らの努力によって手に入れたものでなければ、理性的な存在をどうして高められるというのか？」

メアリーは、恵《めぐ》まれない少女を教えるために努力し、奮闘《ふんとう》するでしょう。わたしは、メアリーがこの仕事に向いているのを知ってるし、どうやって進めていくかを楽しみにしてる。

とりあえず今は、屋敷《やしき》に潜《ひそ》むスパイや秘密について考えることにするね。もしかしたらメアリーが捕《つか》まえるかも！　じつは恋人《こいびと》同士が密会しているだけかもしれないけどね。どちらにしても、人のじゃまをしすぎないことね！

誠実な友、ナンシーより

上の階での恐《おそ》ろしいできごとのあとだけに、手にしている手紙は嵐《あらし》の中のいかだみたいに感じる。ヴェイル屋敷《やしき》の現実は、ロマンスとはかけはなれてる。それでもナンシーのわたしへの信頼《しんらい》と、ウルストンクラフト夫人の女性解放の哲学《てつがく》は、わたしの背中を押《お》してくれた。

11

その夜、ヴィンヤード島の夢を見た。家の玄関《げんかん》ドアは開いてるのに、母さんと父さんがいない。動物たちは納屋《なや》の外にいる。わたしは海のほうを見た。巨大《きょだい》な波が押《お》しよせてきている。みんながどこへ逃《に》げたのかわからないまま、わたしは走って干潟《ひがた》にやってきた。油断していたわたしは沈《しず》みはじめる。泥《どろ》がひざまで来ると、わたしは腕《うで》をふり、助けを求める手話をした。胸まで沈《しず》んだのを感じる。足を動かすことができず、頭を上げようともがいた。水面の上に残ってるのは、音が聞こえない耳だけ。口の中に泥《どろ》がたまってくる。

はっとして目が覚めた。レディーバードのところへ行かなくちゃ。でも、ノラをまたがつかりさせたくない。がまんするのは、暗闇《くらやみ》を歩くよりも難しい。手綱《たづな》をつけられた馬も同じように感じるの？　つながれた生き物は、どうして自由になれないの？

一階に下りると、ビスケットとソーセージが乗った皿をノラが渡《わた》してくれた。台所のテーブルにつくと、コリンズ夫人が立ち上がり、エリーと仕事をはじめた。ノラがレモンを手に取るのを見て、わたしはふたつのカップに紅茶をそそいだ。ノラのおかげでほっとするだけじゃない。この屋敷《やしき》でレディーバードの教師でいるための、ひとりきりの味方だとも気づいてる。

〈よく眠《ねむ》れた?〉ノラが聞いた。

わたしは礼儀《れいぎ》正《ただ》しくうなずいた。気むずかしいと思われたくない。

〈ノリッジ執事《しつじ》とベンは折り合いが悪いみたいね〉話題を変えて、ここにいる人たちについてできるだけ多くの情報を得ようと聞いてみた。

ノラが答える。〈ふたりとも独立戦争で、大陸軍にいたの。ノリッジ執事《しつじ》は将校で、ベンは若い志願兵だったそうよ。それでもめごとが起こりそうね。とくにノリッジ執事《しつじ》は今も命令を出してるし〉

〈ベンの姓《せい》はカルパーでしょ〉気づいたことに感心してもらいたくて伝えてみた。

〈もしそうなら、はじめて聞いたわ〉ノラの返事は意外だった。

ノラが洗った食器《しょっき》をわたしがていねいにふいていると、ノリッジ執事《しつじ》が台所に入ってきた。エリーはおどろいたひょうしに、あわてて裂《さ》けたくちびるをかくそうとして熱いマフィンの天板で手をやけどした。エリーはノリッジ執事《しつじ》に、くちびるをかくすようにいわれてるの？

ノリッジ執事《しつじ》がわたしを指さした。わたしは石板とチョークをつかんだ。ノリッジ執事《しつじ》は首を横にふる。

わたしは書いた――勝手に三階へ上がるつもりはありません。ただ、あの子を洗ってやってもいいか聞きたかったんです。

わたしはさっとノラを見た。ノラは、ほほえんだ。マイノット博士の家でわたしをお風《ふ》呂《ろ》に入れようとしたとき、わたしが抵抗《ていこう》したことを思い出してるんだろう。一度会っただけのわたしを、レディーバードは身を任せられるほど信用してくれる？

おどろいたことにノリッジ執事《しつじ》はうなずいた。わたしの二の腕《うで》をつかんで引っぱっていく。ノリッジ執事《しつじ》が身ぶり手ぶりをするのなら、指示にしたがえばいい。ノリッジ執事《しつじ》はバケツを持ち、台所にある揚水《ようすい》ポンプを指さした。わたしはバケツいっぱいに水を入れたけど、温める時間は与《あた》えられなかった。甘《あま》い香りがする石けんをつかんだ。それから裏の階段を上り、レディーバードの部屋に向かう。バケツを運びあげるのはたいへんなのに、ノリッジ執事《しつじ》は手伝ってくれなかった。

ノリッジ執事《しつじ》が部屋の鍵《かぎ》を開けたとき、わたしの枕《まくら》の下にまだベンの鍵《かぎ》をかくしてあるのを思い出した。そして気づくと部屋の中にいた。ノリッジ執事《しつじ》は、わたしからバケツを取り上げた。レディーバードが明るいところにいて、また手とひざを床《ゆか》につけている。わたしのほうを見ようとしないけど、昨日わたしがしてみせた手話を表現力豊かにしはじめた。うれしい！　手話と物とを結びつけることはまだできなくても、手話とわたしを結びつけてるんだ！

視界のすみで、ノリッジ執事《しつじ》が水でいっぱいのバケツを持ち上げるのが見えた。ゆっくり向きを変えて石けんを差し出したけれどむだだった。わたしにやらせてほしいと身ぶりで頼《たの》む前に、ノリッジ執事《しつじ》は冷たい水をレディーバードに浴びせかけた。なんて冷酷《れいこく》な男！

レディーバードは鋭《するど》い目つきで、首すじをおさえながらじっとしてる。ずぶぬれなのに叫《さけ》ばない。昨日と同じように、くちびると舌を動かしている。口の動きを読むのに慣れていないけど読もうとしたら、レディーバードの口の動きには英語らしさがなかった。タオルを探したものの見あたらない。レディーバードは寒さにふるえないの？　長いあいだ人間以下の扱《あつか》いをされたせいで、暖かさを忘れている？　猫《ねこ》のスミシーもそんな感じだ。十二月の荒《あ》れ模様の日に暖炉《だんろ》のそばで眠《ねむ》るより、海岸を走るほうが好き。凍《こお》った小川で死にそうになったことがあるからかも。

ノリッジ執事《しつじ》は満足そうな顔つきをしてる。レディーバードに水をかけたのはわたしへの挑発《ちょうはつ》だったんだ。だれが主人なのかを見せつけるために。でも負けるもんか。わたしはノリッジ執事《しつじ》と目を合わせた。わたしは、全能の神に誓《ちか》ったんだから。

ノリッジ執事《しつじ》はバケツを投げ捨て、指を一本、立てた。意味がわからないと、わたしは首を横にふる。ノリッジ執事《しつじ》は部屋を出てそのままドアを閉めた。ドアノブを回そうとしたら鍵《かぎ》がかかってる。一時間でもどってくるという意味だったの？　わたしをこわがらせるのが目的だとしたら逆効果だ。この短い時間を最大限利用しなくちゃ！

〈ごめんなさい〉わたしは手で話した。

レディーバードがわたしの動きをまねた。こぶしを胸でこすり、悲しい顔をしてる。この動きは、物を指さして手話をするより意味が伝わりにくいと気づいた。それでも、ろう者があらゆる感情を表現することを学べないわけはない。わたしは指で自分の胸を指さしてから、指でメアリーとつづった。わたしのサインネーム、指でほっぺたをこする動きをしてみせた。

〈レディーバード〉手話をしてからレディーバードを指さした。わかったという表情はまったくない。レディーバードの名前がわかったらいいのにと思った。自分に名前があることくらいは知ってるよね？

レディーバードは、のどをつかみ、耳をふさいだ。まねするわけじゃなく、わたしも同じ動きをして自分はろう者だと伝える。するとレディーバードはいらいらしてる感じの動きをやめた。レディーバードもわたしに好奇心《こうきしん》を抱《いだ》いてる？

レディーバードは後ろを向いて自分の右くるぶしを見てから、わたしを見た。鍵《かぎ》を回す身ぶりをする。なにも持っていないのを伝えるため、わたしは手を開いた。ポケットもひっくり返す。レディーバードがいきなりからだをゆらした。それから手を挙げた――青白く、羽ばたかない翼《つばさ》を。ふいに人差し指で自分の鼻をさした。〈人形〉の手話だ。覚えてたんだ！

わたしは床《ゆか》を指さして、下の階に置いてきたと身ぶりで伝える。レディーバードは開いた手で床《ゆか》をたたいた。それから両方の手のひらに顔を置いてる。これは、じっくり考える姿勢なのかなと思った。レディーバードは人差し指を床《ゆか》に向けた。

〈そうなの〉わくわくするのを感じながら、わたしは頭とこぶしを使ってうなずいた。しゃがんだ姿勢で用心しながらレディーバードに近づいていく。爪《つめ》が短く切られてるのに気づいた。ゆっくり手をのばして、レディーバードのぬれた髪《かみ》を耳にかけ、わたしより美しい顔をじっくり観察した。

なにが起こったのかわからないうちに、のどを思いきりつかまれていた。自分がしていることをどう思ってるの？　両手を挙げても、逃《に》げられない。なにも悪いことをしてないのに、どうしてわたしを攻撃《こうげき》するんだろう？

パイさんの鍛冶屋《かじや》の炉《ろ》みたいに、派手な色で燃えるような火花が見える。ジョージ兄さんの最期《さいご》の瞬間《しゅんかん》を思い出した。勢いをつけ、レディーバードの手が届かないところまでなんとか転がって後ろに逃《に》げた。

あえぎながらようやく立ち上がったとき、ノリッジ執事《しつじ》が大またで部屋に入ってきた。顔を上げると、ノリッジ執事《しつじ》がレディーバードをベッドへ引きずっていき、起き上がれないほど強くたたくのが見えた。レディーバードのために心の中で泣きながら心を落ち着けたけど、ノリッジ執事《しつじ》はそっぽを向いた。苦々しく思いながら、階段を下りていくノリッジ執事《しつじ》のあとを追った。

ノリッジ執事《しつじ》が、コリンズ夫人にわめいてる。コリンズ夫人は急いでどこかへ行き、屋《や》敷《しき》に来て以来ずっと見かけていなかったウォルターを連れてもどってきた。頭の回転が速いウォルターは、ご主人の命令をすぐさま実行しに行った。自分よりからだの大きいいじめっ子の後ろを、にやにや笑いながらついて回る小学生みたい。キョロキョロ動くウォルターの目のせいで不安になった。ノラが、きれいな石板とチョークを持って現れたから、ほっとした。

医者のセラード先生を連れてくるそうよ——ノラが、こわばった顔で石板に書いた。

ノラから石板とチョークを受け取った。長い文章を書くつもりでいた。けれど、ノラの心配そうな目を見て、ノラにいわれたことと、リー牧師に教えられた忍耐《にんたい》について思い出した。わたしは緊張《きんちょう》をゆるめて、両腕《りょううで》をだらりと落とした。

ノラがわたしの首をよく見てくれた。少し痛みはあるものの、咳《せき》が出るのがほとんどだ。エリーが急いで紅茶を用意してくれた。わたしは玄関《げんかん》ホールでセラード先生が来るのを待った。

セラード先生は冷酷《れいこく》な感じじゃなく、いかにも医者らしくて騒々《そうぞう》しい。わたしがひざを曲げておじぎをすると、わたしの手を取った。ノラは石板で通訳してくれた。ていねいに手をふり、わたしは先生の診察《しんさつ》を断った。湿布《しっぷ》がほしいけれど、この人を信用できない。レディーバードを人間扱《あつか》いしてないように見えるから。レディーバードが置かれた状況《じょうきょう》が気にならないの？　一族から高い報酬《ほうしゅう》を得ているせいか、ほかの患者《かんじゃ》を診《み》るのに忙《いそが》しいせいかもしれない。この先生はレディーバードに救いの手を差しのべていると信じてるのかも。セラード先生は凶暴《きょうぼう》なまぬけのように扱《あつか》われたことがないのはまちがいない。

ノリッジ執事《しつじ》は、哀《あわ》れみと嫌悪《けんお》の目でわたしを見てから、ノラに話しかけ、セラード先生を上の階へ案内していった。わたしは自尊心を針でチクリと刺《さ》された気がした。ノラとわたしは台所へ向かった。わたしはレモンとハチミツ入りの紅茶を少しすすった。わたしたちと話をしながら、コリンズ夫人は同情するようにわたしのひざをやさしくたたいてくれた。エリーはその場にいて、わたしたちのやりとり、とくにわたしの手話をながめていた。エリーは自分の立場を超《こ》えて、手話の内容を知りたい気持ちを持ってる。わたしがこんなに愚《おろ》か者じゃなければ、エリーにも手話を教えられるのに。

ノラが石板に書いた――ノリッジ執事《しつじ》が、近いうちにまたレディーバードに会わせるかはわからない。ノラは同じ内容を声にも出していたから、コリンズ夫人はおどろいてるみたい。

どうしてメアリーは、また少女に会いたがっているのかとコリンズ夫人は聞いてるわ――ノラは横目でわたしを見ながら書いた。わたしはしばらく考える。頭の中で考えがぐるぐる回るし、考えを表現しようとすると指が震えてしまう。

だれにもできなかったのに、屋敷《やしき》にずかずか入ってきたわたしがレディーバードに手を差しのべられると信じるのは傲慢《ごうまん》なの？　さらに悪くいえば、わたしはまちがってる？

パイ夫人には、わたしには難しいかもしれないと警告された。パイ夫人でさえ、わたしが役目を果たせるかどうか確信を持てなかった。はじめる前から、わたしは失敗してしまったの？

忍耐強《にんたいづよ》いわたしの先生のことを考えた。パイ夫人は、そんな疑問を持ったことがある？　きっと先生は、こういう試練に直面したことがないと思う。パイ夫人に失望されてしまう？　わたしは自分自身に失望している。エズラは、このうぬぼれを辛らつに戒《いまし》めようとしたけど、パイ夫人ほどの善意はなかったと思う。

はじめての生徒と対話すらできないで、わたしはどんな先生になれるというの？　今、レディーバードに見切りをつけたら、わたしはどんな人間になるだろう？　レディーバードの追いこまれた状況《じょうきょう》を考えてみる……同じ状況《じょうきょう》に置かれたら、わたしだって大差ないだろう。その答えに気づいてこわくなる。レディーバードがこわい。レディーバードはわたしの失敗をさらけ出したのだ。

わたしは、はたと気づいた。

ちがう。

はじめてこの屋敷《やしき》に来たとき、ノリッジ執事《しつじ》に伝えた通り、レディーバードは人間だ。かつて自分がされたように、自分がレディーバードを生きた標本のように扱《あつか》ったことにおどろいた。それを変えなくちゃ。パイ夫人のメモをもう一度よく読んで、新しい計画を見つけよう。

わたしが石板に書いたものをノラが通訳してくれた——午前中のうちにヴィンヤード島宛《あ》ての手紙を送れる？

「あなたのお母さん、とても心配してるにちがいないわ」コリンズ夫人がいう。しわが多い丸顔のコリンズ夫人は、心配症《しんぱいしょう》の聖人みたいに見える。「ここに来て一週間ほど過ぎるけれど、手紙が届くには時間がかかるわ。メアリーの手紙が届いたら、お母さんはよろこぶはずだし、残念なできごとがあったから、家に帰る手配をしたがるんじゃないかしら」

愛する母さんのことを思い出させてくださり、ありがとうございます——わたしが石板に書くと、ノラが声に出して読んだ。母さんのなぐさめと励《はげ》ましがほしくてたまらない。

もらえないかもしれないけれど。

《そうね》ノラが声に出しながら手話をする。《メアリーの手紙を送れるわ。部屋にある書き机に必要なものがそろっているはずよ》

わたしは屋根つきの通路を歩いて母屋《おもや》に入り、正面の階段を上った。部屋に入ると、服をぬいで下着姿になり、ショールをはおってモブキャップをかぶり、手紙を書きはじめた。母さん宛《あ》ての手紙では舞踏室《ぶとうしつ》のことと、温室でかんきつ類を栽培《さいばい》していることだけを伝えるつもり。パイ夫人とナンシーにはありのままを打ち明けよう。

12

台所へ行って仕事を手伝わないでいることに、ちょっと後ろめたさを感じてしまう。ノラとコリンズ夫人は、わたしの手紙を出すためにノリッジ執事《しつじ》に預けるだろう。でもノリッジ執事《しつじ》は、勝手にわたしの手紙を読むかもしれない。

ほかに手紙を出してくれる人を見つけなきゃ。

鏡をのぞくと、のどの両脇《りょうわき》に小さな指みたいな紫色《むらさきいろ》のあざが見えた。セラード先生が置いていった包帯をのどに巻いてかくした。今日はレディーバードに教えるのは休みにして、あの子の過去についての手がかりを探そう。自分を元気づけるために、パイ夫人に教えてもらった三つの基本を手話でつづってみる。

1、ことばを話せなくても、人には知性があります。

2、どこから来たかより、どう行動するかのほうが重要です。

3、生徒を見捨ててはいけません。

ハーモニーおばあちゃんの聖書を、ページを決めずに開いたら、テトスへの手紙二章七節と八節だった。

あらゆる点において、あなた自身が善い行いの模範《もはん》となるように示し、教えにおいては誠実さと品位を保ち……非難されないようなことばを使えば、わたしたちに反対する者たちはなにもいえなくなり、かえって恥《は》じ入るでしょう。

善い行いを見てノリッジ執事《しつじ》が恥《は》じ入るとは思わないけど、こちらからノリッジ執事《しつじ》の狡猾《こうかつ》な悪のレベルまで下りるわけにはいかない。わたしはレディーバードを見捨てない。それに、レディーバードには誠実さと品位が備わっているはず。

書き机の一番上の引き出しを開け、奥《おく》にしまっておいたベンの鍵《かぎ》を取りだした。鍵《かぎ》を返すために手紙といっしょにマントのポケットに入れる。こういう家で、とくに秘密をかくしているときは、使用人はかなり厳しく監視《かんし》されているものだ。ベンをもめごとに巻きこみたくない。

廊下《ろうか》に出ると、またどうしても鍵《かぎ》が必要になるかもしれないと思い直した。でもわたしの衝動的《しょうどうてき》な行動のせいでベンを危険な目に合わせるわけにはいかない。わたしは部屋にもどって鍵《かぎ》をもとの場所にかくした。帽子《ぼうし》を目深《まぶか》にかぶり、スカーフを巻きつけてから屋敷《やしき》の外に出た。

だれもいない舞踏室《ぶとうしつ》を見ると、想像力をかきたてられる。舞踏室《ぶとうしつ》を囲《かこ》むようにある屋根つきポーチの両端《りょうたん》には、ガラスのドアがある。母屋《おもや》から一番遠いドアをそうっと開け、人目につかないように舞踏室《ぶとうしつ》に忍《しの》びこんだ。お客さんはこのドアを使ってこっそり庭に出るんだろう。わたしは小さなネズミみたいに舞踏室《ぶとうしつ》に入りこむために使ってる。

舞踏室《ぶとうしつ》は薄暗《うすぐら》いけれど、壁《かべ》に並んだ窓は広い空間をながめるのにじゅうぶんな光が差しこんでる。ここでは幽霊《ゆうれい》の舞踏会《ぶとうかい》が開かれるのだと想像した。木の床《ゆか》を軽く踏《ふ》むと、過去の亡霊《ぼうれい》のような気配を感じる。大理石でできたとても大きな暖炉《だんろ》が、装飾品《そうしょくひん》みたいに壁際《かべぎわ》にある。寒さで窓がくもり、シャンデリアが光をはなって踊《おど》り手たちを照らし、クリスマスのために飾《かざ》りつけられた緑の枝やリースでいっぱいのようすを空想した。

自然な動きで、わたしは架空《かくう》のダンスの相手と交代した。前に教えてもらったカントリー・ダンスのやり方で足を踏《ふ》み鳴《な》らすステップしか知らないけど。夏のあいだこの場所に出入りする男女は、上靴《うわぐつ》をはいた足でパネル張りの床《ゆか》をゆらすことなく優雅《ゆうが》に踊《おど》るにちがいない。わたしはキスを受けるために手首を下げながら腕《うで》を上げ、ダンスの相手にお礼をするように片ひざを曲げておじぎをした。

細長い部屋の手前には控《ひか》えの間がある。客人たちはここで会話を交《か》わし、舞踏室《ぶとうしつ》に通されるのを待つんだろう。保護するために床《ゆか》には白い布がかけられてる。そっとつまんでみると、鮮《あざ》やかな青に、サフランのような黄色、そしてわたしには想像もつかないほど濃《こ》く豊かなピンク色など、エキゾチックでにぎやかに彩《いろど》られた高価なじゅうたんが目に飛びこんできた。鳥の模様を見て、はるか遠くにある暖かな土地を思《おも》い浮《う》かべた。

壁《かべ》にかけられた肖像画《しょうぞうが》に気づいて、なんとなく近づいた。大人になりかけの、ほおを染めている若い女性の肖像画《しょうぞうが》だ。繊細《せんさい》そうな青白い顔をしていて、きらきらとした青い瞳《ひとみ》で、髪《かみ》の毛《け》は漆黒《しっこく》。なんとなく見覚えがある。

女性の顔つきを手がかりに考えるうちに、おどろきとともにいきなりひらめいた。レディーバードだ！　というか、レディーバードがあと十年経《た》てば、こうなってるかもしれない。目はちがうけれど、丸みをおびた顔にバラ色のほお、きゃしゃなあご、そして絹のような黒曜石の髪《かみ》は、わたしの教え子にそっくりだ。レディーバードの母親にちがいない。この女性は、だれだろう？　この舞踏室《ぶとうしつ》で社交界にデビューしたの？　もっと重要なのは、この女性は何者なのかということ。女性は、おかしなようには見えない。たぶん、ふたりを引《ひ》き離《はな》し、別々に閉じこめたのは家族だろう。三階のきたない部屋に座《すわ》るレディーバードは、母親のことを覚えてるの？

ふいに背筋が、ぞっとした。幽霊《ゆうれい》たちがほんもので、いきなり邪悪《じゃあく》なものに感じられる。急いでドアを開け、庭に出てほっと息をついた。

音がしないようにドアを閉めてから、立ちすくんだ。ほんの数メートル先で、エリーが生ゴミ用のバケツを抱《かか》えて軽《かろ》やかに踊《おど》ってる。ちょうどゴミを捨てたところにちがいない。わたしが舞踏室《ぶとうしつ》から出たのを、エリーに見られた？　首を横にふって、にっこり笑うしかない？　疑いの目をそらそうと、わたしは大げさな身ぶりであいさつをした。エリーのおとなしそうな離《はな》れた両目が、わたしの目と合う。もしエリーに見られても、秘密を守ってくれるだろう。たいていの人が想像する以上にたくさんの夢を持っているわたしたちは、くすくす笑った。名前を呼ばれる声が聞こえたらしく、エリーは残念そうに屋敷《やしき》にかけていった。

わたしは玄関《げんかん》ポーチから芝生《しばふ》に下りて、母屋《おもや》の東側を歩いた。あたりには、きれいに刈《か》りそろえられた植物と枯《か》れずに残っている花がある。押《お》し固められた地面と砂利道《じゃりみち》を歩いた。春のように花が満開に咲《さ》いてなくても、庭は整然としていて美しい、すばらしい景色に目を見はる。手触《てざわ》りを感じたくて、あらゆるものに触《さわ》りたい――ざらざらしているもの、すべすべしたもの、ちくちくしたものさえも。緊張《きんちょう》していると、外に出たくなる。けれど、自然が与《あた》えてくれる安らぎに身を任せるには、あまりにたくさんの問題がある。

馬小屋に向かうスティーブンとすれちがった。スティーブンは、あいさつ代わりに片方の腕《うで》を挙げた。長い鼻と、歯を見せる笑顔《えがお》は、人懐《ひとなつ》っこい馬に似てる。スティーブンは、ヴェイル屋敷《やしき》の悪意ある陰謀《いんぼう》とは無関係な気がする。

さらに歩いていくと、ベンの大きな背中が見えた。水路で囲《かこ》まれた場所を調べてる。近くの土手の上に登って木製の柵越《さくご》しにのぞいたら、鹿が集まってるのが見えた。どんぐりを食べている鹿たちはおとなしそうだ。水路を飛び越《とこ》えて捕《つか》まり、晩ごはんの食材になりませんようにと祈《いの》る。アメリカ先住民たちしか住んでいなかったころは、もっとたくさんの鹿がいたにちがいない。入植者の屋敷《やしき》になる前は、どんな先住民が住んでいたんだろうと考えた。アクィナに住むワンパノアグ族みたいに、まだここに住んでる人たちはいるの？

ベンが頭の上で手をふって、わたしを呼んだ。西棟《とう》の裏へ向かうベンのあとをついていく。ベンは木々が切《き》り倒《たお》された場所で立ちどまった。切り株が、腰《こし》かけみたいにあちこちにある。あたりを見回しているものの、義足でかがむのはたいへんそう。キノコを探しているみたい。わたしの父さんは毒のあるキノコと食べられるキノコを教えてくれていた。オークの切り株に生えているヒラタケを見つけ、わたしは〈採る〉を意味する手話をした。ベンが指を十本立てたから、わたしはヒラタケを採った。

わたしたちは西側から温室に入った。古風で湿気《しっけ》の多い宮殿《きゅうでん》と思っていたのは、じつは風変わりな果物や作物でいっぱいの大きな敷地《しきち》の一部だった。迷宮《めいきゅう》の中を気をつけながらベンのあとについていく。ときどきベンは、枝を引いて下ろしては目新しいものを見せてくれる。イチジクを摘《つ》んで、ウインクをしながらわたしに手渡《てわた》してくれた。

ようやくベンは腰《こし》を下ろして木製の義足をはずした。力仕事のせいで顔がまっ赤《か》だ。ベンは切断されたひざをさすってる。

わたしはキノコを空の容器《ようき》に入れてから、マントをぬいでポケットに手を入れた。鍵《かぎ》ではなく手紙を取り出しても、ベンがおどろかなかったからほっとした。

わたしはベンを指さし、手で話す〈あなた、送る〉。送るほうの手話は、手紙に手の翼《つばさ》をつけて、手から手へ手紙を渡《わた》す動きをする。

ベンはあごで家の方向を指した。わたしは首を横にふり、人差し指をくちびるにあてる。ベンは、わたしの秘密を守ってくれる？

ベンは耳をかいて考えてから大きな手を差しだした。わたしは手紙を胸に押《お》しあて、ベンに手渡《てわた》した。

ベンは自分ののどを触《さわ》り、わたしののどを指さした。レディーバードに襲《おそ》われた話がもう広まったんだ。わたしは頭を軽く横にふり、大したことはないと伝える。ベンは腕《うで》を組んで、ちょっとのあいだ目を細めた。それからうなずき、陽気な笑《え》みになる。生まれつきでも、事故でも、戦争でも、不自由があるならなんとかしなくちゃならないと、わたしたちはふたりともわかってる。

わたしは屋敷《やしき》を指さしてから〈長い〉を意味する手話をして、レディーバードがどのくらい長く囚《とら》われてるのかを聞いた。

ベンは首を横にふる。

わたしは裏切るような気持ちになりながら、レディーバードの凶暴《きょうぼう》な動きをまねしてみせた。植木鉢《うえきばち》の土をテーブルにばらまいて平らに広げる。そして土の上に指で数字の「8」を書き――ノラが予想したレディーバードの年だ――たずねるような表情でベンを見る。

ベンがわからないみたいだから、自分の胸をたたいてから「14」と書いた。ベンの目がきらりと光る。ベンは「8」の下に線を引いた。わたしはにっこりして、土をならした。両手の人差し指を下に向けて〈ここ〉を示す。ベンは理解して、数字の「2」を書いた。

レディーバードはヴェイル屋敷《やしき》に二年いるんだ。六歳《さい》のときにコッド岬《みさき》からやってきたことになる。六歳《さい》までになにがあったんだろう？　捨てられたのかもと推測した。エズラはなんていった？　〈予想しえない奇妙《きみょう》さ〉で生まれた、と。でもどうして六年経《た》ってからなの？　ノラが話していたスキャンダルって？　レディーバードの父親はだれで、どこにいるの？

ベンがイチジクを半分に切ってくれ、わたしは片方を手にした。赤い果肉におどろき、紫色《むらさきいろ》の皮から中身を吸いこむ。蜂蜜《はちみつ》たっぷりのベリーみたいな味。あごに少したれた。もう半分はハンカチに包んでポケットにしまった。午後のお茶までに食べるものとしてはじゅうぶんだもの。

ベンはあごを引いてガラスの窓越《まどご》しに、なにかを見つめてる。庭を歩き回るノリッジ執《しつ》事《じ》だ。前に会っていた男の姿は見えない。あの男は、なんのために来たの？　理由はわからないけど、引っかかるものがあった。

13

レディーバードの置かれた状況《じょうきょう》がまだよくわからないことにもどかしさを感じつつ、ベンに別れのあいさつをして、ある目的を持って屋敷《やしき》へもどった。明日まで近づかないつもりだったけど、自分の生徒の健康状態を確認《かくにん》せずにはいられない。たとえレディーバードが鎮静剤《ちんせいざい》のせいで寝《ね》てるとしても。スカートで動けるだけすばやく、玄関《げんかん》ホールを通りすぎて正面の階段を上り自分の部屋へ行った。ありがたいことに使用人用のドアが開いていて、みんなは仕事をしてるみたい。

わたしが三階の部屋に入ると、レディーバードはひざをあごまで引き上げて足を組み、からだをゆすってた。

〈あなたは、だれ？〉わたしは手で聞いた。からだをふるわせつつ、人を魅了《みりょう》するレディーバードの美しさに気づいた。

レディーバードの手が届かないところに静かに座《すわ》ることにした。レディーバードがわたしに気づくか、それかほかになにかするのを観察するために。わたしを気にかけるようすはほぼない。レディーバードは目を閉じて、目や耳や口などを指でたどってる。自分自身を見つめるのは何年ぶりなんだろう。レディーバードは足首の鎖《くさり》に手をかけ、床《ゆか》に固定されたベッドの脚《あし》を引っぱろうとする。レディーバードの決意がゆらがずにいることにほっとした。その点では、わたしたちは似てる。

部屋が不潔なわりに、いつも床《ゆか》はきれいに掃除《そうじ》されてる。なんだかおかしな感じがした。ついさっき見たなにかを思い出しそう。指では表現できないけど、謎《なぞ》めいた痕跡《こんせき》に包まれてる気がする。

わたしはポケットからハンカチを取り出した。イチジクが布を赤く染め、レディーバードの左目の下にあるあざみたいになってる。こんなことを続けたら、ノリッジ執事《しつじ》は絶対に天国へ行けないだろう！　レディーバードが息を吸い、かすかなほほえみを顔に浮《う》かべた。わたしに手をのばしてくる。わたし、罠《わな》にかけられてるの？

スプーンをつけられず、飼《か》い葉《ば》おけみたいな器《うつわ》に入れられた食べごたえのない食事を与《あた》えられているせいで、レディーバードのからだつきは、とてもきゃしゃだ。雨どいみたいに。もしつきとばされて気絶するとしても、イチジクをあげずにはいられない。

今回は、わたしはようにしてゆっくり近づいた。わたしの足は腕《うで》より強い。もし攻《こう》撃《げき》されたら、足でけとばして逃《に》げられる。イチジクを手のひらに置いて右手をのばした。レディーバードは受け取った。人形みたいに口に詰《つ》めこまなかった。イチジクを両手でそっと包んで鼻先に持っていき、くちびるで触《ふ》れる。レディーバードはやさしくなれるんだ。思いこみかもしれないけど、イチジクが記《き》憶《おく》を呼び起こしたのかも。ぼんやりした顔に表情が浮《う》かび、活気まで感じられる。レディーバードはイチジクをゆっくり食べ、なくなると指をなめた。また食べたいと手をのばしてくる。

食べるものをもっと持ってこようと考えなかった自分に腹が立つ。なにかほかにある？ポケットの中には、今朝早くに書き損じをしてくしゃくしゃにした紙しかない。紙を両手でぎゅっと丸め、〈ボール〉と手話をした。空中に投げ上げてつかむのを二回くりかえす。レディーバードがわたしを見てる。危険を感じさせないように、ボールを投げたくはない。そこでボールを転がした。レディーバードはボールを拾い、転がしてみせる。それから投げ返してきた。いやなわけじゃない。今のわたしたちにできる唯一《ゆいいつ》のやりとりだ。

またわたしが転がすと、レディーバードが投げ返す。わたしより先に新しい方法を思いついたんだ！　今度は紙のボールを自分の頭の上に置いた。ボールが落ちると、汚《よご》れた足でけとばしてきた。どうしてもにやにやしてしまう。とっさにやったことが、こんなにうまくいくなんて！

レディーバードと目が合い、見つめ合った。自分がどれだけものごとをかんたんにやってこられたかを考え、罪の意識にさいなまれる。チルマークでは、だれもが手で話すし、耳が聞こえないのは特別なことじゃない。疎外感《そがいかん》や恥《は》ずかしさのせいで閉じこもるのではなく、教育を受けて平等であるのは当然のことだった。レディーバードがいる世界でわたしは例外で、レディーバードがごく普通《ふつう》なんだ。レディーバードはわたしに追いついてくる？　うまくいかなかったとき、わたしは受け入れられる？

わたしがのどに巻いている包帯をまねして、レディーバードは自分の首に手をあてて顔をしかめた。わたしを憐《あわ》れんでるの？　同じような仕打ちを受けた人間が、すなおになれるとは思えない。わたしもレディーバードを信用していない。

肩《かた》をたたかれておどろいた。ノラが呼びに来たんだ。急いでレディーバードに会いに来たから、鍵《かぎ》をかけ忘れたにちがいない。でも、ふだんはなんのために鍵《かぎ》をかけているんだろう？　この部屋にいなくちゃと思ったけど、せっかくの進歩をだいなしにしないよう、今はノラにしたがうことにした。

部屋を出てノラがドアを閉める前に、わたしはレディーバードに〈また来るね〉と手話をした。レディーバードはドアの鍵穴《かぎあな》を指さし、疑わしげに肩《かた》をそびやかす。わたしは首を横にふった――はじめてレディーバードにうそをついた。

台所に入る前に、わたしたちは階段の吹《ふ》き抜《ぬ》けで立ちどまった。石板とチョークがないから、ノラは忘れた手話の代わりに指でゆっくり文字をつづって話した。

〈具合はどう?〉ノラが、わたしののどを指さして聞く。

〈手で話すから、問題ないわ〉わたしはじょうだんで答える。

〈ねえ、ここに残るつもり?〉

〈少なくとも、今はね〉わたしは手で話す。

〈メアリーをここに呼んでよかったものかと考えてるの〉

わたしはノラの手を取り、安心させるようににぎった。

「やっと来たわね」わたしたちが台所に入ると、コリンズ夫人がいった。ノラは通訳するために石板を持ってきた――夜中に出て行ったのかと心配してたんですよ。あの子に首を絞《し》められたのだから、むりもありませんよね。

〈ごめんなさい〉わたしは手で話す。〈今朝は新鮮《しんせん》な空気を吸いたかったんです。ベンが

キノコを採るのを手伝っていました〉

ノラはコリンズ夫人の返事を書いた——それならかまいませんよ。洗濯《せんたく》を手伝ってもらえますか？　洗濯物《せんたくもの》がたまってるんです。今日はあの子に会えないでしょうね。鎮静剤《ちんせいざい》で眠《ねむ》っているでしょうから。

わたしはうなずき、ノラが秘密をばらしませんようにと祈《いの》りながら笑顔《えがお》でかくした。レディーバードは、やすやすとはおさえつけられない。もうだれにも、じゃまさせない。

ノラはわたしにウインクをしてから、コリンズ夫人に話しながら書いた——ぬれたり汚《よご》れたりしてもかまわない仕事着を探しますね。

コリンズ夫人は戸棚《とだな》のほうへ手をふり、なにかを話したのに、ノラは通訳しなかった。ノラはわたしに合いそうな大きさの服をつかんで、部屋で着かえてくるよう手で話した。

仕事着は、ずだ袋《ぶくろ》みたいにざらついたもので、手で服をなでると、ハイタイド亭《てい》で働いたときに着ていた粗末《そまつ》で汚《よご》れた服を思い出した。思わず背筋がぞっとする。

鏡をのぞきこんで痛むのどをなでるうちに、ある考えが浮《う》かんだ。レディーバードは、自分ののどを押《お》さえていた。レディーバードは、わたしの首を絞《し》めた。あれは、わざとだったの？　ことばのない訴《うった》えは、なんだったんだろう？

一瞬《いっしゅん》、鏡に映る自分の姿がレディーバードと重なって見えた。幻《まぼろし》を消そうと目をこする。鏡に霧《きり》がかかった。自分の息のせいだと気づいて息をのんだ。この家のせいで、なんだかおかしくなってる。

14

わたしは自信をなくしている。残酷《ざんこく》なことに外出を禁じられてるから。レディーバードの部屋へ行こうとするときまってノリッジ執事《しつじ》にじゃまされるので、ほかのところへ行くふりをしなくちゃならなかった。最後にレディーバードと会ってから一週間が経《た》ってしまった。

明らかにノリッジ執事《しつじ》は、わたしが真実に近づいているのではと疑ってる。わたしの行動記録を作ろうとするように、どこへ行くにもノリッジ執事《しつじ》がついてくるみたい。ノリッジ執事《しつじ》の姿が見えなくても、物陰《ものかげ》にかくれるスパイみたいな視線を感じる。あの人を避《さ》けるために、もっとしたたかになろう。

毎日がひどくゆっくりと過ぎていく。わたしの計算によればここに来て十三日目の朝だ。玄関《げんかん》ドアの上の扇《おうぎ》を広げたような形の窓の下に立ち、日ざしを浴びようと顔を上げる。一《いっ》瞬《しゅん》、浜辺《はまべ》を思《おも》い浮《う》かべた。けれど波しぶきじゃなく、糊《のり》がきいた布のにおいがする。海の広さと心地《ここち》よさに比べて、ヴェイル屋敷《やしき》の広々とした空間は妙《みょう》に虚《うつ》ろに感じてしまう。わたしの片割れが同じ家にいるのは、動く力になる。落ち着かないので部屋にもどり机の前に座《すわ》った。パイ夫人のメモを見ながら、わかっていることを書き出してみる。

1、少女は八歳《さい》。二年間、閉じこめられているらしい。

2、意味がわかることばがないように見える(わたしが知るかぎりでは)。手話をすぐにくりかえすけれど、意味を学ぶには時間がかかる。どうしてかはわからない。意思疎通《いしそつう》できるように試《ため》してみたけれど、通じているようには思えない。

3、少女の母親は、この屋敷《やしき》で生まれ育ったらしい。かつては裕福《ゆうふく》な家族の一員として受け入れられていた。コッド岬《みさき》の貧しい農夫と結婚《けっこん》し、家族を裏切ったといわれている。

4、スキャンダルがあったらしい。少女の母親は病院に入れられたといううわさだ。

5、使用人に少女の世話をさせて、一家はほかの場所にいる。裕福《ゆうふく》なのに、少女が劣悪《れつあく》な環境《かんきょう》に置かれているのを家族は気づいてる？　自分たちがいないときに、どんな扱《あつか》いを受けているか知っている？　ノリッジ執事《しつじ》は残酷《ざんこく》な男なのか、一家の秘密を守ろうとしているのか？　少女に手話を教えようとしているのを、家族はどう思う？

わかっていることと疑問を書き出すと行きづまってしまい、書いた紙を机に置かれたインクの吸い取り紙の下にかくした。台所へ行かなかったので、エリーが部屋に食事を運んできてくれた。わたしの部屋のドアに鍵《かぎ》はかかっていないけど、レディーバードと同じくらい行動を制限されてる。わたしは必要とされなくなったの？

ノリッジ執事《しつじ》が、わたしにそう思わせたいんだと、はたと気づいた。罠《わな》にはまってたんだ！　ノリッジ執事《しつじ》には、はじめからレディーバードへの指導をうまくいかせるつもりなんてなかった。せっかく進んだ流れを断《た》ち切られてしまったけど、まだ希望のかけらは残ってる。それらを集めて、失くしたものをまた見つけられる？

この不安から抜《ぬ》けださなくちゃ。マントのボタンを留めて髪《かみ》を整え、ほっぺたをつねって顔色を明るくした。それから台所へ向かい、かんたんにはへこたれないと自分に感じさせるため、仕事にとりかかる。わたしと目が合うと、エリーは手を上げずにほほえんだ。わたしはエリーに軽くウインクをする。

〈メアリーさん〉コリンズ夫人がわたしを指さしたので、手で話すのを想像した。〈今は、家庭教師じゃないんですから、台所の火をたいてもらえますか？〉コリンズ夫人は炉床《ろしょう》を指さす。わたしはエプロンをつけて薪《まき》をくべた。パチパチと燃える炎《ほのお》がわたしの魂《たましい》に火をつけ、煙突《えんとつ》から吹《ふ》き下ろしてきた風が「時間をむだにするな！」と静かに叱《しか》りつけてきた。

からだの向きを変えたらノリッジ執事《しつじ》にぶつかりそうになった。手にしていた紅茶のカップがぐらつき、ノリッジ執事《しつじ》に見下すような目で見られた。

ノリッジ執事《しつじ》は暖炉《だんろ》のそばで紅茶を飲もうと居間へ向かった。使用人用の階段が、ノリッジ執事《しつじ》の監視《かんし》からやっと解放された！　どうして警戒《けいかい》を解いたのか考えるより先に、わたしはエプロンをはずして、レディーバードの部屋に入れてくれるようノラに頼《たの》んだ。

ノラが手で話す。〈あの子が凶暴《きょうぼう》じゃないときは、鍵《かぎ》をかけていないはずよ〉

どうして今まで聞いてみなかったんだろう？　わたしは一度に二段ずつ階段を上りながら首をかしげた。

三階にはまだ不快な悪臭《あくしゅう》がただよってる。でもパイ夫人のメモには、どんな状況《じょうきょう》でも可能なかぎりふつうに授業をしたほうがいいと書いてあった。

窓越《まどご》しに弱い灰色の光が差しこんでる。レディーバードは暗がりにいて、わたしのようすをうかがいながら緊張《きんちょう》してる。わたしと最後に会ったときから、レディーバードはどうやって毎日を過ごしてたんだろう？　自分でボールを作って遊ぼうとした？　家族にされたみたいにわたしに捨てられたと思った？　アンドリュー・ノーブルのスクーナー船の船室に閉じこめられたとき、わたしはトウモロコシの粒《つぶ》で日を数えていた。レディーバードには時間の感覚がある？

机も椅子《いす》もないので床《ゆか》に座《すわ》り、レディーバードのほうへゆっくりからだをゆらして前進した。いざというとき身を守るためにけとばせる準備をしながら。前回、部屋に来たときわたしに興味を持ったのだから、こちらにむかってくるはず。わたしが教えようとしていることをレディーバードが学ぶかどうかはわからないけど、少なくともレディーバードの孤独《こどく》をまぎらわせてはいる。これまでで一番いい状態で、ようやくわたしたちが向きあえているとと感じる。

わたしの視界にレディーバードが少しずつ入ってきた。ひざを胸に寄せて座《すわ》ったまま、右の手のひらで顔の横を押《お》さえてる。ノラが清潔な服を着せたにちがいない。黒い髪《かみ》は、あごの下あたりで切られてる。茶色と金色のきらめきがある目を見て、ワンパノアグ族の友だちのサリーを思い出した。目がうるんでいて、泣いてたみたい。

わたしは指で自分の名前をつづった。レディーバードは、わたしの動きをくりかえす。慣れた土地を歩くみたいに心地《ここち》よさそう。まわりにある物をいくつか手話で示した――〈窓〉、〈服〉、〈ベッド〉、〈少女〉。気持ちを表す〈こわい〉と〈お腹《なか》がすいた〉も付け加えてみる。

理解できない手話をするのにすぐ興味をなくしてしまい、レディーバードは窓の外の明かりを見つめた。紙のボール遊びでの成果が消えてしまった。どうしてわたしはこんなに長いあいだ来なかったんだろう？

わたしはポケットから、コッド岬《みさき》の浜辺《はまべ》で拾った黒い石を取り出した。手のひらの上に石を乗せ、レディーバードに差しだす。レディーバードは石を受け取り、一本の指で石の白い十字の形をなぞった。

〈石〉とわたしは手話をする。〈十字架《じゅうじか》〉

レディーバードは手のひらで石を器用《きよう》に回転させてから指先をかいだ。かいだことのあるにおいがするの？　それは、なんだろう？　ポケットに手を入れたら粒《つぶ》みたいなものに触《ふ》れた。指を鼻にあてたら、別れるときに抱《だ》きしめてくれた父さんのポケットから自分のポケットにタバコを入れたのを思い出した。感情がこみ上げてくる。レディーバードのお父さんもタバコを吸うの？　わたしが父さんを恋《こい》しいように、レディーバードもお父さんが恋《こい》しい？

なんとも神秘的なこの瞬間《しゅんかん》、わたしたちは記憶《きおく》を共有している気がした。

レディーバードの困ったような顔つきに気づいて、我に返った。姿勢を正して気を引《ひ》き締《し》める。もうひとつのポケットから人形を取り出して、わたしたちのあいだに置いた。わたしは人形をおおげさに動かし、歩かせたり、レディーバードがここに閉じこめられていても見かけたであろう家事のまねをしてみせたりした。

顔を上げたら、レディーバードは眉《まゆ》を寄せて顔をしかめてる。わたしは、またふたりのあいだに人形を置き、レディーバードのほうへゆっくり動かしてから待った。レディーバードが人形に手をのばしたとき、わたしの心は踊《おど》った。人形を自分の足に乗せ、やわらかい布の腕《うで》をつかむと、からだを曲げてくるりと回転させたり、跳《と》びはねさせたりしてる。

はじめのうちは、なにをしてるのかわからなかった。でも動かし続けるのを見るうちに、その意味がわかった。踊《おど》ってる！　レディーバードは人形を踊《おど》らせてるんだ！　どうしてレディーバードは人形を踊《おど》らせるの？

レディーバードがわたしを指さしてから窓を指さしたから、またおどろいた。なにを伝えたいのかわからなくて、わたしは首を横にふる。レディーバードはその動作をくりかえした。三度目には床《ゆか》をたたいた。レディーバードはじれったそうだし、わたしはまたレディーバードを失いたくない。わたしは立ち上がり、窓辺へ移動した。鎖《くさり》につながれていても、レディーバードのいる場所からは庭と別棟《べつむね》がよく見える。霧《きり》の中に目を細めたら、一方にベンの温室、もう一方には舞踏室《ぶとうしつ》が見えた。舞踏室《ぶとうしつ》だ！

おどろいて目を見開き、レディーバードをふりかえる。わたしが舞踏室《ぶとうしつ》で踊《おど》るのを見たの？　なにを見たんだろう？　ここに来てから、舞踏室《ぶとうしつ》でパーティーが開かれたことがある？　もしかしたら、楽しそうにしている人たちを見て、そこにいる自分を想像したのかも。わたしが同じ年ごろのときにしていたように、レディーバードも見たものでお話を作ってたの？

わたしは新鮮《しんせん》なまなざしでレディーバードを見た。からだが小さくてみすぼらしく無気力なのは、生まれつきでも外の世界のせいでもなく、ここでレディーバードを世話した人たちのせいだ。欠けた陶器《とうき》のカップを食器棚《しょっきだな》の奥《おく》にかくすように、レディーバードをただ閉じこめておくなんてこと、どうしてできるの？

立ち上がり、できるだけ上品に、励《はげ》ますようにほほえみながら、レディーバードのためにぎこちなくステップを踏《ふ》んで一回転した。レディーバードはくちびるをかんで頭を下げ、やせこけた胸にあごを寄せる。わたしはまたレディーバードを失ってしまうの？　舞踏室《ぶとうしつ》にあった肖像画《しょうぞうが》を思《おも》い浮《う》かべながら、そっと人形をレディーバードから取った。人形を腕《うで》に抱《だ》き、ゆらゆらとゆらす。レディーバードが意味を理解してないように見えたので、わたしは人形を腕《うで》のあいだに抱《かか》えて赤ちゃんをあやすようにゆすってみせた。

レディーバードがわたしから人形をもぎ取って、部屋の向こうの壁《かべ》に投げつけたから、おどろいた。さらに気がかりなのは、レディーバードはのどを鳴らし、くちびるを動かして音を出しているように見える。そして両手で床《ゆか》をたたいて、まるで癇癪《かんしゃく》を起こしてるのをわざと知らせてるみたい。人形をゆらしたのは、とんでもない失敗だった。

思いきってレディーバードの髪《かみ》をなでてみたけど、頭を後ろにそらして逃《に》げたから手を引っこめた。こんなふうに興奮するのは、やさしくされるのに慣れていないからなのか、それともこわいからだろうか。今日はもう、がまんの限界に達したと思う。わたしは立ち上がり、くちびるに指をあててレディーバードに静かにするよう頼《たの》み、使用人用のドアからそっと出た。いっとき離《はな》れるだけということ、それに何より重要なのは、わたしは味方だということを、レディーバードがわかってくれますように。

わたしが屋敷《やしき》や庭を案内できたら、レディーバードはほかになにか教えてくれる？　レディーバードが知ってることで、わたしがほかに学べることはある？　もし鎖《くさり》をはずされたら、レディーバードは逃《に》げだすの？

15

部屋にもどると、書き机に手紙が二通、置いてあった。ランプで手紙を照らしたら、すでに開封《かいふう》された封筒《ふうとう》が再び封《ふう》じなおされてるのがわかった。ノリッジ執事《しつじ》に見張られずにすむには、どうすればいい？　でも、ふるさとからの手紙はわたしの不安をやわらげてくれた。まず母さんからの手紙を読んでみる。

愛するメアリーへ
手紙が届き、とてもうれしいです！　父さんとふたり、毎日いつでもメアリーに会いたいと思っています。
リー牧師から、安全な旅だったと教えていただきました。友だちのオニールさんと家政婦のコリンズ夫人に面倒《めんどう》を見てもらえて安心しています。屋敷《やしき》は立派ですばらしいようですね。舞踏室《ぶとうしつ》があるなんて、おどろきました！

ろうの少女がひどい扱《あつか》いを受けているのは恐《おそ》ろしいです。少女が一族に評価され、神に祝福されるような立派な女性になるよう、あなたがしっかり指導してくれるのを願っています。

イエローレッグは外に出たがります。メアリーを探しているのかもしれません。まさかと思うでしょうが、フィンがイエローレッグに気に入られました。フィンは、双《ふた》子《ご》のクリスティーがイエローレッグにいたずらをしたりしっぽを引っぱったりするのを許しません。

メアリーの手紙を近所の人にも読ませてあげますね。エズラ・ブリュワーは病気で寝《ね》こんでいるのに、手伝いをさせてくれません。サラには気取ったところがありますが、ヒルマン夫妻がトランクを貸してくれたことを忘れずにいてくれてよかったわ。頼《たの》まれていた暖かい下着を送れてよかったです。荷物は数週間後には届くと思います。クリスマスには帰ってこられますように。そのころには、本土があなたにふさわしい場所かどうかがわかるでしょう。

愛をこめて

母より

ああ、母さん！　黒猫《くろねこ》の足跡《あしあと》みたいな母さんの筆跡《ひっせき》を数回なぞると、家のぬくもりと安らぎにいざなわれた。けれど、張《は》りつめた語調は見逃《みのが》せない。じつのところ、わたしは島を出たときよりも自分のいるべき場所に近づいていないのだから。

わたしは考えを追《お》い払《はら》い、パイ夫人からの手紙を広げた。

メアリー、こんにちは！

あなたは今、試練のまっただ中にいるようですね。自分の使命がすぐに成功しないとしても、絶望しないでください。だれだってはじめはつまずくものだし、その女の子はずいぶん恵《めぐ》まれない状況《じょうきょう》にいるように思われます。ことばを解さない野生の子どもたちは、機会を与《あた》えられれば飛躍的《ひやくてき》に学べると読んだことがあります。ただ、あなたが説明してくれたような細かなやりとりは、こうした場合の手法にはあてはまりません。少女に必要なものを示すために身ぶりを使うのは、ことばの学習より優先されるようですから。

まったくわからない中での乱暴な推測ですが、メアリーがベンからうまく聞き出した少女の年とそこにいる期間、そしてメアリーとの（ときに活発すぎるほどの）やりとりから、少女は幼いときになにかしらことばを使っていた可能性を考えなければなりません。少女が発する音をだれも理解できないのは、外国語だからでしょうか？　コッド岬《みさき》で生まれたというのは事実ですか？

内容におどろきながら、手紙の続きを読んだ。

メアリーがボストンから島にもどったときに興味を持っていた、パリのろう学校についてさらに調べました。耳が聞こえる教師のシカール神父は、ろうの少年を自然の中へ連れて行き、ほかの感覚を刺激《しげき》して教えていたとわかりました。メアリーがうまくやれば、屋外での勉強を試《ため》せるのではありませんか？

若き友よ、やり通しなさい！　少女が暗闇《くらやみ》の中で消えてしまうか光を受け入れるかは、メアリーにかかっています。屋敷《やしき》にいる仲間を頼《たよ》りなさい。用心をおこたらず、けれど打ち明けることも恐《おそ》れないで。いつでも手紙をください。

真心をこめて

ジェニー・パイより

ベッドにあおむけになり、二通の手紙を胸に押《お》しつけた。屋外での勉強を試《ため》すというパイ夫人のアドバイスは、まさにわたしが考えていた通りだ！　ノリッジ執事《しつじ》に疑われないよう、つぎの行動を慎重《しんちょう》に計画しなくちゃ。でも、すでにノリッジ執事《しつじ》が手紙を読んでいたら警戒《けいかい》してるかも。それでもレディーバードを三階の牢獄《ろうごく》から出して、神が愛を与《あた》えてくれる木々や丘《おか》のなかで自然の感覚を刺激《しげき》させなくちゃ。がまんするのは、もううんざり。たとえ見せかけだとしても、大胆《だいたん》になるときがやってきたんだ。

16

つぎの朝、台所へ行く前に、わたしはひざをついて祈《いの》りを捧《ささ》げた。〈主よ、今日この日を不運な一日にしないでください。レディーバードのために、わたしをお導きください〉
一階に下りると、自信たっぷりにノラに手で話した。〈昨日の授業の終わりには、レディーバードはわたしの手話をすべてくりかえしたわ。わたしが部屋を出るときには、頭をなでさせてくれたのよ〉うそをつくとき、わたしは見えないところで手の指をクロスさせる子どもじみたくせがある。すべてひどい失敗に終わる場合を考えると、そうせずにはいられない。
朝の光は、はじめに屋敷《やしき》の正面を照らす。だから、台所はうす暗くてひんやりしてる。炉床《ろしょう》の火だけは別だけど。エリーはパンを焼いてる。鼻持ちならないノリッジ執事《しつじ》は、ひとりで朝食を楽しんでいた。
わたしの手話をノラがコリンズ夫人に通訳すると、コリンズ夫人は目を大きく見開いた。

エリーはコリンズ夫人のそばへ移動してきた。

ノリッジ執事《しつじ》は紅茶をすすり、口元をゆがめて笑う。ノリッジ執事《しつじ》のことばをノラが手で話した。〈「屋外での勉強」を試《ため》さない理由はないと思うがね〉

ノリッジ執事《しつじ》が、パイ夫人の手紙のことばを使ったことに気づかないふりをした。どうしてノリッジ執事《しつじ》は許したの？　レディーバードが逃《に》げ出せば、やっかいな仕事から解放されるから？　わたしが失敗するのを見たがってる？

〈ノラ〉わたしは手で話す。〈レディーバードは、ちゃんとした服を着ないといけないわ〉

ノラが通訳すると、ノリッジ執事《しつじ》が口をはさんだので、ノラは石板に書いた――昨夜のうちに用意しておいた。セラード医師が落ち着かせたのだ。あの子は、先ほど話していたような感じのいい態度とは、まったくちがっていたぞ。だがきっと言い出すだろうと思って、外出用の服を着せてある。

ノリッジ執事《しつじ》の態度が奇妙《きみょう》で不安になった。ノラは明らかにわたしと目を合わそうとしたけど、気まずくてわたしは目をそらした。

〈それはよかったです〉わたしの手話を、ノラがノリッジ執事《しつじ》に声に出して伝えた。

〈外でお茶の時間ができるように、食べものと飲みものを用意してもらえませんか?〉

ノラに通訳してもらってコリンズ夫人に頼《たの》んだ。

「承知しました」コリンズ夫人がいい、すべて用意するようにとエリーに伝えた。

エリーは、わくわくしたようすで急いでしたくをしてる。

〈わたしはマントを取ってきます〉落ち着いたようすを演じながら手で話した。

「ベンの鍵《かぎ》を返したまえ」ノリッジ執《しつ》事のことばを、ノラが通訳した。

〈なんのことでしょう?〉わたしは心底おどろいた。

「ベンは鍵《かぎ》を失くしたといったが、勝手に部屋に入るためにきみが拾ったんだろうと思ってね」ノリッジ執《しつ》事のにやにや笑いは、ウツボの歯を思い出して吐《は》きそうになる。

〈たしかに拾いました〉眉間《みけん》に汗《あせ》がふきでてくる。〈返すべき人に返します〉

用意したバスケットをエリーが手渡《てわた》してくれた。目は生き生きと輝《かがや》いていて、気づかってくれてるのがわかる。わたしはみんなに向かってうなずき、うろたえているのをかくそうとした。

ノラは階段の一番下までついてきた。わたしはゆっくり階段を上り、ふりかえらなかった。

自分の部屋のなかを行ったり来たりして、二十から逆に数をかぞえた。ノラの前の雇《やと》い主《ぬし》であるマイノット博士から、科学的研究のためにつつき回されてもわたしは耐《た》えた。エズラのブラック・ドッグ号で、アンドリューが船をぶつけてきた嵐《あらし》のコッド岬《みさき》を乗《の》り越《こ》えた。それから、干潟《ひがた》の満ち潮で沈みそうになった。これ以上ひどいことが起こるだろうか？　とりわけわたしは少女と知り合い——ほんとうの名前もどこから来たのかもわからないけど——耳が聞こえないせいで価値を見出《みいだ》せない人たちにひどい目に合わされた経験を持つ者同士だ。

使用人用の階段を上り独房《どくぼう》に入った。レディーバードはわたしに背中を向けてる。仕立て屋のマネキンなんかじゃなくて、レディーバードのはずだけど。レディーバードは赤茶色の服に立派な帽子《ぼうし》をかぶり、黒い編み上げブーツをはいていて、少し前かがみに立ってる。窓ガラスに顔を押《お》しつけているせいで、わたしが木の床板《ゆかいた》を控《ひか》えめに踏《ふ》んだくらいじゃ気づかない。強く踏《ふ》んだら、ふり向いた。わたしは思わず息をのんだ。ほんの少し手をかけられただけで、こんなに見ちがえるなんて。

目が合う。ずいぶん年下なのに、レディーバードの身長は、わたしより頭ひとつ分低いだけだ。わたしは、そろそろと手を差しだした。レディーバードがまねをして手を上げたけど、前に出てわたしの手を取ろうとはしない。背中を向けるのは緊張《きんちょう》するものの、ドアを開けて右手をふり、ついてくるようにうながした。わたしは左手で食べものが入ったバスケットを運んだ。

レディーバードは、ぼんやりとしたようすでついてくる。薬のせいかもしれない。ほっとするとともに、罪悪感を覚えた。らせん階段を下りるのはレディーバードにはたいへんだ。ただ前向きに歩くんじゃなく、足を横にひねって手すりにしがみつきながら階段を下りてくる。わたしの部屋を通りすぎたとき、使用人用のドアからノラがのぞいてるのが見えた。レディーバードの手に触《ふ》れることなく階段の一番下まで来たとき、裏口のドアを開けるのをためらった。レディーバードは逃《に》げ出す？

勇気をふりしぼってドアを大きく開いて外に出た。日差しがまぶしいのか、レディーバードは両手を目にあてて る。ついてくるようにとレディーバードに合図をした。レディーバードはふりかえり、自分が下りてきた場所を見上げてる——おなじみの残酷《ざんこく》な牢獄《ろうごく》を。今の服装で階段を上ってもどるのはたいへんそうだと考えてるかも、と思った。

きっとノラやほかの使用人は窓越《まどご》しに見ているはず。残念ながら、そのせいでちょっと張り切りすぎてしまった。レディーバードの手をつかんで外に引っぱりだそうとしたら、手の甲《こう》を引っかかれた。すごく痛くて大声を出したはず。気を失ってしまいそう。どうにもできなくて、もどかしい。がっしりした体格で、にこやかなベンがきてくれたから、ほっとした。ベンは引っかかれていないほうのわたしの手を取り、レディーバードに手を差し出した。ベンの陽気な赤いほおにひきつけられたのか、宝石みたいな青い瞳《ひとみ》にひきつけられたのかはわからないけど、レディーバードはベンに手をにぎらせて、さわやかな秋の日差しの下へといざなわれた。

わたしたちは石畳《いしだたみ》の小道を透明《とうめい》なガラス窓のある白亜《はくあ》の小さな建物に向かって歩いた。レディーバードは何度も立ちどまり、いやそうにブーツをさわる。顔をしかめてる。わたしがはじめてこの小さな宮殿《きゅうでん》を見つけたときみたいに、うっとりしているようには見えない。

中に入ると、暑さと色とりどりの植物が実をつけている光景に心地《ここち》よく圧倒《あっとう》された。強《きょう》烈《れつ》なにおいで、甘《あま》いものから酸《す》っぱいもの、くさいものまであり、香りの旋律《せんりつ》のよう。だれもがおどろくような香りだけど、五感のひとつが欠けていて、それを補わなければならない人にはいっそうかけがえのないものだ。

レディーバードはブーツをぬぎたくてたまらないみたい。困ったわたしは、ベンのテーブルをたたいてレディーバードの注意を引いた。部屋の外に出ているのをよろこんでる？ベンは、わたしより楽天的で現実的だ。かがんでレディーバードのブーツのきつい靴《くつ》ひもをゆるめた。ベンがブーツをそっとぬがせるあいだ、レディーバードはテーブルにもたれかかっていた。レディーバードは、ほっとしたみたい。ベンはなにか話してから手をふった。部屋の奥《おく》に行って棚《たな》を探し、器《うつわ》を持ってもどってきた。レディーバードの足を、これ物を扱《あつか》うように持ち上げて長い靴下《くつした》をぬがせようとした。はじめのうちは、ベンをけとばして身をよじり、両手をつきだして抵抗《ていこう》した。おびえているからだけど、ベンのやさしい手つきと忍耐《にんたい》のおかげで、ようやくベンが傷つけるつもりはないとレディーバードはわかったみたい。

鎖《くさり》で傷ついたと思われる、化膿《かのう》した切り傷と黄緑色のあざを見て、わたしは思わず息をのんだ。なにもできずに見つめるそばで、ベンは器《うつわ》から軟膏《なんこう》をすくって傷にぬった。

レディーバードがもっとイチジクを食べたいと手をのばしてきたとき、わたしはあげなかった。硬《かた》い革《かわ》のブーツのせいで足首の傷をこすってたのに、レディーバードを階段の下まで引きずり下ろした。レディーバードは痛そうにしてた。なのにレディーバードを追い立てた。わたしはなんてひどい教師なんだろう。

ベンがレディーバードの手当てを続けるあいだ、わたしは自己嫌悪《じこけんお》に陥《おちい》っていた。パイ夫人は手紙で仮説を立ててた——少女が発する音を理解できないのは、外国語だからでしょうか？　コッド岬《みさき》で生まれたというのは事実ですか？　と。効果もないのに、わたしは自分の計画を進めることにこだわり続けてた。レディーバードに手話をさせようとした。レディーバードやノラにした約束を守らなかった。もしベンが現れなかったら、わたしはどうしてた？

レディーバードはきげんを直して、植物や果物に触《さわ》りながら動きまわってる。わたしがなにもせずに立っているあいだに、レディーバードに食べさせようとベンはオレンジをふたつもいだ。レディーバードは自分ののどを触《さわ》り、口を動かした。ベンはなにを訴《うった》えられても、悪意のないようすで首を横にふる。ベンはレディーバードの話がわからないんだ。

レディーバードは、わたしの頭から足先までを見てる。わたしははじめて、汚《よご》れていないレディーバードを見ることができた。たがいに首をかしげる。わたしは手で話そうと両手を挙げた。すると稲妻《いなずま》みたいに、レディーバードがかけだした。動きの速いジャックウサギよりすばやく、ドアから出てった。わたしはベンに指さした。ベンは足をたたいてからドアに向かって身ぶりで示す。

わたしが走って追いかけないと！　スカートのすそをエプロンの腰《こし》部分に押《お》しこみ走りやすくした。ノリッジ執事《しつじ》が男の人と会っていたときに、ベンとふたりで後ろにしゃがみこんだ生《い》け垣《がき》を通りすぎる。ブーツをはいていると走りにくい。かがんで靴《くつ》ひもをゆるめブーツを放り出したひょうしによろめいた。草は冷たいし、長靴下《ながくつした》だとすべりやすい。

急ぐあまりすべって転びそうになりながら、レディーバードが西棟《とう》を曲がったときに見えたスカートを追う。わたしが慎重《しんちょう》によじ登らなきゃならない柵《さく》を、レディーバードは飛《と》び越《こ》えた。止まりなさいと必死に身ぶりをする。レディーバードはけっしてふりかえらない。

どこに向かっているの？　やみくもに走ってるだけ？　エズラがくりかえしうたった歌を思い出した。

レディーバード《テントウムシ》、レディーバード《テントウムシ》、
おうちにお帰り。
おまえのおうちが、燃えてるぞ。
おまえの子どもはみんな逃《に》げたぞ。

レディーバードは両手をつきだしながら左へ曲がった。どういうつもりか理解できなかったけれど、一頭目の雌鹿《めじか》、それにおどろいた二頭目、三頭目を見てわかった。

わたしたちは鹿のいる場所に来てしまって、レディーバードはひとりで暴走してる！

わたしたちを避《さ》けようと、鹿たちは混乱して跳《と》びはねた。きゃしゃな脚《あし》ではねる鹿たちをよけながら、レディーバードを追いかけようとした。

目の前に雄鹿《おじか》が飛び出し、レディーバードはしりもちをついた。わたしはレディーバードにしがみつく。レディーバードはわたしのほどけた髪《かみ》の毛を力まかせに引っぱる。悲鳴を上げながら、レディーバードを押《お》さえつけようとした。たたかれたり、つねられたりする前に、レディーバードの手をつかむ。指をからませ、地面の上でもがいた。ふたりとも自分が上になろうと転げまわる。鹿がちりぢりに逃《に》げていく。レディーバードはわたしの右手を口に持っていき、スズメバチが刺《さ》すようにかみついた。

たがいに手を離《はな》したとき、わたしはなぜか手をのばして、レディーバードののどに触《ふ》れた。いきなりレディーバードが奇妙《きみょう》なほど静かになった。じっと、わたしを見つめる。レディーバードの首から手を離《はな》した。すると、あるものを見た。耳から耳へと首に走る細い傷あと。首を絞《し》められたようなあとが残ってる。ひもか針金でつけられたみたい。必死に空気を吸おうともがいた自分の声が、うなり声になったかもしれない。だれがこんな邪悪《じゃあく》なことをしたの？　レディーバードが苦しそうな、わけのわからない声を上げるのもむりはない。

レディーバードがわたしを見上げる。ふたりでたがいの息がかかるほど近くで向かいあった。わたしはうなずく。レディーバードもうなずく。取っ組みあいでつかれたからだを休めるため、わたしたちは草むらでじっと横になった。まるでわたしたちがいるのがごく普通《ふつう》のことみたいに、鹿たちに囲《かこ》まれた。わたしは考える――ろう者のすべてがあたりまえに手話を使えるわけじゃないのかも。だってレディーバードとわたしは、手より目で会話をしているから。レディーバードの目がわたしに告げる――あたしはここを離《はな》れなくちゃならない。ほかに居場所があるから。あなたは、あたしの唯一《ゆいいつ》の希望。顔を上げると、おせっかいな人たちが近づいてくるのが見えた。わたしはレディーバードの手をぎゅっとにぎる。誓《ちか》いのしるしに。

ノラがわたしに手を差し出し、ベンはレディーバードを肩《かた》に背負って屋敷《やしき》へ運んだ。わたしは立ち上がり、ノラからショールを受け取った。ノラはとがめるような表情じゃなく、ただ心配そうにしてる。わたしに対するノラの信頼《しんらい》はありがたいけど、わたしはノラのやさしさには値《あたい》しない人間だ。

ふたりでゆっくり歩き、横の通用口から台所に入った。ノラはわたしを椅子《いす》に座《すわ》らせ、コリンズ夫人は紅茶を手渡《てわた》してくれた。ラム酒の香りにおどろいたけど、気持ちの高ぶりをやわらげ、よく眠《ねむ》れるようになるはず。紅茶はからだを内側から温めてくれた。

ノラはかがんで、わたしの長靴下《ながくつした》をそっとぬがせてくれた。かぎ裂《ざ》きや穴を指でつまみながら。エリーがそばに来てようすを見てる。鍋《なべ》でわかしたお湯に、わたしは腫《は》れた足を浸《ひた》した。レディーバードは、ちゃんと手当てしてもらえているのか考えた。あの豚小屋《ぶたごや》にもどって、ノリッジ執事《しつじ》からまたひどい目に合わされないか心配でしかたない。レディーバードを助けるまでは、考えてもしかたないことは頭から追い出そうとした。

〈レディーバードは悪くないのよ〉わたしはノラに手で伝える。ベンがわたしたちの冒《ぼう》険《けん》についてうまく話を作ってくれますように。

ノラは玄関《げんかん》ホールの階段まで付《つ》き添《そ》ってくれた。石板とチョークを持ってたけど、わたしはノラと話をしたい気分じゃなかった。なんとかひとりで部屋まで行けると伝えた。考えなくちゃならないことがたくさんある。まずは、レディーバードにどのくらい知識があるのかを調べなくちゃ。

〈わたし、知ってるの〉わたしは指先で右のこめかみをたたいた。

わけがわからないようすのノラの表情から、ノラはレディーバードの首にある傷あとのことを知らないとさとった。ほっとして大きく息をはく。

「なんのことかね?」ノラの後ろからノリッジ執事《しつじ》が近づいてきた。物陰《ものかげ》にかくれていたにちがいない。どう見ても、こっそり話を聞いてたようすだ。

〈おどろいたでしょ?〉わたしはノラに手で話した。〈ベンからレディーバードのようすを聞いて〉

ノラは、ノリッジ執事《しつじ》に通訳をした。ノリッジ執事《しつじ》の目がいぶかしげに光る。

〈ベンがどうしたというのだ?〉ノリッジ執事《しつじ》の話をノラが通訳した。

わたしは石板に書いた――カルパーさんからお聞きになったと思いますが、あの子が庭でふざけるまでは、温室でうまく教えていたんです。

「カルパーだと?」ノリッジ執事《しつじ》が話し、ノラが書く。ノリッジ執事《しつじ》は顔をゆがめて冷《れい》酷《こく》に笑った。「なんの話か、さっぱりわからん」

そして、石板を床《ゆか》にわざと落とした。ノラは腰《こし》をかがめて割れた破片《はへん》をエプロンに集めた。ノリッジ執事《しつじ》はレディーバードの生《お》い立ちについて、傷あとのことも含《ふく》めてすべて知ってるにちがいない。レディーバードを生かしておくことが仕事なの？　それとも一族の秘密を全力で守ることが仕事なの？

17

ラム酒入りの紅茶は、期待した通りの効果があった。でも寝ていられない。夜遅《よるおそ》くまで起きて部屋のなかを行ったり来たりしてる。しきりに手を動かし考えてから、わたしは机についてペンをインクに浸《ひた》した。頭の中で整理したことをひとつずつ紙に書いていく。

1、だれかに絞《し》め殺されそうになったせいで、レディーバードは苦しそうな声や音を出している。

足の裏をよく見ようと、わたしは左足を上げた。八年前、海で泳いでいるときにマテガイで足を切った。傷あとは薄《うす》く退色した線になってる。傷は見えるものの生々しくはない。レディーバードの首にあった傷あとも同じように見えた。

2、ノラよりも屋敷《やしき》で長く働いているコリンズ夫人は、レディーバードの奇妙《きみょう》な行動の原因がわからない。コリンズ夫人はノラに、今の状態で屋敷《やしき》に来たと話した。でもノリッジ執事《しつじ》なら、レディーバードに手を出すこともありえる。

3、それとも首を絞《し》められたあとは、コッド岬《みさき》にいたときの母親のことと関係があるの？　もし高貴な生まれの母親が貧しい農夫と結婚《けっこん》したのなら、秘密にされているのはどんな話？

4、絞《し》め殺されそうになったんだとしたら、どうやって助かったんだろう？　動物が殺されるのを見たことがある。首の傷は、たいてい致命的《ちめいてき》だ。

目を覚まそうと首をふったとき、あることにはっと気づいた。顔を洗ってベッドに入る前に、すばやく紙に走り書きした。最後に書いたその文章のことを考えて、なかなか眠《ねむ》れない。転げるようにベッドから起き出して、ノリッジ執事《しつじ》に見つからないよう、暖炉《だんろ》に紙を投げ入れた。走り書きした文章は、これだ。

5、レディーバードは、耳が聞こえないの？　それともただ、口がきけないだけ？　暴力を受けたせいで耳が聞こえなくなった？　たいていは音に対する反応を見れば、聞こえているかどうかがすぐにわかる。たとえば、わたしが雷《かみなり》の反響音《はんきょうおん》を感じる前に、耳が聞こえる人は空を見上げる。レディーバードの悲惨《ひさん》な状態と行動に戸惑《とまど》っているせいで、わたしの勘《かん》は鈍《にぶ》ってるの？

よく眠《ねむ》れないまま、早朝の明かりの中で、ゆっくり服を着かえた。頭痛がするけれど、頭をはっきりさせて、よく考えなくちゃ。だれにも秘密を打ち明けられない。レディーバードは、わたしが行動するのを待ってる。手話を教える以上のことが、わたしの肩《かた》にのしかかってる。勇敢《ゆうかん》な教師は、生徒を安全な場所に導き、知識を得るために危険を冒《おか》すものだと確信してる。だからパイ夫人は教師を「天職」と呼ぶ。

レディーバード、レディーバード。もうその名前は、あなたに合わない。

髪《かみ》の毛を整えたとき、鏡にほこりがたまってるのに気づいた。メアリーと書いてから指でふいて消す。わたしは後ろに飛びのいた。これだ！　わたしが見落としていた、あまりにも明白なパズルのピース。三階の牢獄《ろうごく》の床《ゆか》がやけにきれいに掃除《そうじ》されてるのが、引っかかっていた理由がわかった。そしてノリッジ執事《しつじ》が石板をこわした理由も。あの子は字が書けるんだ！

ほんとうに書けるかどうか試《ため》さなくちゃ。でもどうやって？

ほっぺたに冷たい水をかけて、興奮した赤みを消した。ろう者は顔に表情が出やすいから、落ち着かせないと。顔のゆがみや身ぶり手ぶりが、すべてを物語ってしまう。

台所へ行って皿を洗った。エリーを手伝ってモップやバケツなどを裏の階段まで運んだ。わたしはウインクをして、エリーのほおをやさしくつまむ。エリーは灰色がかった緑色の目を輝《かがや》かせて〈ありがとう〉と手話をした。わたしは〈どういたしまして〉を意味する手話を教えた。エリーの愛らしさに気づいた。ここにいるのは恐《おそ》ろしいものじゃなく、ただの女の子だ。

ノリッジ執事《しつじ》が台所に入ってきた。わたしはノリッジ執事《しつじ》に気づかないふりをする。ノリッジ執事《しつじ》はテーブルに寄りかかり、わたしを鋭《するど》く見つめてくる。わたしは腕《うで》を両脇《りょうわき》につけ、ひっそり手話をした。〈落ち着いて〉。ノリッジ執事《しつじ》はいくつ手話を理解してる？

仕事をしていた場所からノラがもどってきた。わたしは声を取りもどした心地《ここち》がする。

〈ああ、メアリー〉ノラは手話をしてから続きを割れた石板のかけらに書いた――今、三階の部屋から来たの。あの子はベッドで静かに座《すわ》ってる。一晩じゅう横になってないの。

まるで夢から覚めて、自分のまわりにあるすべてのものを理解してるみたい。わたしは、そう、メアリーがあの子の魂《たましい》をみごとに呼び覚ましたにちがいないと感じてるわ。

ノリッジ執事《しつじ》が話すのを見てノラが通訳する。〈少女は……昨夜わたしが部屋を出たときからずっと考えこんでいる〉

ノリッジ執事《しつじ》が、わたしをじっと見つめる。コリンズ夫人とエリーは、ノリッジ執事《しつじ》に近づくと、わたしへの通達を聞いた。

〈きみの仕事はもう必要ない〉

みんな、すっかりおどろいてる。わたしはひるまなかった。〈もう一日たりとも、あの子はあの豚小屋《ぶたごや》にいられないでしょう〉

ノラがわたしのことばをやわらげて伝えたかどうかわからないけど、ノリッジ執事《しつじ》はわたしの顔と身ぶりを見て意味を理解したみたい。

ノラはわたしに断言した。〈メアリーがここを離《はな》れたら、あなたがいた部屋にレディーバードを連れていくわ〉だれもそうできると信じないと思うけど、わたしを安心させようとあえてうそをついてるんだ。

わたしは石板に書いて答える——このままここに残って、あの子が新しい環境《かんきょう》に慣れるのを助けてあげたいと心から思ってます。そして、あの子と会話するための基本的な手話を、みなさんに教えたいです。

ノリッジ執事《しつじ》は、用意していたように見えすいたうそをついた。「メアリーがいなくなった後は、ノラが役目を引《ひ》き継《つ》ぐ」そのことばをノラが通訳する。

〈ノラを全面的に信頼《しんらい》しています〉わたしはノラにうなずきながら話す。〈ただ、いずれにしても、わたしは家族に連絡《れんらく》をして、帰りの旅の手配をしなければなりません〉

「そういえば」ノリッジ執事《しつじ》はノラに通訳してもらいながら話した。「きみに渡《わた》すのを忘れていた。うっかりしていて申しわけなかった」ノリッジ執事《しつじ》はわざとらしくポケットの中を探して、開封《かいふう》された手紙を取り出した。わたしは手紙を受け取り、じっと見つめる。すぐにナンシーの筆跡《ひっせき》だとわかり、緊張《きんちょう》がゆるんで、大きく息をはいた。

〈返事を書かせてください〉わたしは話す。〈そのあいだ台所での仕事を手伝いますし、必要ならベンの仕事も手伝います〉

ノラが通訳すると、ノリッジ執事《しつじ》のいうことを教えてくれた――ベンなら、代わりの者を雇《やと》い次第、荷物をまとめて出ていく手はずだ。盗《ぬす》みを働いたのを、わたしが捕《つか》まえたんだ。

コリンズ夫人はおどろいた。「ベンはそんなことをする人じゃありません」

「だれを信用できるかなんて、わからないものだ」ノリッジ執事《しつじ》が返事をした。台所に入ってきたウォルターが、ノリッジ執事《しつじ》の後ろで冷たく笑う。ふたりとも、わたしを追《お》い払《はら》おうとしてるんだ。

「おっしゃる通りだと思います」コリンズ夫人の下くちびるがふるえてる。コリンズ夫人はエリーの背中をやさしくたたいた。みんなは悲しみながらも、自分の仕事を失うことを恐《おそ》れているのがわかる。

〈報酬《ほうしゅう》は全額支払《しはら》っていただけますよね〉わたしは手で話す。ノラの表情から、わたしの要求をやんわり伝えたみたい。

ノリッジ執事《しつじ》はばかにするように笑い、ウォルターになにかを指示したようだ。

〈部屋にもどって友人の手紙を読みます〉わたしは話す。〈あの子が——けっきょく名前はわかりませんでしたが——わたしの授業でなにかを得たのならうれしいです〉

ノリッジ執事《しつじ》は、わたしをちらりとも見ずにきびすを返した。そのあとをウォルターがついていく。わたしがエプロンをはずして正面階段へ向かうと、ノラが後ろからついてきた。階段を上りはじめてからふり向くと、手話をしようとノラが手を上げた。わたしは人差し指でくちびるをたたき、自分の部屋を指さした。

二階に上がると、ドアを閉めてベッドに座《すわ》るようノラに身ぶりで示す。わたしはナンシーからの手紙をランプの明かりで読んだ。

大切な親友へ

このノリッジ執事《しつじ》という人は、どう見ても卑劣《ひれつ》な悪党よ！　でもレディーバードは、すでにあなたに助けてほしいといってるみたい。メアリー、元気を出して！　ウルストンクラフト夫人の女性解放哲学《てつがく》を思い出してね。女性は、男性が評価している以上に知的な生き物なの。メアリーはいつもじゅうたんみたいに知識を吸収したがるでしょ。レディーバードにはあなたが自分のためにしようとしていることを理解するよりも先に、励《はげ》ましが必要だと思います。失敗の危険を冒《おか》すのを恐《おそ》れてはだめ！

ヴェイル屋敷《やしき》で、たくさんの幽霊《ゆうれい》を見つけたみたいね。すべての幽霊《ゆうれい》がほんものというわけではないけれど。あるものは後悔《こうかい》であり、あるものは古い恐怖《きょうふ》よ。そのいくつかは、わたしたちのような慣れ親しんだ友がいないものたちなの。その家は、まるで幽霊《ゆうれい》たちで埋《う》めつくされてるみたい。

リー牧師にいわれたように、あなたは崇高《すうこう》な行いをしているの。レディーバードが反応をしはじめたと知ったら、家族がどんなによろこぶか想像してみて。最後までやりとげて！　この仕事ができる人がいるとしたら、それはメアリー、あなたです。

ノリッジ執事《しつじ》がわたしを追い出したがったのも当然だ。あの子の状態やノリッジ執事《しつじ》の邪悪《じゃあく》さを部外者に打ち明けたのを知ったんだもの。ノリッジ執事《しつじ》の権威《けんい》をゆるがすかもしれないことも。ナンシーのことばに力をもらった。「最後までやりとげて！」と。けれどナンシーは、わたしの仕事がいかに急を要するものになったかを知らない。もはや、気の毒な少女に手話でのやりとりを教えるんじゃなく、牢獄《ろうごく》から解放してレディーバードがいるべき場所へ連れていかなくてはならないのだから。

レディーバードを救う手助けをしてくれる人がいるとすれば、それは一番の親友だ。ナンシーのおじさんの家は、ヴィンヤード島より近い。

ノラがわたしの肩《かた》をたたいた。ノラは毎日、新しい手話を、それにふさわしい顔の表情とともに覚えてる。わたしはノラが忘れたり、ことばに詰《つ》まったりしたものを直感で理解する。リー牧師と話すときと同じことをしてる。ノラの手話を理解できないとき、わたしは空中にクエスチョンマークを書く。ノラが手で話した内容を文章に書くと、わたしはやさしくノラの手話を直す。もしこの相手がレディーバードだったら、すごく勉強が進んだのに！

〈メアリー、どうするつもり？〉

〈ノラにすべてを話してはいないの〉わたしは打ち明けた。〈このたくらみに巻きこみたくないから〉

〈どんなたくらみ？〉ノラが聞く。

〈ベンはどろぼうだと思う？〉わたしは質問で返した。

〈使用人は、たまに物を盗《ぬす》むの〉ノラが考えこむように答える。〈でもね、わたしはベンが酒におぼれるのを見たことがないし、ベンは自分が稼《かせ》ぐ以上のものをほしがる人には見えない。ねえ、ノリッジ執事《しつじ》は無実の罪をベンに着せたと思う？〉

〈ノリッジ執事《しつじ》がうそをついたのは、これがはじめてじゃないから〉

〈つづけて〉ノラはベッドに座《すわ》り、四本の支柱のうちの一本をにぎりしめる。

〈ノリッジ執事《しつじ》は、レディーバードの人生についてひどい事実をかくしているの。非情な仕打ちとごまかしの大きさに、わたしも気づいたばかりよ。レディーバードの過去の秘密を解明するまで、わたしは納得《なっとく》しない。あなたがいっしょに旅に出られないのはわかっているけど、お願いだからわたしを裏切らないで〉

ノラはくちびるをぎゅっと結んだ。〈メアリーがなにを計画しているのかわからないけど、わたしはノリッジ執事《しつじ》についてよくわかってるわ。なにか手伝えることはない？〉

わたしはあたりを見まわしてから伝えた。〈明日の朝一番に、わたしと三階からノリッジ執事《しつじ》を遠ざけてくれる？〉

〈わかった〉ノラがうなずく。〈やってみるわ〉

〈いつものように仕事をしていてね〉わたしは手で話す。〈わたしは荷物をまとめてると、みんなには伝えて。もしなにかあれば、夜、部屋にもどるときにドア下のすきまからメモを入れてね〉

〈メアリー、晩ごはんに下りてこないの？〉

〈ええ〉わたしは話す。〈ノリッジ執事《しつじ》みたいに、ひとつひとつ綿密に計画しなければいけないの。これまでずっと先を越《こ》されてるから、今回こそ失敗は許されない。不注意なミスをひとつでもしたら……〉わたしは天井《てんじょう》を見上げた。ノラはわたしの手をにぎり、そっとドアを閉めて出ていった。

ベッドの上でからだをゆらすと、レディーバードと同じリズムでゆれてる気がする。この屋敷《やしき》はけっして謎《なぞ》なんかじゃない——華《はな》やかな舞踏室《ぶとうしつ》と空っぽの部屋があるだけ。人が暮らすことにより、この屋敷《やしき》の心臓も鼓動《こどう》を打ちはじめる。そして、住人たちの行動や感情によって、脈《みゃく》を打つんだ。

18

わたしは馬車に押《お》しこまれて追い出されるときのために、眠《ねむ》らずに荷物をまとめておいた。ふるさとを離《はな》れてからはじめて見る日の出だ。屋敷《やしき》での生活は、漁村の夜明けや夕暮れのすばらしい太陽の光よりも、大時計の針の動きにしたがう。雄鶏《おんどり》が、どこか近くにいる？　それともほかの土地から鳴き声が聞こえてくるの？　ここには有名な丘《おか》や、もとは先住民族のものだった土地があって、名がその境遇《きょうぐう》を伝えている。「ヴェイル」は「バレー」（谷）という意味だけじゃない。「涙《なみだ》の谷」（この世）といえば、人生の悲しみや苦しみが集まる場所としての谷を意味している。

今朝はノラがノリッジ執事《しつじ》の注意を引いて、きっとわたしを計画に集中させてくれるはず。わたしは机からペンと紙とインクを取り出し、枕《まくら》カバーで包んだ。引き出しの奥《おく》からペンの鍵《かぎ》を取り出してにぎりしめた。

使用人用の階段を急いで上る。ブーツで足をくじいてしまい、つまずかないように手すりにつかまった。レディーバードの部屋の外で、わたしは立ちすくんだ。鍵《かぎ》を回したのに、にぎったまま動けない。なにがこわいの？　わたしは大きく息を吸い、悪臭《あくしゅう》のする部屋に入る前に気持ちを引《ひ》き締《し》めた。

窓辺にレディーバードがぼんやり立ってる。上品な服をぬいで下着姿だ。心の中に広がる世界は、ガラス窓の外より広いんだろう。自由に走り回ったのに、今はまた檻《おり》の中にいる。コッド岬《みさき》に、この子を探してる家族はいるの？　いないような気がしてしまう。凍《こお》った小川に子猫《こねこ》を放りこむ母猫《ねこ》がいるとは思えない。

わたしは家事をしているときや、からだに負担がかかったりおどろいたりしたときに、無意識に声を出してしまうことがあるとわかってる。耳が聞こえる人に、いつもふり向かれるから。それが自然な反応とはいえ、わたしは恥《は》ずかしくなる。わたしはレディーバードを見た。レディーバードはまだ窓の外の、想像の中にだけ存在するかもしれない遠い岸辺を見つめてる。わたしは大きく息を吸ってから、うなり声を出した。聴覚《ちょうかく》を測るのにじゆうぶんなのか判断できないけど、レディーバードは反応しない。振動《しんどう》を感じる能力は、わたしみたいに鋭《するど》い？　床《ゆか》を軽く踏《ふ》んだら、ふり向いた。レディーバードの耳が聞こえないのを、わたしは確信した。でも、わたしと同じでまったく耳が聞こえないかどうかまでは判断できない。

わたしたちは向かい合った。パイ先生の教えのひとつめを思い出す——ことばを話せなくても、人には知性がありますーーかつてわたしは自分が動物のように扱《あつか》われたことがあるのに、この子を見くびっていた。レディーバードがわたしから目をそらさずにいると、金をちりばめた茶色の瞳《ひとみ》の奥《おく》に輝《かがや》きが踊《おど》ってるのが見える。自分が置かれた状況《じょうきょう》にもかかわらず勇気と粘《ねば》り強《づよ》さがあることに対し、わたしはおどろき、謙虚《けんきょ》な気持ちになる。この子を支えてるのは、恨《うら》みなのかもしれない。希望は偉大《いだい》な原動力だけれど、怒《いか》りは火をつけることもできるんだ。

わたしはひざをついて枕《まくら》カバーを開け、ペンとインクと紙を取りだした。レディーバードは、わたしの前に立ってる。なにを企《たくら》んでいるのかと不思議に思ってる？　わたしは顔を上げて、人差し指を胸にあててから、紙にメアリーと書いた。レディーバードがしゃがんでペンに手をのばすと、ふたりのあいだに電気が走る。レディーバードはつかむようにペンをにぎり、一文字ずつていねいに書いた。まるで長いあいだ忘れていたものに手をのばすかのように集中してる。レディーバードは、くちびるをかみきりそうにかみしめてる。

部屋じゅうに光があふれるように感じた。もしわたしがチルマークにいたら、集会場まで走っていって、鐘《かね》を力強く鳴らし、すべての人が鐘《かね》の音《ね》を感じたり聞いたりできるようにするだろう！　ベアトリスのやせこけた顔には、かすかな笑《え》みが浮《う》かんでる。晴れ晴れとして、満足してるみたい。小さな勝利を手にしたのを自分でもわかったんだ。わたしは動揺《どうよう》していた。ふたりで、ここから出なくちゃ。ナンシーの家に連れて行ってくれる人が見つかるまで、丘のどこかにかくれていられないだろうか？

計画を考えていたら、襟首《えりくび》をつかまれるのを感じた。ふり向く前にだれだかわかった。紙をけとばして見られまいとしたのに、恐怖《きょうふ》に襲《おそ》われたノリッジ執事《しつじ》の顔から、紙を見たのは明らかだ。ベアトリスとわたしの耳が聞こえるかのように、首の筋を引きつらせてわめいてる。

引《ひ》き離《はな》されそうになるのを、ブーツを床《ゆか》に引きずって抵抗《ていこう》した。ベアトリスは悲鳴を上げてる。ちょっとやそっとの悲鳴じゃない。箱に閉じこめられ、土の下に埋《う》められたみたいな悲鳴だ。ダムをつきやぶる高い波だ。壁《かべ》に反響《はんきょう》するのを感じる。わたしをつかんでいた手を放したから、ノリッジ執事《しつじ》はおどろいたにちがいない。わたしがなにかする前に、ベアトリスがノリッジ執事の股間《こかん》をひざでけりあげていた。ノリッジ執事《しつじ》が床《ゆか》に倒《たお》れると、ベアトリスがわたしの手をつかんだ。ふたりで逃《に》げようとしたのに、ノラがドア枠《わく》に両腕《りょううで》を広げて道をふさいだ。ノラは、わたしの味方じゃないの？

ベアトリスがノラに殴《なぐ》りかかったけど、スティーブンがノラを押《お》しのけてベアトリスを床《ゆか》にねじふせた。スティーブンは馬の扱《あつか》いに慣れてる。あっというまにベアトリスをうつ伏《ぶ》せにして、両手を後ろでしばった。スティーブンは、はじめてベアトリスの部屋に入ったにちがいない。目を見開いて悪臭《あくしゅう》にむせたから。それにベアトリスみたいに小さい子を押《お》さえつけてしまい、悪いことをしたと思ってるみたい。

ノリッジ執事《しつじ》は立ち上がって落ち着きを取りもどし、髪《かみ》をなでつけ、ネクタイと上着を整えた。わたしたちが名前を書いた紙を拾った。おだやかな態度とは裏腹に、目には地獄《じごく》の炎《ほのお》が燃えさかっている。ノリッジ執事《しつじ》になにかどなられたスティーブンは、ぎょっとして顔が青ざめてる。それからノリッジ執事《しつじ》はベアトリスのあごをたたき、茎《くき》の折れた花みたいにベアトリスの髪《かみ》の毛をふりまわした。

支配者！　刑務所《けいむしょ》の看守！　拷問吏《ごうもんり》！　悪党！　ナンシーの英雄《えいゆう》、メアリ・ウルストンクラフトなら、もっと多くの称号《しょうごう》をノリッジ執事《しつじ》につけるだろう。

ノラは急いで階段を下りた。ノリッジ執事《しつじ》に後ろから押《お》されて、わたしは階段を転げ落ちる。ロブスターを捕《つか》まえるしかけに足がはまったときのエズラみたいに頭にきた。こんなときでもがまんしなくちゃならないの？

ノラは、気づかれないようにわたしを見てかすかにうなずいた。わたしの横で、ノリッジ執事《しつじ》が怒《いか》りにゆがんだ顔でノラに話してる。

〈メアリー〉ノラが通訳する。手がふるえるのを、かくそうとしてる。〈トランクは御者《ぎょしゃ》台《だい》の下につけてある。今すぐ出発だ〉

この計画は危険だとわかってたのに、ひどく打ちのめされた。はじめてほんとうの絆《きずな》ができた瞬間《しゅんかん》に、ベアトリスから引《ひ》き離《はな》されるなんて……。それでもわたしはうなずき、あごを上げて感情をおさえようとした。ノリッジ執事《しつじ》にかくそうとしてるけど、ノラの顔は青ざめてる。

先に立ってわたしを玄関《げんかん》ホールへ連れていきノリッジ執事《しつじ》から離《はな》れると、ノラはすばやくわたしに手話をした。〈メアリー、ほんとうにごめんなさい！　ノリッジ執事《しつじ》の気を引こうとしたのよ。「うっかり」ズボンに熱い紅茶をこぼしてね〉ノラは口《くち》の端《は》にいたずらっぽい笑《え》みを浮《う》かべる。〈そのあと小麦粉で紅茶のしみを取ろうと考えてたの。小麦粉を使ってきれいにするのは新しくて一番効果的な方法なんです、といってね。小麦粉は紅茶をしっかり吸うでしょ〉

玄関《げんかん》を出て階段の下まで来ると、ノラは真剣《しんけん》な表情になった。〈これからどうするの?〉

〈ベアトリス〉わたしは指で文字をつづった。ノラはわけがわからないという顔をしてる。〈あの子は自分の名前を書いたの。ベアトリス、って〉ノラは目を見開いた。〈わたしはベアトリスをあきらめない。出て行くけど、かならずもどってくる。約束するわ〉

〈馬車はボストン港まで行くよう指示されてるの〉ノラが心配でたまらないという表情で伝える。手をにぎりしめてから手話を続けた。〈ノリッジ執事《しつじ》は、メアリーがどうやって家に帰るかなんて気にしてないわ。追い出したいだけなのよ〉

わたしは手で話す。〈わたしを乗せた船が、魚みたいにわたしを海に投げ捨てたらよろこぶでしょうね!〉水から出た魚みたいに、ほっぺたを吸いこみ、くちびるをつきだして手で話した。おかげでノラはほほえんだ。〈ボストン郊外《こうがい》のクインシーに友だちがいるの〉

わたしがそう伝えると、ノラの不安は目に見えてやわらいだ。

〈ノリッジ執事《しつじ》は、スティーブンをぎょっとさせることを話したんでしょ〉わたしは聞

いた。〈なんていったの？〉
〈ああ、メアリー〉ノラはふるえる手で話した。〈危《あや》うく忘れるところだったわ！　ノリッジ執事《しつじ》は、納屋《なや》のまわりにれんがを集めて、桶《おけ》に石灰《せっかい》と粘土《ねんど》を入れてかき混ぜるよう指示したの〉
わたしは意味がわからないと伝えるために、〈わかった〉の手話をしてから首をふった。〈おそろしいことを考えている気がする。屋敷《やしき》に改築の必要はないもの。ベアトリスを閉じこめる以外に、壁《かべ》を作る必要があると思う？　外の世界と遮断《しゃだん》するためかもしれないわ〉わたしがここに来たせいで、スズメバチの巣をけとばしたような事態を招いてしまったの？
いい気味だとほくそえむウォルターに、ナンシーから届いた封筒《ふうとう》を渡《わた》して、差し出し人の住所を指さした。ノラが住所を声に出して読んだので、ウォルターが読み書きできないことを思い出してわたしは恥《は》ずかしくなった。ノラがまたなにかいうと、ウォルターはしぶしぶポケットから小さな袋《ふくろ》を取り出した。袋《ふくろ》には賃金として硬貨《こうか》が入っている。ノラを軽く抱《だ》きしめ、コリンズ夫人やとくにエリーと別れのあいさつができたらよかったのにと思った。けれど、そのまま馬車へ急《せ》かされてしまった。

座席に落ち着く前に、馬車がゆれはじめる。後ろの窓から外を見た。手を挙げて立ち、ベンが別れを告げてる。ベンはいつ屋敷《やしき》を出るんだろう？　どうしてノリッジ執事《しつじ》はベンを追い出したがってるの？

馬車が進むにつれ、屋敷《やしき》がだんだん小さくなっていく。ヴェイルは遠くにある風景画みたいになった。極度の疲労《ひろう》が、ベールのようにおおいかぶさってくる。判断をまちがったとか、家庭教師を失敗したとか、そんなことばかり考えて、すべてを捨てて逃《に》げたくなった。けれどベアトリスを見捨てるのは、自分自身を見捨てることだ。

III

19

小さいヘビみたいなウォルターは、馬をむちで思いきり打ってるにちがいない。かわいそうな馬たち！　ヴェイル屋敷《やしき》でのわずか二週間ほどの痕跡《こんせき》を消しさるように、馬車は石や土の道を飛ぶように走る。馬車はクインシーに向かってる。わたしはドアにもたれかかり、頭を窓台に乗せた。眠《ねむ》れていないし、これまで見てきたこと、してきたことの重みをようやく実感して押《お》しつぶされそうになる。

考えを整理しようとするたびに、馬車が乱暴に角を曲がるので混乱してしまう。頭の中で映像がつぎつぎと変わる。玉のように丸くなって動かない子猫《こねこ》たち。人とちがって生まれた人間への憎悪《ぞうお》についてわたしに警告したときの、エズラの暗いまなざし。ボストン港にいた奴隷捕獲人《どれいほかくにん》。ノリッジ執事《しつじ》を恐《おそ》れるノラ。口をかくすエリーの青白い手。鎖《くさり》でつながれたベアトリスの足首。イチジクを味わい石についたタバコのにおいを嗅《か》いだときのうれしそうなベアトリス。ベアトリスはわたしと戦い、自分がされたことをわたしに見せた。

ベアトリスののどには、ひどい傷あとがある。神の創造物は、小さいものも大きいものと同じくらいつらい目に合ってしまうなんて。主よ、わたしはこの仕事にふさわしい人間ではありません。

馬車が止まって前のめりになり、ドアの取っ手につかまった。ドアを押《お》し開け、ウォルターの助けなしによろめきながら馬車を下りる。ウォルターはわたしのトランクを取りに行った。

ヴェイル屋敷《やしき》の半分ほどの大きさとはいえ、住みなれた我《わ》が家に比べると、かなり凝《こ》った造りの家だ。外側は薄《うす》い灰褐色《はいかっしょく》の羽目板張りの木造で、一階も二階も窓は同じデザインになってる。平らな屋根の左右にはレンガ造りの煙突《えんとつ》が一本ずつあり、先のとがった錬鉄《れんてつ》製《せい》の装飾《そうしょく》が並んでる。屋根の中央部分が長方形に盛り上がっていて、まるで王冠《おうかん》をかぶってるみたい。

ナンシーは玄関《げんかん》の屋根つきポーチの下でわたしを待っていた。馬車が小道を進んできたのを見たにちがいない。ナンシーがかけより、わたしの腕《うで》をつかんで支えてくれた。重い足取りで玄関《げんかん》に向かう。玄関《げんかん》を入ってすぐの客間の長椅子《ながいす》に行儀《ぎょうぎ》よく座《すわ》った。ものうげにほほえみ、じょうだんめかしてわたしは話した。〈いきなりおじゃましてごめんなさい〉

ナンシーは手の甲《こう》をわたしのおでこにあてた。〈メアリー〉ナンシーが手で話す。〈顔色が悪いわ。なにがあったの？〉

両手を上げて答えようとしても、力が出ない。となりの部屋からジェレミア・スキフが現れた。ふたりから心配そうに見守られる中、支える柱のない屋根みたいにわたしはくずおれた。まぶたが閉じて、真っ暗になる。

途切《とぎ》れがちの眠《ねむ》りで、いつものように深くは眠《ねむ》れず、夢も見なかった。一度はしっかり目が覚めたと思ったのは、近くで心地《ここち》よい音楽のリズムを感じたからだ。その音楽は、もはや悪夢に悩《なや》まされることのない、おだやかな眠《ねむ》りへといざなった。

ようやく目を開けると、わたしは下着姿で客用ベッドのやわらかいシーツの上に寝《ね》かされていた。光がどんよりして薄暗《うすぐら》いから、夕方なのか雨がふってるかだろう。ナイトテーブルに置かれたスープから、おいしそうな香りがする。

ナンシーはベッドのそばで本を読んでいて、わたしがまばたきをしてからだを起こすのを見ると、歯を見せてにっこりした。〈永遠に眠《ねむ》ってるかと思ったわ！〉ナンシーは大げさに手話をしながら、わたしのまねをして椅子《いす》に倒《たお》れこんだ。

わたしは思わずほほえむ。〈お行儀《ぎょうぎ》のいい時間に来られなかったとしたら謝《あやま》るわ〉ナンシーの笑顔《えがお》をなつかしく感じる。すらすらと手話をする人と話せてほっとした。ノラといっしょにいるのは楽しくないわけではないけど、わたしの癖《くせ》や略した表現、身ぶり手ぶりをすべて知ってる人とはちがう。わたしたちはあいさつするときに、声に出す人の会話をまねて、大げさで風変わりな手話をするときもたまにある。

〈たしかにね！〉ナンシーはもったいぶった感じに手首をひねって断言した。

スープに手をのばすと、ナンシーが口に運ぶのを手伝ってくれた。わたしは味わいながら飲んだ。温かくて心地《ここち》よくお腹《なか》が満たされていく。ナンシーがわきに置いた本のあいだに、わたしが送った手紙がはさまってるのに気づいた。〈わたし、熱を出した？〉湿《しめ》った肌《はだ》に下着が少しくっついているのを見て聞いた。

〈ちょっとね〉ナンシーは人差し指と親指のあいだに少しすきまを作って答える。〈くたびれすぎてたんだね〉

わたしはくちびるをかんだ。〈ヴェイルでの日々は、仕事をやめさせられないように、ガラスの上をつま先立ちで歩いていた気がするの〉

ナンシーは顔を少ししかめた。〈手紙がどこかに消えたんじゃなければ、ここに来るなんて思わなかった。メアリー、なにが起こったの？〉ナンシーが枕《まくら》を背中に置いて寄りかかれるようにしてくれ、わたしは心が温まるスープをすすった。

〈ヨーゼフ・ハイドンの話を先にしてくれたら話すわ〉ナンシーに話す心の準備ができなくて、そう伝えた。

〈フォルテピアノを見にきて〉ナンシーにうながされた。

わたしはベッドのはしにあったショールを引っぱって肩《かた》にかけた。

玄関《げんかん》を入ってすぐの客間の向かいが音楽室だ。上品な楽器《がっき》とマホガニーの椅子《いす》がいくつかあるだけの小さい部屋とはいえ、チルマークにはヒルマン家でもこういう部屋はない。

〈わたし、どうしてナンシーがフォルテピアノじゃなくチェンバロを持ってると思ってたのかしら？〉わたしは聞いた。

〈もともとはあったの〉ナンシーが首を横にふる。〈でも、わたしが演奏するウィーン古典派様式の曲には、フォルテピアノのほうがいいの〉

〈どうして？〉わたしは聞いた。

〈ハイドンのソナタでは〉ナンシーが熱心に話す。〈演奏する人の勢いが重要だからね。それは、フォルテピアノならクラヴィコードでしかちゃんと表現できないの。メアリー、美

しい調べはチェンバロを凌駕《りょうが》してしまうものなの！〉
子どものころなら、ナンシーの情熱を笑っただろう。
〈それじゃあ〉わたしは手のひらを上に向けて手話をする。〈どう動くのか見せて〉
〈このフォルテピアノは、ヨーロッパからの輸入品よ〉ナンシーが手で話したあとに磨《みが》き上げられたふたに指をすべらせて開けると、チェンバロみたいな細い弦《げん》が見えた。〈イギリスでドイツ人が作ったんだと思う。チェンバロとちがって金属のフレームや支柱はないの。六十一鍵《けん》、五オクターブ。ハンマーは革《かわ》でおおわれてるから、木を直接たたかないんだ。やわらかい音が出るのよ〉
〈まるで恋人《こいびと》みたいに話すのね〉ナンシーをからかった。〈ところでヨーゼフ・ハイドンって、どんな人？〉
ナンシーは笑って頭をのけぞらせた。〈恋人《こいびと》なんていない。そんなこといわれたらわたしの魂《たましい》がしばられちゃう。そういう話はあとでしましょ。ハイドンはオーストリア人で、宮廷《きゅうてい》音楽家として長く働いたの。「交響曲《こうきょうきょく》の父」と呼ばれてる。でもわたしは、ハイドンならソナタのほうが、心惹《ひ》かれるんだ〉
ナンシーは長椅子《ながいす》に座《すわ》り、以前ナンシーが木のリコーダーを吹《ふ》いたときにわたしがリコーダーをにぎらせてもらったように、フォルテピアノに寄りかかるよう、わたしに身ぶりで指示した。ナンシーは大きい手を器用に動かして、暗譜《あんぷ》している曲を演奏する。ベアトリスもわたしのとなりにいて音楽を感じられたらいいのに。

すがすがしい空気を深く吸い、楽に呼吸をする。音階を上下に追いかけるうちに、自分の中で閉じられた扉《とびら》が開きはじめる。人が思うより、わたしにとって音楽は理解しにくいものじゃない。ナンシーは、わたしの耳に響《ひび》くような曲を選んでくれたんだろう。音楽を、ほとんど鼻で感じるもの！

あらためてナンシーを見てみた。島にいたときは、カールした黒い髪《かみ》をそのままおろしていて、見栄《みば》えを気にしない服を着た冴《さ》えない女の子だったけど、今では立派な体つきでのびのびとしていて、音楽の訓練のせいか落ち着きと自信を持ってる。きっとナンシーは、おじさんのジェレミア・スキフみたいに大きくなるんだろうな。ふくよかな腕《うで》と長い首のおかげで堂々として見える。ナンシーがからだをゆらすと、黒い巻き毛が滝《たき》のように落ちる。ハイウエストで切《か》り替える直線的なシルエットのエンパイア・ウエストのドレスは、胸元《むなもと》と広い肩《かた》を引き立ててる。女性解放を主張するブルーストッキング運動にならい、ナンシーはコルセットをつけない。

ナンシーが演奏を終えると、わたしは拍手《はくしゅ》をした。ジェレミア・スキフも拍手《はくしゅ》をする。ジェレミアはドア枠《わく》に寄りかかり、誇《ほこ》らしげに顔をほころばせてる。ジェレミアの寛大《かんだい》さと支援《しえん》のおかげで、ナンシーはボストンで音楽の勉強ができるようになった。それでも、ジョージ兄さんが死んだあとにひきょうな行動をしたジェレミアを、わたしは今も信用できないままでいる。

〈メアリー〉ジェレミアがためらいがちに手話をしてきた。〈スキフさん〉わたしも同じくらい気をつかいながら手で話す。〈すてきなお宅ですね〉〈歓迎《かんげい》するよ。好きなだけいてくれたらいい〉ジェレミアはそそくさと話す。〈メアリーが来るかもしれないとナンシーから聞いて、うれしかったよ。それなら、きっと……〉ジェレミアはことばをにごして、しばらくきまり悪そうにしてた。ジェレミアの笑顔《えがお》は悲しそうだけど、心からのものだ。ジェレミアはわたしに取り入ろうとしてる？　過去のできごとのせいで、わたしはジェレミアを見くびってる？〈どうぞくつろいで〉ジェレミアは島ではごく普通《ふつう》に手で話していたのに今はぎこちなくなってる。ナンシーの手話は、ぜんぜんにぶってないけど。

わたしたち三人は、音楽室のとなりにある客間の椅子《いす》に座《すわ》った。

〈ヴェイルではほとんど雨がふらなかったわ〉わたしが手で話す。

〈ここではよくふるよ〉ジェレミアが話す。

〈このまま天気の話を続けるつもり?〉ナンシーが割って入った。

〈なんの話をしたい?〉目をきらりとさせて、わたしは聞いた。

〈うちの両親がどうしてるか聞くべきだとは思うけど、話したくはないわ〉ナンシーは大きく息をはいた。〈おじさんは、毎月知らせをもらってる。羊のことや、お金についてのいつもの愚痴《ぐち》とかの、父さんにとって深刻な内容をね〉

〈わたしが島を離《はな》れる前、サリーが病気になった羊を診《み》たの。ナンシーのお父さんは、サリーの助言を聞かなかった〉

〈サリー!〉ナンシーが指で名前をつづる。〈すっかり忘れてた。最近は、どうしてるの?〉

〈サリーは病気の動物を治療《ちりょう》する方法を学んで、すばらしい才能を発揮してる〉わたしは話す。〈アクィナだけじゃなく、チルマークでも働いてるわ〉

〈サリーにどんなに専門知識があっても、チルマークの人たちは、いつもよろこんで呼ぶわけじゃないにきまってる〉ナンシーが察した。

〈ほんとにそう。ナンシーのお父さんは、サリーの仕事に対してお金を支払《しはら》わないし〉ナンシーは、やれやれというように目をぐるりと回した。〈サリーの両親は、どうしてるの?〉

〈お母さんはマラリア熱で亡《な》くなったわ〉ナンシーと話すうちに、わたしは英語の文法を守らずに、独自の規則がある島のことばへと深くもぐりこんでいく。〈サリーのお父さんは絶望に打ちのめされて、捕鯨船《ほげいせん》に乗ったの〉

〈ワンパノアグ族の人たちは、つぎからつぎへと災難に見舞《みま》われる〉ジェレミアが話す。〈そのうちいなくなってしまうだろう。このあたりに住んでいたインディアンたちのように。だれがいたか知っているかい? マサチューセッツ族のチカトゥーバット酋長《しゅうちょう》は、この地に移ってくる前は、マサチューセッツの語源であるモズウェタセット・ハンモック(訳注:先住民族のことばで「矢じりの形をした丘《おか》」という意味)と呼ばれる丘《おか》に住んでいた。そうやって歴史は進んでいく。インディアンはたがいに征服《せいふく》しあい、それから我々がこの土地を自分たちのものにしたんだ〉

牛のふんを避《さ》けて歩くように、ジェレミアとの議論をはぐらかせるだろうか?

〈もちろんわたしは、ワンパノアグ族がいなくならないでほしいと心から願ってます〉

わたしは話す。〈ヴィンヤード島のワンパノアグ族は減っているけれど、いなくなっては困ります。コッド岬《みさき》でも、ワンパノアグ族はまだ伝統を守り続けていると聞いてます〉
〈彼らは将来のことを考えていない〉ジェレミアは部屋の中をゆっくり歩きながら話す。〈わたしがやっている造船業や、わたしが輸入したフォルテピアノのようにはね。これは進歩だよ。伝統を守るのはいい。だが、成長する国にとって必要不可欠なものを、彼らは作り出していけるだろうか？〉

すぐには答えが見つからない。先住民の人たちは、自分たちの部族を統治するために戦っている。サリーはわたしに、先住民は多様だと気づかせてくれた。人を資産としては考えられない。世界の歴史や文章を書くことに対するわたしの考えは、ジェレミアのものとはちがう。自分を情けないと思いながらも、礼儀《れいぎ》をわきまえ、わたしはジェレミアに反論しなかった。ナンシーはわたしの戸惑《とまど》いを感じ取ったにちがいない。

〈メアリー、教えて〉ジェレミアが部屋を出るとナンシーが話をはじめた。〈最近、エズラの調子はどう？〉

〈母さんの手紙には病気だと書いてあったの〉考え考え、わたしは答えた。〈でもエズラは、文句をいいながらもリー牧師とわたしをコッド岬《みさき》まで運んでくれたのよ。わたしを不

安にさせるような、わらべ歌をくりかえしうたってね〉

〈エズラは、いつもわたしを子ども扱《あつか》いしてこわがらせたわ〉ナンシーが話す。〈幽霊《ゆうれい》の話をたくさんしてくれたよね。海に沈《しず》められた船乗りが陸にもどってきた話を覚えてる。だしぬけにね。船乗りの服装で陸に行進してきたんだって。その話を聞いた晩は、ふとんを頭にすっぽりかぶって寝《ね》たんだから！〉

〈ナンシーは、スパイの話が大好きだったよね〉

〈今でもまだ、ほんもののスパイに会いたいよ〉物思いにふけりながらナンシーが話す。〈独立戦争は、わたしたちにとってはるか昔のことだけど、アメリカ建国をけっして受け入れないイギリス支持者もいるといわれてるでしょ。その人たちはジェファーソン大統領や部下たちの権威《けんい》をおびやかそうと働いてるもの〉

〈イギリス支持者に、今なにができるの？〉わたしは聞いた。

〈非道な企《くわだ》てをいくらでも〉ナンシーはまるで舞台《ぶたい》に立って演じてるみたい。〈暗殺だってするかもね！〉ナンシーは胸を押《お》さえて床《ゆか》に倒《たお》れた。

〈やりすぎよ！〉わたしは両腕《りょううで》を広げて手話をする。

ナンシーがわたしに近づく。〈なにがあったのか、話してくれないのね〉

わたしは頭を軽くたたいて手話をする。

〈わたしがものごとを解決するには、時間がかかるの。ヴェイルでの経験について話すことはたくさんあるわ。そして、もしナンシーがいっしょに挑戦《ちょうせん》してくれるなら、もっと多くのことをしなくちゃならない……。長くは引きのばせないの。事態は切迫《せっぱく》してるから。けれど、よく考えた上で取り組まなくちゃならない。失敗する可能性もあるし、もっと致《ち》命的《めいてき》な失敗をする可能性だってあるの。これまでにたくさん失敗をしたから。凍《こお》りつくような失敗をね〉

〈少し眠《ねむ》って〉ナンシーがいたわってくれた。〈明日、ちょっと外に出かけて、頭と心を元気にしましょう。そしてわたしにすべてを話して〉

わたしは部屋に引き下がり、夢の中の星たちが、心の闇《やみ》を消しさってくれますようにと願った。

20

ジェレミア・スキフの家の使用人が、緑色の服とナンシーからプレゼントしてもらった黒いビーバー革《がわ》の帽子《ぼうし》をきれいにしてくれていた。ナンシーからは、新しい長靴下《ながくつした》ももらった。ナンシーはわたしが着ていたマントを見て顔をしかめ、自分のマントを貸してくれた。帽子《ぼうし》に合うマフ（訳注：両手を入れる筒型《つつがた》の毛皮製防寒具）も貸してくれた。こうしてわたしたちは散歩に出かけた。

囚《とら》われの身でも招かれた身でも、島から出て春の新鮮《しんせん》な花を感じることはなかった。自分の家に咲《さ》く花や青々とした木々を見逃《みのが》したくはない。ブーツをぬいで波打《なみう》ち際《ぎわ》を踏《ふ》みしめ、つま先のあいだで冷たさときらめきを味わいたい。

ナンシーと腕《うで》を組んで歩くと、まばゆい太陽の光に包まれた。けれど、心の中は温かさを感じられない。

〈この町のクインシーという名前は、ジョン・クインシー大佐にちなんでるの〉ナンシーが話す。〈大佐の孫娘《まごむすめ》はアビゲイル・アダムズ。アビゲイルは、元ベルリン駐在《ちゅうざい》大使の息子《むすこ》に大佐の名前をつけたんだって。一族は広大な花崗岩《かこうがん》の採石場を持っているの〉

〈あの建物は？〉わたしは聞いた。ヴェイルでのことをすべて打ち明けるのはまだ気が引ける。けれどナンシーが最後にわたしに手紙を書いてから起こったこと、そしてわたしがここに来たいきさつを伝えなければならないのはわかってる。

〈あの美しいコロニアル様式の建物は、マサチューセッツ州初代知事のジョン・ハンコックと結婚《けっこん》したドロシー・クインシーの子ども時代の家〉ナンシーが説明する。〈独立戦争前の数年は、愛国者たちの会合場所だったんだって〉

〈墓地には立ち寄らないでほしいわ〉わたしは話す。

〈おもしろいのに。でも、連れて行かないからね〉

〈どこへ行くの？〉わたしは、ため息をついた。〈帰りましょう。じゅうぶん見物したわ〉

〈もうちょっと、がまんして〉ナンシーは「がまん《ベアー》」の手話じゃなく、「クマ《ベアー》」を意味する手話をした。英語の慣用句を手話でふざけて表現するのを見て、思わずにっこりする。ヴィンヤード島の手話には、英語にうまく翻訳《ほんやく》できない独自の慣用句がある。肩《かた》についた想像上のパンくずを指先で払《はら》う手話は、「気にかけてくれる人に頼《たの》みに行く」という意味になる。エズラから教えてもらった手話だ！

ピースフィールドは大きくて堂々とした建物だけど、ヴェイル屋敷《やしき》より親しみを感じられる。白いイギリスの様式の建物には黒いよろい戸がある。途中《とちゅう》で急に折れ曲がっているような形の屋根で、一番上のワンフロア分が屋根裏部屋になってる。あたりに農地や果樹園があるおかげで、ふるさとを思い出すのかも。

島のことで頭がいっぱいだったせいか、ナンシーが柵《さく》に寄りかかり腕《うで》を激しくふってるのにほとんど気づかなかった。背が低くてふくよかな男性がこちらに歩いてくる。気づくのに少し時間がかかったけれど、独立戦争でのリーダーで、二代目の大統領だったジョン・アダムズだった！　ナンシーはアダムズ元大統領に話しかけながらわたしに手話をした。どう見てもふたりは初対面じゃないみたい。ナンシーはわたしを引き寄せ、わたしとアダムズ元大統領のために通訳をした。《こちらはマーサズ・ヴィンヤード島から来た、メアリー・ランバートです》ナンシーは声に出しながら手話をする。《島民の多くは、耳が聞こえません》ナンシーが説明する。《そしてわたしたちは手で話をします》

アダムズ元大統領は農作業用の帽子《ぼうし》を、わたしのほうへ傾《かたむ》けてあいさつした。アダムズ元大統領のまなざしは、人を見通すみたい。ひざを曲げてあいさつを返さなきゃならないのに、おどろいてぼうぜんとしていた。アダムズ元大統領はとても生き生きと話をする。その昔、アメリカ独立戦争以前は弁護士をしていたことが、落ち着いていながら熱心に話すようすから伝わってきた。

アダムズ元大統領が声に出して話をすると、ナンシーが手で話す。〈コミュニケーションの大切さはよくわかっています〉アダムズ元大統領が話すと、知的な光が目にきらめく。〈フランスへの外交使節団に任命されたとき、わたしはフランス語を習得できませんでした。もしできていたら、とても仕事が楽だったと思います〉

《先週土曜日の会合で、既婚《きこん》女性の財産上の権利（訳注：アメリカでは十九世紀半ばまで既《き》婚《こん》女性には財産権が認められていなかった）についてアダムズ夫人の講演をうかがいました》

ナンシーがアダムズ元大統領に話しながら手話をする。アダムズ元大統領は誇《ほこ》らしげに笑う。妻の手柄《てがら》を自分のものにするような男性には見えないけど、妻のアビゲイル・アダムズの講演を楽しんだと知り、見るからにうれしそう。《ご講演に感謝していると奥《おく》さまにお伝えください。とても勉強になりました》アダムズ元大統領は帽子《ぼうし》を傾《かたむ》け、妻に伝えると、ことばにせずに請《う》け合った。

アダムズ元大統領の足の後ろから男の子が恥《は》ずかしそうに顔を出し、コートを引っぱった。アダムズ元大統領がふりかえって話を聞いてから返事をして、何気なくお腹《なか》をポンポンとたたいた。〈お孫さんよ〉ナンシーが説明してくれた。〈わたしたちの手の動きが気になってしかたないんですって〉

わたしは恥《は》ずかしさを捨て、少年に手で話しかけた。〈こんにちは。わたしはメアリー〉男の子はアダムズ元大統領の後ろに頭を引っこめたけれど、わたしをじっと見つめてる。〈おじいさん〉わたしは手話をして、もう一度くりかえした。《おじいさん。お孫さん》ナンシーが男の子に向かって声に出しながら手話をした。男の子は好奇心《こうきしん》いっぱいで、にこにこしながら、はじめのうちは小さな手でたどたどしく手話をして、くりかえすうちに慣れていった。

「よしいいぞ!」アダムズ元大統領がほめる。「賢《かしこ》いな! 父親似だ」男の子のお父さんは、上院議員の任期をつい最近終えたばかりのジョン・クインシー・アダムズにちがいない。「この子の父親も覚えるのが早いんだ!」ナンシーは話を聞きながら通訳してくれた。〈メアリーは教師になろうとしています〉ナンシーがアダムズ元大統領に伝えたから、わたしの顔は、まっ赤になった。

「じつに向いているね」アダムズ元大統領は、お世辞をいった。「このような手話は、わたしにははじめてだが、きみのふるさとでは日々の暮らしに必要なものだね」アダムズ元大統領は孫の手をとった。「おいで、ジョージ。お母さんのところにもどる時間だ。ミス・ナンシー、ミス・メアリー、楽しかったよ」ナンシーは手で話してくれた。

〈ジョージって？〉わたしはナンシーとふたりで歩きながら聞いた。

〈ジョージ・ワシントン・アダムズよ〉ナンシーは口をゆがめて答える。〈孫の名前の由来について何度も話したくないとアダムズ氏が話すのを聞いたことがあるわ〉

〈初代アメリカ大統領のジョージ・ワシントンの名前をつけたってこと？〉おどろいてわたしは聞いた。

〈そのことばをアダムズ氏に聞かせないで。ふたりは戦争当時、かなりのライバル関係だったからね。メアリーは気分転換《てんかん》をしたかったんでしょ〉ナンシーが手で話す。〈すばらしい時間にするつもりだったのにな〉

〈そうしてくれたわ〉わたしは認める。〈アダムズ元大統領に会うなんて思ってもみなかった！　でもわたしたちは、そろそろ話さなくちゃいけないわね〉

〈そう、あのことをね〉ナンシーは意味ありげに話す。〈友人をお茶の時間に招待したの。

その人たちはメアリーがヴェイル屋敷《やしき》に行った理由を知ってる。だれのためにかもね。友人たちにとって、メアリーの立場は一番興味あることだと思うの〉

〈わたしのことをだれかに話すなんて思わなかったわ〉ふいにわたしはベアトリスを守らなきゃという気持ちと、人に教えるための心構えを思い出した。

〈あの人たちの考えは、メアリーの励《はげ》ましになるだろうし、決断する助けになると思う〉

ナンシーは手で話してから、こぶしをつきあげてふりまわした。

〈わたしはもう心を決めてるの〉おだやかに手で話す。〈自分になにができるかわからないし、一番効果的な方法もわからない。でもなにかしなくちゃならないから〉

〈いっしょに考えよう〉ナンシーが話す。〈こわいものなんてないわ!〉

こわいのは、あたりまえだ。ノラの話が正しいとすれば、ベアトリスを閉じこめるための壁《かべ》はあとどのくらいでできてしまうんだろう? 食事を与《あた》えられないとしたら、ベアトリスはどのくらい生きていられるの……?

ジェレミアの家の客間には、ふたりの女性がいた。ひとりは白髪《しらが》をひとつに結び、眼鏡をかけてる。その人は両手で杖《つえ》を持ち、姿勢正しくソファに腰《こし》をおろしてる。もうひとりは若くて陽気な感じの人だ。わたしがマントをぬぐあいだ、若い女性は後ろをふりかえって、わたしを観察していた。

これまでこの家で見たことのない黒人の使用人が、紅茶を乗せたトレイをテーブルに置き、だまって部屋を出ていった。使用人の名前を聞く前に、ナンシーがふたりを紹介《しょうかい》した。《ホーテンス・レッドグレイブさん、こちらはわたしの幼なじみのメアリー・ランバートです。メアリーの話は、たくさんしましたよね？》

白髪《しらが》で眼鏡をかけている女性がうなずいた。若い女性は、わたしの手をしっかりにぎって握手《あくしゅ》した。その人が声に出して話すと、ナンシーが手で話す。〈お会いできて光栄です！　わたしはモリー〉モリーの大胆《だいたん》さと鼻のそばかすを見て、わたしはにっこりした。

モリーは、わたしたちが紅茶とケーキとともに席につくまで、気配り上手なアマガエルみたいに飛び回った。そしてモリーは、男性みたいに暖炉《だんろ》にもたれかかった。

自分が興味の対象になってるのを感じるけど、最悪というほどじゃない。ふたりと目を合わせずに、わたしは下を向いた。すると足を踏《ふ》み鳴《な》らす振動《しんどう》に気づいて顔を上げた。

〈メアリー〉ナンシーが手で話す。〈あなたの物語を話す時間よ〉

ナンシーはいたずら好きだけど、ナンシーの友だちなら信用できると思った。ここにいるふたりの女性の考えは過激だとしても尊敬に値《あたい》する。わたしはヴェイル屋敷《やしき》の人たち、とくにベアトリスとのやりとりを説明した。ナンシーがわたしの手話を熱心に通訳するあいだ、わたしはふたりの顔を見た。ふたりはわたしよりもナンシーを見ている。わたしは自分の失敗とベアトリスの痛みを伝えようとした。ふたりが話の先を急《せ》かすようにわたしを見ても、わたしはためらった。じっと見られるのは好きじゃない。

わたしは〈できるだけ早くもどらなければなりません〉と話を締《し》めくくった。

レッドグレイブ夫人が床《ゆか》に杖《つえ》を打ちつける。夫人は、わたしに合図を送ったのかと思ったけど、みんなの注意を引くためだと気づいた。レッドグレイブ夫人の話をナンシーが通訳する。

「ウルストンクラフト夫人はこう書いています。『女性を理性的な生き物にし、自由な市民にしなさい』と。ベアトリスという少女は、男性が女性に対して権力を持つと失敗することの象徴《しょうちょう》なのです」

〈ベアトリスには力がありません。それでも、わたしはベアトリスを象徴《しょうちょう》とは呼びません〉わたしは話す。〈ベアトリスは生きていて血が通ってるんです〉

モリーが口を開き、ナンシーが手で話す。「ウルストンクラフト夫人は、『この世に欠けているのは正義であって、慈愛《じあい》ではない』とも書いています」

〈そうです！〉わたしはうなずいて、手をぎゅっとにぎりしめた。〈その意見を支持します。わたしをあわれみや嫌悪《けんお》の目で見る人びとと出会うと、慈愛《じあい》は敵だとよく感じます。ベアトリスも同じように感じているかは、想像するしかありませんが。正義はとらえどころがなさすぎるものの、まさにわたしが求めるものなんです〉

「その恐《おそ》ろしい場所から少女を連れ出したら、どうするつもりですか？」モリーが正面から質問してきた内容をナンシーが手で聞いた。

〈細かいことは決めていません〉わたしは打ち明ける。〈ベアトリスをヴィンヤード島に連れていくことはできません。誘拐《ゆうかい》になってしまうでしょうから。この家のように安全な場所へ連れていき、コッド岬《みさき》に親戚《しんせき》がいるのか質問しようと考えています〉

〈ここにはベアトリスを連れてこられないわ〉ナンシーがそっけなく話す。

〈決めたわけじゃないのよ〉わたしはナンシーに伝える。〈よくわからないけど……わたしはベアトリスのふるさとを見つける手助けをしたいの〉

「大胆《だいたん》ですね」レッドグレイブ夫人が話した。夫人はわたしをまったく見ない。ナンシーが手で通訳するあいだ、わたしは夫人の正面に立ちたくなった。「ですが、手に負えない子、ましてやなんの才能もない子のために家を見つけることはできません」

〈では、なにをなさるのでしょうか?〉わたしは聞いた。〈ブルーストッキング運動とは、なんなのでしょう?〉

モリーが話に割って入った。「おかしいのよ。イギリスのある文学者の会合に、ある女性が正装してこなかったために出席を拒否《きょひ》されたの。すると、その場にいた女性が『服装なんて気にしないで。今はいてるブルーストッキング(ふだん着の青い靴下《くつした》)のまま入ってきて!』といったんですって」

ナンシーの通訳を見てにっこりしたものの、弱気になる。〈ひとりではできないんです〉手で話しながら目で訴《うった》えかけた。〈手伝ってくださいませんか?〉

「いつごろ決行するの?」モリーが聞いた。「数日、この町で用事があるの。でもそういうことなら、あなたが跳《は》ね橋《ばし》に突《つ》っこんで執事《しつじ》のドラゴンを退治するのを、よろこんでお手伝いするわ。女の子が鎖《くさり》につながれてるなんて、はらわたが煮《に》えくり返るもの」ナンシーが通訳してくれた。

レッドグレイブ夫人は彫像《ちょうぞう》のようにじっと座《すわ》ってる。ドア口でわたしたちを見守っていたジェレミアが話に加わった。

《わたしに計画があります》ジェレミアは声に出して話しながら手話をした。《お嬢《じょう》さんたちには》ジェレミアはナンシーとわたしを指さす。《大事な役を担《にな》ってもらうつもりだ。執事《しつじ》を困らせるために、わたしの地位や性別を利用するのは恥《は》ずかしいことじゃない。今回の目的のために役立てることがあればよろこんでするつもりだよ》

からかっているとは思わないけど、ジェレミアはどうして助けたがっているの？　いきなり会話に入られたせいで、肺から空気が抜《ぬ》けてしまった気がする。わたしたちは上品に紅茶を飲んだ。それでもモリーはカップ越《ご》しにわたしにウインクしてきた。

使用人がトレイを下げにもどってきたとき、わたしは彼女《かのじょ》と目を合わせようとした。

〈この子の名前は？〉ナンシーに聞いた。

〈シシーよ〉ナンシーが指でつづる。

〈シシーは、ほんとうの名前じゃないでしょ〉質問を重ねた。〈奴隷《どれい》につける古い名前だわ〉

ナンシーは肩《かた》をすくめるだけだった。上品な馬車に乗って帰る前、レッドグレイブ夫人がわたしの手を取って話したことを、ナンシーが通訳してくれた。〈あなたのような人が迷える少女を自分の手で助けようとするなんて、じつに立派ですね〉わたしは身を固くして歯を食いしばった。

〈いい意味でいったのよ〉ナンシーが付け加えて手話をする。〈手で話をする人に会ったことがないから〉

〈ろう者のことよね〉

〈きっとそうね〉ナンシーが手で話す。〈それって、ちがいがある？〉

〈ナンシーとわたしにとってちがいは、小さいか、ないようなものよ。でも、世界のほかの人たちにとってはそうじゃないの〉

〈気づいてなかった〉

〈ナンシーは、そうでしょ？〉緊張《きんちょう》をゆるめようと、ふたりで笑う。

〈モリーは好きよ〉ナンシーに伝えた。〈それに、おじさんがナンシーの味方になってくれるのもうれしい〉

〈わたしたちの味方よ〉ナンシーが訂正《ていせい》する。

〈そう、わたしたちの味方ね〉わたしは手で話す。〈でも一番はベアトリスの味方〉

ジェレミアが手伝ってくれる理由をわたしは知っていると気づいた。借りを返したいんだ。もし危険な計画が成功すれば、うちの家族に対する借りをすべて返したと、わたしはみなすだろう。ジェレミアは事故のことを父さんに謝罪したけど、母さんやわたしには謝罪しなかった。ジェレミアの動機がなんであれ、ベアトリスの自由はなにものにも代えがたいと考えてる。とりとめのない指導方法でも、ようやくベアトリスの信頼《しんらい》を得られた。わたしが屋敷《やしき》にもどるまで、ベアトリスが希望を失っていませんように。

21

朝ごはんのあと、わたしたち三人は客間に腰《こし》をおろして計画を立てた。〈家の絵を、描《か》いてみて〉ジェレミアが手で話す。ジェレミアの手話は、たしかに島のものだけど、ナンシーとわたしのなめらかさに比べるとぎこちない。わたしは窓のある箱を描《えが》こうとして、鉛筆《えんぴつ》を置いた。〈ジョージ兄さんは画家だった。わたしは作家なの〉

〈ことばで説明してごらん〉ジェレミアが紙に手をのばした。ジェレミアが描《えが》く絵は素朴《そぼく》だけれどまずまずだ。〈屋敷《やしき》に続く道はひとつだけなんだね？〉

わたしはうなずいた。はじめてヴェイル屋敷《やしき》にやってきたときわくわくしたことを思い出していた。あのときは、なにひとつわかっていなかった。

〈正面玄関《げんかん》に着く前にきみたちが馬車を下りたら、家や厩舎《きゅうしゃ》から見られてしまうだろうか？〉ジェレミアが聞いた。

〈ぜったい見られてしまいます〉わたしは答える。〈道には並木がありません。かくれる

ところはないんです〉

〈ベアトリスの部屋の鍵《かぎ》は、まだ持っているかい?〉ジェレミアが聞いた。

〈トランクに入れて、こっそり持ち出しました〉

ジェレミアとの会話がわかりやすくなるよう、半分くらい身ぶりで伝えた。

〈カルパーさんは屋敷《やしき》を出たと思う?〉ナンシーが聞いた。

〈ベンがまだいてくれたらいいけれど〉わたしは答える。

〈そうだな〉ジェレミアが話す。〈カルパーといったかい? その名前には聞き覚えがあるな〉ジェレミアは両手をこすり合わせてから、わたしたちそれぞれの取るべき行動を説明した。その大胆《だいたん》さは、姪《めい》のナンシーそっくりだ。

ジェレミアの家の御者《ぎょしゃ》が馬車の準備をするあいだ、シシー(彼女《かのじょ》をそう呼ぶのは気まずいけれど)が、昼ごはんと毛布を数枚用意してくれた。わたしは毛布を軽くたたき、バスケットの中の食べものをのぞきこんで、〈ありがとう〉と手話をした。シシーは話しかけられるのに慣れてないみたい。でも思いきってわたしと目を合わせてうなずいた。

わたしたちの馬車は上品だけれど立派すぎなくて、わたしに合ってる。とはいえ、おとぎ話をしている場合じゃない。馬車は普通《ふつう》の速さで走った。急いでいる感じじゃなく自然に見せるのが計画の一部だから。クインシーからやってきた紳士《しんし》が、ウォルサムに夏の住まいを構えることを検討するため、ひとり旅をしているという設定だ。

ナンシーはなにかの旋律《せんりつ》を、指でクッションにたたいてる。そのリズムに合わせて声を出すのが見える。ジェレミアは銀の携帯《けいたい》用酒びんから一口飲み、窓から外のようすを見た。この世のすべての時間がジェレミアのものみたい。冷静なふるまいを見るうちに、からだのふるえがやわらいだ。正体がばれる前にベアトリスを助けるチャンスは一度きりしかない。〈屋敷《やしき》に到着《とうちゃく》したら〉ジェレミアがわたしたちに説明する。〈わたしがノリッジ執事《しつじ》に地域や敷地《しきち》、家について質問をして時間をかせぐ〉

〈偽名《ぎめい》を使ったほうがいいです！〉ジェレミアに忠告した。〈ノリッジ執事《しつじ》はナンシーの手紙を読んで、スキフという名字を憶《おぼ》えているかもしれませんから〉

ジェレミアがうなずいた。

〈ナンシーと馬車を下りたら温室へ行って、ベンを探します。わたしがいたときは台所のドアに鍵《かぎ》はかかってなかったけれど、状況《じょうきょう》が変わっているかもしれませんから。家に入るにも、ベアトリスの具合が悪くなっているとしても、ベンの助けが必要だと思います〉

〈それから使用人用の階段を上って、レディーバードを自由にするのね〉ナンシーが話を締《し》めくくった。

わたしはうなずき、鍵《かぎ》が入っているマントのポケットをたたいた。

谷間に沈《しず》むように建つヴェイル屋敷《やしき》を見つけたとき、思わず息が詰《つ》まった。わたしが指さすと、ジェレミアはおだやかにうなずき、ナンシーは首をのばして見ようとした。

〈かがみなさい〉ジェレミアが手で話し、予備の毛布を渡《わた》してくれた。ナンシーは長い足でも馬車の床《ゆか》に収まり、わたしは向かいの席に腹ばいになって毛布の下で身を縮めようとした。まわりの音が聞こえないのはこわいと思われるかもしれないけど、耳が聞こえないおかげでとくべつな静けさを感じられる。自分を石だと想像した。

馬が速度を落とす。ジェレミアが下りたせいで馬車がゆれた。ジェレミアが馬車の屋根をゆっくり二回たたくのを感じた。わたしたちが決めた暗号だ。コリンズ夫人に出迎《でむか》えられたんだ。三回たたいたらジェレミアが屋敷《やしき》に招かれたという意味で、御者《ぎょしゃ》は厩舎《きゅうしゃ》に向かう。御者《ぎょしゃ》は馬車を動かす前に御者台《ぎょしゃだい》から下りて、馬を確認《かくにん》することになってる。

ナンシーに背中をたたかれるのを感じた。ほんとうにだいじょうぶ？　毛布の下から顔を出してみた。ナンシーが起き上がる。〈行こう〉ナンシーが話す。わたしの顔がこわばって見えたにちがいない。ナンシーは〈行こう！〉とくりかえした。ベアトリスを思い出し、わたしは頭を低くして、屋敷《やしき》とは反対の歩道に面した馬車のドアからこっそり出た。

ナンシーが話す。〈アンドリュー・ノーブルがヴィンヤード島の土やろう者の科学的標本を集めてたのを、石垣《いしがき》の後ろにしゃがんで見張ったときみたいね〉

その記憶《きおく》のせいで、急いでしなくちゃいけない役目を思い出した。〈ついてきて〉ナンシーに伝える。

エリーがジェレミアにお茶を用意するあいだに、コリンズ夫人とおそらくノリッジ執事《しつじ》が屋敷《やしき》の中を案内するだろう。それが、わたしたちの計画だ。けれど、その人たちのだれかが正面の窓から外を見たら、わたしたちは見つかってしまう。すばやく移動しなきゃ。

わたしのあとに続いてナンシーが東棟《とう》の外をまわった。ベンのガラスの宮殿《きゅうでん》は、今は美しさにうっとりするというより、強烈《きょうれつ》で危険なものに見える。ドアには鍵《かぎ》がかかってる。

わたしは何度もドアをたたき、ナンシーはガラスをのぞきこんでまわった。

〈こんな建物、はじめて見たわ〉わたしのところにもどってきたナンシーが話す。〈植物は元気そうね。だれかが手入れをしているんだわ〉

ベンが仕事を休んでるってことはある？　ベンの姿が見えないから、〈ベンの助けなしでやるしかない〉とナンシーに伝えた。

わたしたちは、ベンとふたりでノリッジ執事《しつじ》が見知らぬ男と話しているのを目撃《もくげき》した生《い》け垣《がき》の後ろにしゃがんだ。いいかくれ場所だ。けれど屋敷《やしき》の裏まで走らなくちゃならない。〈今よ〉わたしはナンシーに合図した。

わたしは使用人用階段に通じる裏口が開くのを願っていたし、ベンとわたしが屋敷《やしき》を去ったあとにドアが閉めきられないように祈《いの》っていた――主よ、あなたの恵《めぐ》みなしには、苦しんでいる少女のためになすべきことができません。

ナンシーは裏口のドアを開け、わたしに向かってにっこりした。ジェレミアがずっとノリッジ執事《しつじ》の気を引いておくのはむりだろうと思いながら、〈上に〉と指さした。わたしはらせん階段に慣れてるけど、ナンシーは二回つまづきそうになって音を立てたから心配になった。ようやくわたしたちはベアトリスの部屋のドアの前までやってきた。

〈レンガで閉じこめられてはいるけど、まだモルタルはかたまってなさそう〉ナンシーが話す。〈道具があればくずせると思う。少なくともメアリーが通りぬけるくらいには〉

ナンシーから渡《わた》された、レンガのひとつが床《ゆか》に落ちた。ぎょっとしてふたりで顔を見合わせる。ナンシーは耳のわきで手をふった。階段の吹《ふ》き抜《ぬ》けで音が反響《はんきょう》しているんだ。わたしたちは急いで作業を進めた。ナンシーが作った壁《かべ》とドアのすきまにからだを押《お》しこみ、鍵《かぎ》を差しこんで回した。

ドアがぱっと開いた。小さな窓には板が張られてる。暗やみの中を手探《てさぐ》りで進んだ。動く気配を感じられない。ベアトリスはどこ？　閉じこめられたまま死んでしまったの？　はうように進むうちに汗《あせ》をかいた。とうとうなにかにぶつかった。骨ばった腕《うで》に手を走らせる。暖かさを感じ、指が動くまで、さすり続けた。手に息づかいを感じる。ベアトリスは生きてる！

ベアトリスをドアのほうへ引っぱった。目を開けたり閉じたりして、わたしがいるのが夢かどうかを判断しようとしてる。レンガの壁《かべ》とドアのすきまをベアトリスが通りぬけるのを、ナンシーが手伝った。からだに力が入らないくらい弱ってたのに、わたしたちに抵《てい》抗《こう》した。ベアトリスはナンシーのことをどう思ってる？　自分になにかするつもりだと思ってる？　思いちがいをしてるんだろう。恐怖《きょうふ》のあまりふりかえったベアトリスが、わたしの顔を見た。わたしはうなずき、信じてほしいと目で頼《たの》む。ベアトリスは目を大きく見開いたものの動いてくれた。

階段では、ナンシーとふたりでベアトリスをはさんだ。下のほうにあるドアが開いて光が差しこんだ。どうかノラでありますように！

わたしたち三人はできるだけ早く動いた。そのせいで大きな音を立ててしまう。下にいるのはだれ？　ジェレミアはどこにいるの？

ナンシーが、ゆっくり動くようにと身ぶりで示した。スパイごっこしてる場合じゃないと、カッとしそうになったけど、ナンシーが首をかしげたから音を聞いたにちがいない。ベアトリスはナンシーのようすをじっと見てる。ナンシーが壁《かべ》にからだを押《お》しつけて階段を下りはじめ、わたしたちも続いた。

わたしたちは一階についた。自由はすぐそこだ。わたしはベアトリスといっしょに走り出しそうになったけれど、ナンシーに腕《うで》をのばして止められ、またじりじりした。心臓がひどくドキドキするほかには、なんの振動《しんどう》も感じない。ナンシーがどういうつもりなのか、この瞬間《しゅんかん》だけでも耳が聞こえればいいのに！　わたしのいらだちを感じとったベアトリスがナンシーの腕《うで》をたたいたので、ナンシーはベアトリスをにらみつけ、たたき返しそうになる。

ナンシーは用心深くドアにぴったり張りつき、身をかがめて配膳室《はいぜんしつ》越《ご》しに台所をのぞきこんだ。それからわたしたちに急いで庭に行くよう身ぶりで指示した。

けれど、わたしがドアのところに来たちょうどそのとき、ノリッジ執事《しつじ》が外から入ってきた。わたしが反応する前に、ノリッジ執事《しつじ》に腕《うで》をつかまれた。わたしはベアトリスの手を離《はな》してナンシーのほうへ押《お》しやり、〈逃《に》げて〉と手話をする。ふたりは走りだし、ふりかえったナンシーの顔は、これまで見たことがないほどおびえてた。

ノリッジ執事《しつじ》はわめきながらわたしの肩《かた》をゆさぶり、顔につばをとばしてくる。わたしは逃《に》げようともがき、ノリッジ執事《しつじ》の指をかんで手をこじ開けようとしたけど、あとがつくほど強くにぎられて肌《はだ》に食いこんでくる。ノリッジ執事《しつじ》がわたしを台所に引っぱっていった。わたしを閉じこめてから、ベアトリスを追いかけるつもり？

おかしな間のあと、ノリッジ執事《しつじ》の目がうつろになり動かなくなった。わたしはあおむけに倒《たお》れ、ノリッジ執事《しつじ》がひざから前にくずれてきてわたしの足に倒《たお》れかかった。おどろいて顔を上げると、ノラがノリッジ執事《しつじ》の気を失わせた小さな平鍋《ひらなべ》を持ってた。ノラは中世の騎士《きし》みたいにまだ鍋《なべ》をふりまわし、燃えるような赤い髪《かみ》の束が額にかかってる。ノラに手をにぎられるまで、たがはずれたみたいにわたしは笑った。ノラとふたりで、うめき声を上げる執事《しつじ》のからだをわたしの足からどけた。ノラに手を貸してもらい立ち上がる。ふたりで軽く抱《だ》き合った。ノラが手で話す。〈逃《に》げて〉

まちがった方向へ走っていたナンシーとベアトリスに追いつき、東棟《とう》の温室へ方向転換《てんかん》した。ジェレミアはどこにもいない。馬車でわたしたちを待っていますようにと祈《いの》る。

生け垣《がき》にたどりつく前に後ろをふりかえると、ノリッジ執事《しつじ》が後頭部を押《お》さえ、よろめきながら追いかけてくるのが見えた。なにか叫《さけ》んでるみたい。スティーブンが追いかけてきたらどうしよう？　スティーブンは、いともかんたんにベアトリスを押《お》さえつけていた。ナンシーとふたりでスティーブンを追《お》い払《はら》える？

力いっぱい走り、ノリッジ執事《しつじ》に追いつかれた瞬間《しゅんかん》、ナンシーの走る速度が落ちた。ナンシーがおどろいたように叫《さけ》んでる。ジェレミアを呼んでるの？　だれかが近づいてくる。この歩き方は、ベンだ！　わたしたちはベンにかけよった。ナンシーの視線を追うと、ノリッジ執事《しつじ》がベンをにらんでる。

わたしたちは言い合いをするベンとノリッジ執事《しつじ》のあいだにはさまれた。ベンがたくましい老いた虎《とら》のように飛びかかり、ぬれた芝生《しばふ》の上でノリッジ執事《しつじ》と取っ組みあいをはじめると、ナンシーはまた元気になったみたい。わたしは頭を動かして、〈行こう〉と伝えた。

東棟《とう》の角を曲がったところで、ジェレミアが馬車の開いたドアから手をふるのが見えた。わたしたちが近づくと、ジェレミアが走ってきてベアトリスを抱《だ》きかかえた。わたしたちは馬車に乗りこんだ。馬車の窓越《まどご》しに、コリンズ夫人が玄関《げんかん》ポーチに立っているのが見えた。コリンズ夫人は、おどろいたように手を口にあてている。ノラを屋敷《やしき》に残すのは、とてもつらい。執事《しつじ》を殴《なぐ》ったノラには、どんな運命が待ち受けてるんだろう？　ノラは自分の行動に納得《なっとく》してるように見えたので、主がノラを見守ってくださり、また会えるよう助けてくださるようにと祈《いの》った。

自分がどのように行動したのかをジェレミアはくわしく話してはくれなかった。計画がうまくいったことに満足そうだ。〈ひとまずクインシーにもどろう〉ジェレミアが手で話す。〈ベアトリスが元気になるまでからだを休ませる。それから家族がいるかどうか調べてみよう〉

勇敢《ゆうかん》な行動のせいで息を切らしながらも、ベアトリスを家に連れていくのに反対するようにナンシーはわたしをにらみつけてる。ナンシーがベアトリスを連れてきたのに。

数年にわたって自分を苦しめたヴェイル屋敷《やしき》が遠のくのを見つめるベアトリスを、わたしたちは見ていた。過去の経験から、この先もベアトリスを待ち受ける困難をわたしは知っている。精神に残る束縛《そくばく》を解放するのは難しい。ベアトリスはこれからどこへ行くのかも知らず、ただ屋敷《やしき》から遠ざかってる！　わたしはナンシーとジェレミアを指さし、上に屋根がある壁《かべ》を描《えが》いて、〈家〉を意味する手話をした。ベアトリスはわたしを見て首をふり、また窓を見た。ガラスに息を吹《ふ》きかけて、ベアトリスは指でわたしの名前を書いた。「メアリー」。麦わらで作った人形を手渡《てわた》すと、ベアトリスはまばたきをして、しばらく胸に押《お》しあてていた。

ナンシーは、いつものナンシーとはちがって手を動かさない。わたしがベアトリスとやりとりするのをうとましく思ってるの？ それともナンシーが受けた虐待《ぎゃくたい》について思い出してる？ ナンシーは昼ごはんが入ったバスケットを開けて、わたしのひざに置いた。横にいるベアトリスがわたしの手をにぎったまま、七面鳥の足にかぶりつく前に手で触《さわ》り、においをかいだ。これほどすばらしいごちそうは、ほかにない。

22

ジェレミアの家に着くと、わたしがしたのと同じようにベアトリスはへたりこんだ。ジェレミアは、わたしの部屋のとなりの客間にベアトリスを抱《かか》えて運んでくれた。見知らぬ大人に抱《かか》えられるのはいかにもいやそうだったけど、ベアトリスに反抗《はんこう》する元気はなかった。

わたしはベアトリスにナンシーの寝間着《ねまき》をやさしくかけた。ベアトリスは指先でゆったりした布をなで、においをかぎ、ほおをやわらかな布に押《お》しつけた。

仕事の報酬《ほうしゅう》はもらったけれど、わたしはまだベアトリスをほっておけない。ベアトリスの手と顔をやさしく洗い、髪《かみ》の毛を耳にかけてあげた。ベアトリスは鼻にしわを寄せたものの、口のはしを上げてるのは少し笑ってるのかも？

わたしがベッドに入れると、ベアトリスは足で毛布をけとばして横向きになり、両足を胸に寄せて両腕《りょううで》でひざを抱《だ》くようにした。上掛《うわが》けをベアトリスのあごまで引き上げ、子どものころに母さんがしてくれたみたいに寝《ね》かしつけた。ベアトリスの目はもう閉じていて、すぐ眠《ねむ》りについた。わたしはロッキングチェアに座《すわ》って、ベアトリスがすっかり寝入《ねい》るまで見守った。

ベアトリスが寝息《ねいき》を立てはじめるとすぐ、フォルテピアノの前にいるナンシーのところへ行った。〈わくわくする冒険《ぼうけん》だったね〉ナンシーが話す。〈でも音楽が、わたしがいるべき世界に連れもどすのよ〉

〈ナンシーはすばらしい世界を自分で作ったのね〉わたしが話す。非難されてるのかと、ナンシーはうかがうようにわたしを見た。わたしは穏《おだ》やかにほほえむ。

〈ほんとうなの〉ナンシーが打ち明ける。〈酔《よ》った父さんにむちで打たれても、母さんは泣くだけでわたしを守ってくれなかった。むち打ち以外なら、なんでも受け入れる〉

〈そうだね〉

〈なんでも受け入れる〉ナンシーはくりかえす。

〈ベアトリスはまだ安全じゃないの〉わたしが話す。

〈そのことなんだけど〉ナンシーが話す。〈またメアリーと冒険《ぼうけん》できるって、わくわくしたのは認める。でもこれはメアリーの戦いよ。わたしは音楽とブルーストッキングの活動

もおろそかにした。おじさんの計画がどんなものかわからないけど、これ以上わたしはいっしょにできない〉

〈わかった〉わたしは答える。〈ナンシーの心が狭《せま》いなんて思わないから〉

〈メアリー、気高さをけっして失わないでね〉

ナンシーは鍵盤《けんばん》の上で手を動かした。わたしは部屋を出ていこうとしたけれど、ふり向いて聞いた。〈ノリッジ執事《しつじ》とベンがにらみ合ってたときのことを聞こうと思って忘れてたわ。ふたりのやりとりを聞いたんでしょ。ナンシーが笑ったように見えたんだけど〉

〈そうだ。あいつの裏切りを忘れてたなんて、自分が信じられない！〉ナンシーが話す。

〈ベンのこと？〉

〈ちがう。あのろくでなしの執事《しつじ》よ。どうやら独立戦争のときにアメリカの反逆者だったみたい。秘密を暴《あば》かれることも、汚名《おめい》を着せられることも、不名誉《ふめいよ》になることもなかった。けれど庭師のベンは知ってたの。ノリッジ執事《しつじ》を何年も追っていたんですって。ベンは仕事をやめさせられたあと、屋敷《やしき》の敷地《しきち》内《ない》で野宿してたそうよ。ベンは古くからあるスパイ組織「カルパー・リング」（訳注：カルパー・リングは、一七七八年当時アメリカ軍を率いていたジョージ・ワシントンがニューヨークにいるイギリス軍の情報を手に入れるために作った組織で、アメリカ独立のために活動していた）の一員だったの。イギリス占領下《せんりょうか》のニューヨークで組織されたんだって。メアリーが「カルパー」と話したときに、おじさんとわたしは気づくべきだった。カルパー・リングは、すごく有名だもの〉
〈わたし、ほんもののスパイに会ったの？〉わたしは聞いた。〈裏切り者にも会ったなんて！〉その話に、とてもおどろいた。たとえノリッジ執事《しつじ》が一族の秘密をかくす忠実な使用人だったとしても、ノリッジ執事《しつじ》の行動はいつも犯罪的に見えていた。でもまさかほんとうの裏切り者だったとは考えもしなかった。
〈当局がノリッジに手錠《てじょう》をかけて連れて行くのを見たかったな〉ナンシーは、くすくす笑う。
わたしは、ほほえんだ。〈その幸福が、長いあいだ苦しめられた使用人たちに与《あた》えられることを願うわ〉
〈そうだ、メアリーが目撃《もくげき》した、庭でノリッジに手紙を渡《わた》した仲間のことも話してた。きっと味方のふりをして暗殺を計画するメンバーだったのよ！　あの男はどうなるかしら？〉
ナンシーは絞首刑《こうしゅけい》をしようとするみたいに片方の手を首に巻きつけてから、目を閉じて舌を出した。

ジョージ兄さんを失い世界がひっくり返る前のようにふたりで笑い合う。それからわたしは寝《ね》ることにした。自分の役目はまだまだ続くとわかってるから。

ナンシーのことは、心の中にしまっておける。自分を高めるためには、他人の失敗にこだわらないように、と父さんは教えてくれた。わたしが社会の壁《かべ》を超《こ》えたあとも、ナンシーは自分なりの速度で成長し続けるだろう。わたしはエズラみたいに社会に反抗する運命なの？

23

目を覚ますと、金色にきらめく目を大きく開いたベアトリスが、わたしの部屋をのぞきこんでいた。わたしに気づかれたのがわかると、ベアトリスは身を引いてすばやくドアを閉めた。わたしを見つけようとこの家のすべてのドアを開けてみたの？　それとも、この新しい自由の限界を試《ため》してた？　ジェレミアをすごくおどろかせたんじゃないかと想像したらおかしくなった。

わたしは急いで顔を洗い、着かえた。一階に下りると、ベアトリスが正面玄関《げんかん》を開けようとしてる。家のドアに鍵《かぎ》をかけておくよう、ナンシーに頼《たの》んでおいてよかった。そっとベアトリスの肩《かた》に手を置くと、くるりとふり向いた。その目からほっとしたのが見てとれる。ベアトリスが小指を鍵穴《かぎあな》に差しこんだので、わたしは首を横にふった。それでもベアトリスはもう一度ドアの取っ手を引っぱり下くちびるをつきだした。外に出られないとわかったんだ。

ジェレミアが寝間着《ねまき》姿で階段を下りてくると、ベアトリスはわたしの後ろにかくれた。ジェレミアはゆっくり両手を上げ、こわがらなくていいことを示した。明らかにベアトリスは力の強そうな男性を恐《おそ》れてるみたい。

〈昨日帰ってきたとき、この子が着れる大きさのお古の服がないか近所に聞いてくるよう、シシーを遣《つか》いに出したんだ。部屋に置いてあるはずだよ〉

わたしは二階についてくるようベアトリスに身ぶりで示した。ベアトリスは、馬の手綱《たづな》みたいにわたしのスカートをぎゅっとにぎりしめた。

洗面器《せんめんき》に新しい水を注いだ。わたしがうながさなくても、ベアトリスは腕《うで》と顔を洗った。水は冷たいのに、楽しんでるみたい。たっぷり時間をかけて布を水に浸《ひた》して、しぼり、肌《はだ》をゆっくりふいた。

わたしが服の入った包みを手に取り開けようとしたら、ベアトリスが取って開けた。わたしはドレスと靴下《くつした》を指さしてから、ベアトリスを指さした。ベアトリスはためらい、鼻にしわを寄せて顔をしかめた。こういう服はヴェイル屋敷《やしき》を思い出してしまう？　コッド岬《みさき》ではどんな服を着てたの？　ベンがベアトリスのブーツと靴下《くつした》をぬがせたのを思い出した。以前のわたしみたいに、ベアトリスは素足《すあし》で砂浜をさまよう気ままな少女だったの？

わたしはベアトリスの着かえを手伝った。がりがりにやせていて、古いあざと新しいあざがある。そっとからだに触《ふ》れてみる。ベアトリスはひるまない。そうだ、わたしたちは鹿のいる公園で取っ組みあった。それを思い出してわたしは笑った。ベアトリスがこちらを見たので、頭のてっぺんに角《つの》があるように、広げた手を上に向けた。ベアトリスはくすくす笑い、にんまりしながら下を向いた。ベアトリスは純粋《じゅんすい》な愛情をわたしに感じてくれてる？　それとも逃《に》げるために、ただわたしを利用してるの？　マイノット博士の屋敷《やしき》にいたノラに対して、わたしは両方を感じてた。ベアトリスにはもっと愛情を感じてほしい。

　食堂に入ると、ナンシーは先に席についていた。サイドボードには、朝食がたっぷり並べてある。わたしは陶器《とうき》の皿を二枚手にして、一枚をベアトリスに渡《わた》した。わたしが皿に食べものを乗せたら、指示されなくてもベアトリスは同じことをした。わたしがひざにナプキンを広げると、ベアトリスもナプキンを広げる。わたしがフォークで食べるのを、ベアトリスはじっと観察した。ベアトリスは食器《しょっき》の使い方があまり身についてない。少しでも自由を与《あた》えられれば、ベアトリスは自分で選ぶことができる。もしわたしたちがこういう場所で授業をはじめていたら、どんなに進歩しただろう。

　ベアトリスがものすごくたくさん食べたので心配になった。前にわたしが試練を乗《の》り越《こ》えて家に送りとどけられたときは、ゆっくり食欲を回復させなくちゃならなかった。ジョニーケーキ、卵、ソーセージを食べる合間に飲むようにと、水の入ったグラスを持ち上げてベアトリスに見せる。テーブルをきれいにするためにシシーが何度か入ってきたけど、ジェレミアはベアトリスの食事がすべて終わってからにするように伝えた。ベアトリスは、ジェレミアより使用人に興味があるみたい。ベアトリスは部屋じゅうを見回してる。

〈まちがいなく冒険《ぼうけん》だったね〉ジェレミアが手で話す。〈フィニアス・ホレイショ・ホッブという架空《かくう》の人物を演じるのは楽しかったよ〉ジェレミアがそう話すと、わたしたちは笑った。

ベアトリスが耳ざわりな音を立てたにちがいない。ジェレミアが耳に指を突《つ》っこむしぐさをしたから。わたしは文句をいいかけたけど、ぐっとこらえた。父さんとふたりで耳が聞こえる人がする、いやなふるまいについて話し合ったことがある。耳が聞こえない人は、見た目が不愉快《ふゆかい》な人を見つけたら目をふさぐ？　それはまちがいなく失礼だろう。礼儀《れいぎ》は、特定の人のためにだけあるものなの？

食事を終えたベアトリスは、もう一度家じゅうのドアを開けようとした。檻《おり》のなかのネズミみたいに必死に逃《に》げようと取り乱してる。意思疎通《いしそつう》することこそが、ベアトリスに一番必要な鍵《かぎ》で、実際にやってみせる必要があると思った。ベアトリスがどれくらい文字を書けるのか見てみたい。

さらに何度か家の中をさまよい歩くベアトリスについていったあと、紙とペンとインクを並べた食事用のテーブルまでベアトリスを連れてきて、わたしの向かい側に座《すわ》らせた。紙にふたりの名前を書き、自分とベアトリスを指さした。それからこう書いた――どこから来たの？

わたしが期待で胸をふくらませていると、ベアトリスは指で文字をなぞった。ベアトリスを見つめるうちに、ますます期待が高まる。ベアトリスは、わたしが求める手がかりを見せてくれる？　その代わりに、ベアトリスは紙をくしゃくしゃにして床《ゆか》に投げた。

わたしは思いきって、かんたんな家の絵を描《えが》いてみた。ベアトリスを指さしてから家を指さす。ベアトリスはいらいらしたようすだけれど、その場を離《はな》れなかった。わたしは絵を描《か》き続けた。今度はチルマークにあるわたしの家だ。母さんと父さんと犬のサムと猫《ねこ》のイエローレッグを描《えが》いた。単純な形の木と柵《さく》、それから二本の線で大通りを描《か》いてから、線にそって人差し指と中指でたどってみせた。

ベアトリスはわたしの手を止め、口を動かした。わたしは耳をふさいで首を横にふる。

ベアトリスの耳をふさごうと手をのばしたら、ベアトリスは後ずさりしてサイドボードにぶつかった。ベアトリスは目を大きく見開いた。両手を開いたり閉じたりして、手話をするわけじゃないけれど、身を守ろうとするわけでもない。わたしたちがよく似ていることに今、気づいたの？　耳が聞こえる人だけの世界で虐《しいた》げられてきたろう者が、はじめてほかのろう者に出会ったらおどろくのもむりはない。

わたしはベアトリスをテーブルに連れもどして、また単純な形の家を描《えが》いた。家の中に「ベアトリス」と名前を書いたら、ベアトリスが紙を取ろうとしたけど、わたしは手首で紙をおさえた。となりにもうひとつ家を描《か》いた。ベアトリスに興味を持たせようとして。

ベアトリスが椅子《いす》を引き、またサイドボードにぶつかった音を聞いたのか、ジェレミアが部屋にやってきた。メアリーのMとAを書いてから、ジェレミアにだまって見ているよう手話で伝える。ベアトリスがわたしの手からペンを取り上げたひょうしに、ボトルに入ったインクがこぼれた。

ベアトリスがRじゃない形を書きはじめたとき、わたしは直しそうになったけれど、直感にしたがって見守った。Sみたいに見える。ベアトリスが文字を書き終えると、ジェレミアが静かに近づいてきた。「マシュピー」だ。

わたしはジェレミアに向かって話す。〈マシュピーよ！　コッド岬《みさき》にある！　マシュピーは、残っているワンパノアグ族の中でも大きな集落のひとつね〉

ジェレミアはからだをふるわせ、涙《なみだ》ぐんでるみたい。〈たしかにそうだね〉

ベアトリスは、また紙に書きはじめる。さらに文字を書いたけれど、そのかいはなかった。きれいに書かれているのに、意味がわからない。ジョージ兄さんの本でギリシャ語のアルファベットを見たことがあるけど、これはギリシャ語じゃない。なんの文字？

わたしが描《か》いたベアトリスの名前入りの家を指さして、ベアトリスは風景を描《か》き加《くわ》えはじめた。年のわりにじょうずな絵だ。紙の反対側に小さな家の集落を描《えが》いた。丘《おか》の上には影《かげ》のついた木と目立つ建物がある。人は四人いる。身長のちがう三人は男の人みたいなズボンをはいてる。四人目は、黒い丸で乱れた髪《かみ》が描《えが》かれ、ゆったりとしたシャツかドレスを着てる。この人がベアトリスの母親なの？　肖像画《しょうぞうが》とは似ても似つかないけれど。

その場に立ちつくしていると、ベアトリスが紙をぜんぶかき集め、暖炉《だんろ》に投げこんだ。ベアトリスはしゃがんで紙が燃えるのを見てる。悲しげな表情で足をゆらしながら。

ジェレミアが手で話す。〈スキャンダルのようなものがあったと話していたね。ベアトリスを連れてきたのが、とんでもないまちがいだったらどうするんだい？〉

〈ほかに計画がありますか？〉わたしは聞いた。〈ベアトリスを救う方法がほかにあったでしょうか？〉

〈きみの年ではわからないだろうが――〉

ジェレミアの話をさえぎった。〈わたしはベアトリスが幸せになるのに責任があります。ベアトリスが身も心も衰《おとろ》え続ければいいというのですか？　このままじゃそうなってしまうでしょう。ベアトリスの過去はわかりませんが、それをかくしながらなにか重荷を背負っているんです。可能性があるなら、なにもしないよりはましです〉

部屋に入ってきたナンシーが、わたしとジェレミアを代わる代わる見た。ナンシーは、めずらしくなにもしゃべらない。

ジェレミアは迷いながら手を動かす。〈この絵は大まかな地図かもしれない。ただの子どもの絵かもしれない。とにかく調べてみるよ。ヴェイル屋敷《やしき》はここらじゃ有名だし、人はうわさ話が好きだからね〉

ジェレミアが部屋を出ると、わたしはベアトリスのとなりにへたりこんだ。ベアトリスがわたしの頭をやさしくなでる。わたしは腕《うで》で鼻をぬぐいながらベアトリスを見上げた。ベアトリスが同情するように口をすぼめ、わたしの髪《かみ》をなでてる。

ベアトリス、ふるさとに連れもどしてあげるからね。それがベアトリスの望みでありますように。

マシュピーでなにが見つかるかわからないし、いつまでそこにいるのかもわからないから、ジェレミアはわたしのトランクを島へ送ってくれた。トランクといっしょに母さんと父さん宛《あ》ての手紙をつけ、ヴェイル屋敷《やしき》ではもう働いていないことを書いた。ジェレミアといっしょにコッド岬《みさき》へ向かうことを伝え、ほかのくわしい内容は書かなかった。

出発の準備をしていると、シシーがふざけてベアトリスの鼻を軽くつまんで笑わせた。わたしたちが行く先でも、シシーみたいにベアトリスをかわいがってくれる人がいますように。わたしが感謝の気持ちをこめてうなずくと、シシーもうなずいてくれた。

ナンシーには、いつまた会えるかわからない。わたしたちは抱《だ》き合って、たがいを理解した。海水で下着をびしょぬれにしながら、砂まみれの足で砂浜《すなはま》を走り回り、今では想像もできないような夢を見ていたのは、そんなに昔のことになったの？　わたしは話す。

〈さびしくなるわ！　フォルテピアノの演奏会をするときは教えてね。会えてとてもうれしかったと、モリーに伝えて〉

馬車に乗りこむ前に、ふりかえってナンシーを見た。〈すべての女性が参加すれば、女性解放運動の目標はより強固なものになると思う。シシーのほんとうの名前を聞いて、つぎの会合には招待してね〉わたしはナンシーに挑《いど》むようにウインクをした。

ナンシーは大きく息をはいて目を丸くしたけれど、わたしはあからさまな拒否《きょひ》とは受け取らなかった。ナンシーは生まれつきがんこだもの。

馬車に乗ったベアトリスは座席に座《すわ》らずに、ひざとお腹《なか》をくっつけて床《ゆか》に座《すわ》った。ベアトリスの遊び半分の生意気さに、わたしは首をふってしまう。いろいろな意味でベアトリスとわたしは似た者同士だ。

ナンシーとわたしは馬車の窓越《まどご》しにちぎれんばかりに手をふりあい、馬車が走りだして離《はな》れると投げキッスをしあった。ベアトリスも楽しそうにまねをした。

馬車が走るリズムは心を静めてくれる。わたしたちはボストンに向かって走り、それからコッド岬《みさき》がある東に向かう予定だ。ジェレミアは、エズラがすごく挑発的《ちょうはつてき》だったころみたいで、愛想《あいそ》のいい相手じゃない。ジェレミアの手話は、わたしとのやりとりで上達したけれど、エズラがしてくれそうな幻《まぼろし》の御者《ぎょしゃ》や暴走馬車の話は期待できない。お腹《なか》がいっぱいだからか、ベアトリスは警戒心《けいかいしん》を解いて、ぐっすり眠《ねむ》ってる。わたしは景色をながめた

——あちこちに雪が積もっていて、葉の落ちた木々が踊《おど》り子《こ》みたいに両手を挙げてる——

するとと心に疑問が浮《う》かんだ。ジェレミアは偏見《へんけん》をはっきり示すから慎重《しんちょう》に質問しなくちゃ。

マシュピー族の人たちについては、父さんから話を聞いて少しは知ってる。一六七五年から一六七六年にかけて起きたフィリップ王戦争（訳注：アメリカのニューイングランド地方一帯を巻きこんだ白人入植者と先住諸部族との戦い。フィリップは、ワンパノアグ族の酋長《しゅうちょう》メタコメットの英名）で負けてキリスト教に改宗したワンパノアグ族は、先住民地区か「祈《いの》りの町」（訳注：イギリス植民地政府によって設立されたアメリカ先住民をキリスト教に改宗させる目的で作られた入植地）に住まわされた。これらの地域は、もともと村があった場所やそのそばだったので、人びとは今でも同じ場所に住んでる。ボストンのマサチューセッツ湾《わん》政府は、マシュピーをマサチューセッツにある居留地のひとつに指定し、ほかのワンパノアグ族の人びとにマシュピー、アクィナ、ヘリング・ポンドへの移住を命じた。自治を許される一方で、白人の監督官《かんとくかん》が統治を手助けする必要があったとされている。ヴィンヤード島のワンパノアグ族と同じで、植民地時代の迫害《はくがい》と人間の欲の歴史だ。

〈クインシーで、ベアトリスや母親のことを知っている人はいましたか？〉わたしは聞いた。

ジェレミアが話す。〈目ぼしい近所の家を歩き回って訪ねたよ。ヴェイルは有名で、だれもが見とれるお屋敷《やしき》だからね。メアリーが話していた温室などは、新しくてとても進歩的だ。尊敬されている一方で、上流階級のあいだではうわさをされているようだ。不満を持った元使用人たちのあいだでもね。少女や少女の置かれた状況《じょうきょう》については話さなかったよ。メアリーが呼ばれたいきさつをくわしく説明せずに、一族の悪口をいいたくなかったからね〉

〈悪口？〉わたしは聞いた。〈ベアトリスの状態を見ましたよね？〉

〈少女の世話を任されていたのは一族の人間ではなく使用人だというのを忘れちゃいけないよ〉

反論してもしかたがないとはいえ、いらいらしてしまう。わたしは深く息を吸い、忍耐《にんたい》についての教えを思い出した。

〈コッド岬《みさき》の農夫と結婚《けっこん》した女性について話す人はいましたか？〉

〈もっともきわどい話だね〉ジェレミアが答える。〈だが、あるおしゃべりな女使用人が、女主人が出かけているあいだに答えてくれたよ。彼女《かのじょ》はメアリーの友人が働きはじめる前に、ヴェイル屋敷《やしき》で短期間働いていたそうだ。一族の長女が社交界を捨てて、貧しい相手

しい〉

と結婚《けっこん》をしたのは事実だ。長女はいつも情緒《じょうちょ》不安定で、家族が治そうとするのを拒《こば》んだら

モリーならこの話をどう受けとめる？　同じようにすることを強要されてもしたがわない、強情《ごうじょう》な若い女性についての話を。礼儀《れいぎ》作法に屈《くっ》しないで、わたしたちは善良でいられるの？

〈子どもについての話はありましたか？〉わたしは聞いた。

〈まったくなかった。そのことについて考えたんだが、少女はヴェイル屋敷《やしき》にいたのだから、どんなにけしからん事情でも、親族なのはまちがいない〉

〈わたしもそう思います〉

〈マシュピーの文字と野蛮《やばん》な少女の状態に加えて〉ジェレミアは熱心に話す。〈首を絞《し》められたあとを考えると……両親が残忍《ざんにん》な攻撃《こうげき》にあい、少女はインディアンの捕虜《ほりょ》になったのではないかと疑わずにはいられない〉

顔に嫌悪感《けんおかん》を出さずにはいられず、ジェレミアに伝えた。〈ワンパノアグ族は入植者を殺したり、子どもを誘拐《ゆうかい》したりすることはありませんよ〉

〈メアリー、それは表向きの話だよ。入植者がインディアンの近くで暮らさなくてはな

らないところでは、どこでもこういうことが起こると知っておくべきだ〉
〈だれがだれと暮らすことを強《し》いられているんですか？〉わたしはたずねる。〈わたしたちがワンパノアグ族の土地を侵略《しんりゃく》したんですよ〉
わたしの意見は無視された。スキフ家の人たちってなんなの？　田舎《いなか》から出て、都会で取《と》り繕《つくろ》っても、ジェレミアはまだ偽《いつわ》りと憎悪《ぞうお》に満ちた考えをふりまいてる。これ以上話したくない。わたしは窓の外を見つめた。ジェレミアは声に出して話すのが基本だから、コッド岬《みさき》ではベアトリスの代弁者になるだろう。どうすれば、わたしはベアトリスのために戦える？　サリーみたいに勇敢《ゆうかん》にならなくちゃ。

24

吐《は》き気がするのは、長旅のせいでも緊張《きんちょう》のせいでもない。ジェレミアのせいで、この旅はすでに気まずい。ナンシーもいっしょに来てくれたらよかったのに。田舎道《いなかみち》になると、馬車がガタガタゆれた。それでもベアトリスは眠《ねむ》ったままだ。道をふさぐようにして横になって動かない羊の群れのせいで御者《ぎょしゃ》が馬車を止めると、ジェレミアは馬車を下りて羊を追《お》い払《はら》うのを手伝った。そのすきにわたしはベアトリスをゆすって起こそうとした。ベアトリスは起きてくれない。胸に手を置いてみたら、呼吸は安定していて深かった。手のひらを使って自分の息とベアトリスの息のにおいをかいでみた。どちらも少し金属っぽい。ジェレミアが馬車にもどり、そばにいる羊に気をつけながら馬車がゆっくり動き出した。わたしに笑顔を見せるジェレミアに聞いた。〈わたしたちの朝ごはんに、なにか薬を混ぜませんでしたか？〉

〈え、なんだって？〉ジェレミアは自信なさそうに手で話す。

〈こんなにベアトリスが眠《ねむ》っているのは、わたしが会って以来はじめてです。いつもなら好奇《こうき》心旺盛《しんおうせい》で活発なのに。わたしは吐《は》き気《け》がします。少しだけ眠《ねむ》いですが、わたしはほとんど朝食を食べませんでした。ほんとうのことを話してもらえませんか？〉

〈そうだね〉ジェレミアが説明する。〈弱い鎮静剤《ちんせいざい》をオムレツに入れるようにとシシーに指示したんだ。きみが食べないようにとか、薬が入っていることを知らせる時間はなかったんだ。少女はたくさん食べていたが、メアリーは少ししか食べなかったのに気づいていたよ〉

〈わたしに断りもなくやったんですね。受け入れがたいことですし、わたしの両親も同じ考えだと思います〉

〈薬のせいできみの具合が悪くなったら、ご両親に伝えるつもりだった。少女のことを説明すれば、きっとご両親には理解してもらえるだろう〉

〈少女じゃなくてベアトリスです。それに両親が説明を信じるとは思えません〉

〈きみは……〉ジェレミアは手話をしようとしたものの、思い出せずに指でつづった。

〈衝動的《しょうどうてき》だな〉

〈頭は、はっきりしてると思います〉わたしは答える。

〈きみにはこの子を誘拐《ゆうかい》した罪があるんだよ。それを姪《めい》とわたしが手助けした〉

〈じゃあ、どうしてこういうことをしてくださるんですか？〉わたしは聞いた。〈わたしたちを追《お》い払《はら》うためですか、兄さんの死の罪の意識からですか？　たぶん両方ですよね〉

〈メアリー、意地が悪いな。この件に関わるせいで、わたしは世間からの評判を落とすかもしれないんだよ。わたしは、きみとベアトリスをコッド岬《みさき》まで連れていく。そこで真実を見つけるために全力を尽《つ》くすつもりだ〉

わたしはくちびるをかんだ。コッド岬《みさき》に着くのは、早ければ早いほどいい。メアリ・ウルストンクラフトの本を読んで勉強しなくちゃと思った。応援《おうえん》するといいながら主導権をにぎる男性について、ウルストンクラフトはなんて書いてるんだろう？

そこらじゅう、からりとして塩辛《しおから》い海の空気のにおいがしはじめた。そのせいで家が恋《こい》しくなる。ベアトリスを助けるためじゃなければ、今回の冒険《ぼうけん》をすることはなかっただろう。わたしが冒険《ぼうけん》から学んだものはなに？　人はあらゆる方法で恐《おそ》ろしい存在になりうるということ、まともでおとなしい人を服従させるということ。富や地位が人格を表すわけじゃないのは、家族や友人たちから感じ取った。うまく説明できないけど、島を離《はな》れたからわかったことだ。

家や工場、港に停泊《ていはく》する船まで見える。また御者《ぎょしゃ》が馬車を止め、ジェレミアのためにドアを開けた。

〈ここで待っているんだよ〉ジェレミアに念押《ねんお》しされた。〈バーンスタブルの人たちに話を聞くにはそのほうがいいから。マシュピーはすぐそばだが、近づく前にもっと情報を集めておきたい。向こうに着いて女性でも安全だと確認《かくにん》できたら、ふたりとも下りていい。少女が目を覚ましそうだな。この子と自分のことをたのむよ〉

わたしはうなずいた。ジェレミアが歩いていくと、ベアトリスの手を取り自分の手にはさんで、やさしくなでた。意識がもどるにつれ、ベアトリスは目を開けたり閉じたりしてる。ほっぺたをふくらませたから馬車のドアを開けると、砂の上に吐《は》くのに間に合った。口をゆすぐための、きれいな水があったらいいのに。マントの袖《そで》でベアトリスの口をふいてあげた。ベアトリスはあたりを見回し、深く息を吸うと、窓から手を出そうとした。聴《ちょう》覚《かく》をのぞいた四感は、五感と同じくらい鋭《するど》い。興奮してるときはとくに。ベアトリスの心の中に記憶《きおく》が入りこんでるの？

ジェレミアのやり方にはぞっとするものの、眠《ねむ》っていたおかげで、ベアトリスが馬車から飛び出してどこかへ行かなくてよかった。二度ともどらない相手を待つことになるだろうから。

御者《ぎょしゃ》と話をした後、ようやくジェレミアが馬車に乗りこんできた。馬車は走り出さない。

〈ベアトリスや家族について、なにか知っている人はいましたか？〉わたしは聞いた。

〈ああ、見つけたよ〉ジェレミアがうなずく。〈いい話じゃなかった。どのくらいメアリーが知るべきなのか、わたしにはわからない〉

〈教えてください〉わたしは頼《たの》んだ。〈礼儀《れいぎ》をわきまえずに生意気な態度をとっていたら謝《あやま》ります〉

〈わかったよ〉またジェレミアがうなずいた。〈複雑な話なんだ。この子の母親は、貧しい農夫と結婚《けっこん》した。この郡にある町のサンドウィッチ出身で、ブラウンという男だ。わたしたちが馬車で通りすぎた場所だよ。母親は精神的に不安定になり、結婚《けっこん》は解消された。法的にではないがね。子どもはいなかった。そのあと、母親はこの土地の男と知り合い……〉

〈子どもが生まれたんですね〉

〈そうだ。ヴィンヤード島で耳が聞こえない子どもが生まれたときとは、事情がちがったんだ〉

〈それから、なにがあったんですか？〉心配になって聞いた。ベアトリスはわたしのとなりでそわそわしてる。

〈母親はパニックになった〉ジェレミアは悲しそうに説明する。〈夫のブラウンのもとへひとりでもどったんだが、それがよくなかった。この子の父親は耳の聞こえない子どもの世話ができなかった。紳士《しんし》ではあったが、マシュピー族の人間で、娘《むすめ》を育ててほしいと自分の父親に預けた。それ以降はなにもわからない〉

〈ベアトリスが描《えが》いた三人の男の人はだれでしょう？　ワンパノアグ族の人が子どもを傷つけるなんて信じられません。どうしてそんなことをしますか？　ベアトリスは親族なのに？　この話には、なにかが欠けています〉

〈おそらくメアリーのいう通りだろう〉ジェレミアが手で話す。〈だが最悪の事態を想定しなくてはいけないよ。どうすればいいかわからないから、メアリーとその少女、つまりベアトリスを連れていく。だが、わたしのいうことには、かならずしたがってほしい。メアリー、約束してくれ〉

答えようがない。わたしはうなずいた。ベアトリスの幸せのために、必要なら約束をやぶるつもりで。

気持ちを集中させるために、説明された内容を心の中でまとめた。

1、ベアトリスの母親はヴェイル屋敷《やしき》で生まれ、コッド岬《みさき》のサンドウィッチ出身の農夫、ブラウンとの結婚《けっこん》を選んだ。

2、ベアトリスの母親は、バーンスタブル出身のだれかと出会い、子どもを産んだ。

3、ベアトリスの耳が聞こえないと知り、母親はパニックになり、子どもをベアトリスの父親のところに残してブラウンのもとへもどった。

4、バーンスタブルの男は、耳が聞こえない子どもの世話ができなかった。男は自分の父親、つまりベアトリスの祖父であるマシュピー族の男性に子どもを預けた。

〈ベアトリスが描《えが》いた地図の家は、どこにあるんでしょう？　ベアトリスのお父さんの家は、バーンスタブルにあるんですか？〉

〈興味深い質問だね〉ジェレミアが認める。〈そこに真実があるのかもしれないな〉

太陽が沈《しず》みはじめるなか、わたしたちは先に進んだ。海岸線では、空の色と光の筋がすべてを照らし出している。ベアトリスに見せたくて窓の外を指さした。うれしそうな反応をしてくれて、わたしもうれしい。ベアトリスは、しっかり目覚めつつある。この子のことをもっとよく知りたいと思った。

〈この辺りの土地は道が悪い〉ジェレミアが話す。〈馬車に乗れるのはここまでで、あとは歩くしかない。わたしは銃《じゅう》を持っていくよ〉

こうなることを想像していなかったし、ジェレミアが早まったことをしそうでとてもこわい。でも、前に進むしかない。

ベアトリスの腰《こし》をひもでしばって自分が持つとジェレミアが提案した。心配なのはわかるけど、そんなのいやだ。そこで、わたしとベアトリスをつなげばいいと伝える。ジェレミアはしぶしぶ承知した。わたしが麻《あさ》ひもを差しだすと、ベアトリスはいやそうにした。やせ細った顔は青ざめていて、手をつかもうとしたらもがいた。わたしは大げさに手をふり、麻《あさ》ひものはしが自分の手首に結んであるのを見せた。息が荒《あら》いせいでベアトリスの小鼻がふくらんでる。わたしは心臓をドキドキさせながら、やり過ぎではと不安になる。

きげんの悪いしるしに口をぎゅっとすぼめながら、ベアトリスは腕《うで》を差しだした。細い手首に麻《あさ》ひもを巻かれ、思わずピクッとからだを動かす。またベアトリスの自由を奪《うば》ってしまった罪悪感で気が重くなったものの、しばったふたりの腕《うで》をゆらして遊びみたいにしようとした。

バーンスタブルの家より小さな家々が集まってるのが見える。ベアトリスが描《えが》いた地図では、自分の名前がある家のほかに、家が集まっていたのをあらためて思い出した。

家のあるほうへ歩きはじめると、わたしとつながってる麻《あさ》ひもをベアトリスが引っぱりはじめた。ベアトリスは立ちどまって、馬車のほうへもどろうとする。ジェレミアが気づいて、わたしたちを前に押《お》した。ベアトリスは動こうとしない。口を開いて、つながれていない手をのどにあてた。わたしはベアトリスの恐怖《きょうふ》を感じとり、ふいに自分がしたことを後悔《こうかい》した。わたしは全身でベアトリスを自由にさせたいと思っているのに、反対のことをしてる。

そのとき、背の高いワンパノアグ族の女の人が家から出てきた。日焼けした顔にしわがよっていて親しみやすく、白髪《しらが》をおだんごにまとめてる。バケツを持ってるから、水をくみに井戸へ行くんだろう。わたしたちを見かけ、ぴたりと足を止めた。わたしたちの目的を知らない人には、どんなふうに見えるのか想像もつかない。このあたりの人じゃない男の人とふたりの少女がいて、少女たちはひもでつながってる。ジェレミアが声をかけようと手を挙げた。こんな状況《じょうきょう》なのに、ジェレミアがあまりに堂々としているから、わたしはつい笑ってしまった。女の人が笑顔を見せるまで、ジェレミアはいらいらして見えた。

女の人が英語を話すことがわかり、ジェレミアは安心した。そして「どうしたのですか？」という女の人の問いかけに、ていねいに話しながら手話をした。

ジェレミアは《この少女の祖父を探しているんです》と答えた。

女の人は、「だれが、ここにいると話したの？」と聞いた。

ジェレミアは声に出しながら手で話す。《バーンスタブルの男です。話せば長くなります》

女の人は身を乗り出し、やせこけたベアトリスと目を合わせ、じっと見つめた。確信が持てないようすで首を横にふる。小さいころのベアトリスを知ってる人なの？　シシーがしたみたいに、女の人はベアトリスの鼻をつまもうと手をのばしたけれど、ベアトリスが警戒《けいかい》して身を引いたので手を下ろした。

「食事のしたくを終わらせなくては」少し取り乱したようすで女の人が話す。「でも、もうすぐ集会があります。ぜひ参加してください。そこで見つかるかもしれません」ジェレミアが通訳した。

《ありがとうございます。集会はどこでありますか?》ジェレミアは声に出しながら手で話す。

女の人が指をさす場所を見る前に、ベアトリスが描《えが》いた絵の丘《おか》の上にあった建物をわたしは想像していた。

《では、そこでみなさんをお待ちします》ジェレミアが伝えると、女性は用事をすませようと立ち去った。

わたしたちは建物に向かって丘《おか》を上った。白い建物で、正面にドアがふたつと窓がふたつある。側面には黒いよろい戸のある窓がふたつある。チルマークの教会や集会場をもっと簡素にしたような建物だ。ジェレミアがドアを開けた。建物に入ったとたん、いきなりベアトリスが倒《たお》れこんだ。

25

ヴェイル屋敷《やしき》にいたときでさえ、ベアトリスがこんなふうになったのは見たことがない。子どもが、ただ足をバタバタさせたり叫《さけ》んだりするわけじゃない。発作《ほっさ》が起きたみたいにもがいてる。

〈あの薬のせいですか？〉

〈こんなふうになるはずはない〉ジェレミアがいいはる。うろたえるジェレミアの目を見て、わたしは冷静に考えた。

〈ベアトリスかわたしの腕《うで》がちぎれる前に、ひもをほどいてください！〉

ジェレミアがひもをほどいてもまだ、ベアトリスは木の床《ゆか》で苦しそうにしてる。ベアトリスのそばにひざをついたものの、なだめたいけれど近づけない。

〈彼らが来たらなんというだろう？〉ジェレミアが聞いた。ジェレミアが自分の身を心配しているのを感じる。

〈あの人たちはベアトリスがだれで、わたしたちがベアトリスになにをしたのか聞くでしょう〉わたしは答える。〈どんな返事をするつもりですか？〉

〈母親と同じようにパニックを起こしたと伝えるさ〉ジェレミアが話す。

〈そんな答えではだめです。ベアトリスのからだには虐待《ぎゃくたい》と飢餓《きが》の証拠《しょうこ》があるんですから〉

ドアが開き、二十人くらいの男女がぞろぞろと入ってきた。わたしは動揺《どうよう》してるけど、おじけづいてはいない。もしジェレミアが銃《じゅう》をふりまわすくらい軽率《けいそつ》なら、どんな事態も起こりかねない。

ワンパノアグ族の男の人が前に出て話をした。ジェレミアは手に帽子《ぼうし》を持ったままで通訳してくれない。さっき会った女の人がベアトリスに近づいた。女の人はかがみこみ、ベアトリスの顔を両手で包みこむ。落ち着いてきたベアトリスは起き上がり涙《なみだ》をふいた。女の人の口が動いているけど、手話はしない。ワンパノアグ族のことば、マサチューセット語を話しているの？　ベアトリスは返事をする？　ろうの少女が、どうやって話せるの？マサチューセット語の文字を、わたしは見たことがない。ジェレミアの家でベアトリスが書いた文字を読みとれなかったのはそのせいかも。どうして思いつかなかったんだろう？

椅子《いす》が円形に置かれると、座《すわ》るようにとジェレミアに身ぶりで示された。

〈この人たちは、なにを話したんですか?〉わたしは問いつめた。〈通訳してくれませんか? わたしはベアトリスが置かれた状況《じょうきょう》に深く関わっているんです。わたしには責任があります〉

〈メアリー〉ジェレミアは声に出さずに手話をした。〈この件は、わたしが対応するのが一番だ〉

ジェレミアをけとばしてやりたい。この状況《じょうきょう》に、うまく対応できているとは思えない。雰囲気《ふんいき》は、ますます冷ややかなものになってる。ベアトリスが首を絞《し》められたあとがあることを非難されたの? わたしの話をマシュピーの人たちに聞いてもらうにはどうしたらいい? 自分にできるただひとつの方法で、わたしは伝えることにした。だれかが意図を察してくれますように。

パイ夫人が教室で椅子《いす》の上に立ち、大胆《だいたん》に行動していたのをまねすることにした。チルマークではじめてノラから手紙を受け取ってから、この建物に着くまでに起きたできごとをヴィンヤード島の手話で伝えると、マシュピーの人たちは夢中になって見つめている。手話と同じくらい、顔の表情や身ぶり手ぶりにわかりやすさと情熱をこめるようにした。

とちゅうでジェレミアがわたしの右手をつかんだ。わたしの話を止めるためか、椅子《いす》から下ろそうとするつもりなのかはわからない。わたしはジェレミアをふりはらった。その場にいる人たちはベアトリスに目を向けた。ベアトリスは、心をこめてわたしをじっと見つめてる。わたしたちを迎《むか》えてくれた女の人も含《ふく》めた、五人の男性とふたりの女性が背中を向けて話し合ってる。

《よく聞いてください》ジェレミアが声に出しながら手で話す。ジェレミアがいばろうとしても、だれも気にしない。ジェレミアがポケットに手を入れて立ちあがった。

〈銃《じゅう》を出さないで〉はっきり「銃《じゅう》」とわかる手話をして、わたしは警告した。

いらだちと恐怖《きょうふ》がまじったようすで、ジェレミアが話す。〈なにかたくらんでるぞ〉

〈ちょっと待ってください〉わたしは強い調子で伝える――きっとこういうふうにして悲劇は起こるんだ。罪のないワンパノアグ族の男女が背後から撃《う》たれても、わたしたちは正当防衛を主張して罪をまぬがれる。

ありがたいことに、背を向けていたワンパノアグ族の人たちはこちらを向いて、ひとりの男の人が両手を挙げながらゆっくり話した。

〈この人は、なんといっているんですか？〉

警戒《けいかい》を解かないままジェレミアが手で話す。

〈わたしたちの手助けになる人物を連れてくるそうだ。メアリー、逃《に》げたほうがいい〉

〈そんなことはしません。わたしたちは今キリスト教の教会にいるのだし、だれも失礼なことをしていないもの。わたしはベアトリスといっしょにいます。逃《に》げたければひとりで逃《に》げてください。あなたは義務を果たしたのですから〉

ジェレミアが銃《じゅう》を取り出して腰《こし》に構えながら集会場を出て行くのを見て、わたしはぼうぜんとするしかなかった。ジェレミアの後ろから男の人が急いで出ていった。その男の人がジェレミアを追いかけていくのを正面の窓から見た。ジェレミアがピストルを上げて構えたから、心臓が一瞬《いっしゅん》止まった。男の人が地面に倒《たお》れなかったから、ジェレミアは空に向かって撃《う》ったはず。それでも、ほかの人たちは男の人を心配してかけだしていく。ジェレミアは馬車に向かって走った。だれもジェレミアを追わない。ワンパノアグ族の人たちが問題を起こしたんじゃなく、わたしたちが起こしたんだ。

わたしはベアトリスに近づき、ひざをついて抱《だ》きしめた。冷静さを保ちながらも、不安でむりににっこりしてみせる。ワンパノアグ族の人たちと意思の疎通《そつう》ができないし、ふるさとへ連れもどしてくれる人もいないと気づいていたから。数秒が数時間みたいに過ぎていく。ベアトリスはわたしの手をポンポンとたたいた。警戒《けいかい》を解いていない目つきだけど、これまでで一番落ち着いてる。ベアトリスに話しかけた女の人は、わたしたちのそばに立っている。

ドアが開いて男の人たちがもどってきた。たしかに、助けになる人を連れてきてくれたんだ。サリーのお父さんで、古くからの友だちのトーマス・リチャーズだ！

今ほど会いたい人を、ほかに思いつかなかった。なめらかな黒い肌《はだ》をしたトーマスの顔は老《ふ》けていない。けれど、短く刈《か》りこんだ髪《かみ》には白髪《しらが》が混ざり、手には凍傷《とうしょう》と重労働のあとが見える。トーマスはそつのない人で、島でも白人のろう者とワンパノアグ族コミュニティとの橋渡《はしわた》し役をしていた。ここで会うなんてと、トーマスはわたしにほほえんだ。

〈メアリー、会えてうれしいよ〉トーマスはすらすらと手で話す。〈きみが連れてきた友だちというのは、だれだい？〉わたしが伝えると、トーマスはゆっくりベアトリスを見やった。あざのひとつひとつと、やせこけたからだを。ベアトリスは子どもがする遊びや楽しみを得られる場所にもどるべきだ。かんたんなことじゃないのはわかってる。ベアトリスの歳月《さいげつ》は、ただ失われたんじゃなく、盗《ぬす》まれたのだから。子どもが経験すべきではないものを見て、経験してきたんだ。

ベアトリスから手を放して、トーマスに抱《だ》きついた。嗚咽《おえつ》がのどにこみあげてくる。

〈だいじょうぶだよ〉トーマスが話す。〈この件は、わたしにまかせて〉

わたしはこれまでの旅と、わたしが知る範囲《はんい》でのベアトリスの話をした。トーマスは何度か首を横にふった。わたしの話を疑いはしない。トーマスは、ほかの人たちに説明した。

何人かの顔から反応を読み取った。わたしたちがはじめに会った女の人は泣きはじめた。

その人がベアトリスに手をのばし、やさしく抱《だ》きしめた。ベアトリスが口を動かすと、女の人は完全に理解してるみたいにうなずいてる。

信じられなくて聞いてみた。〈どうやって声に出して話す方法を身につけたの?〉

トーマスはわたしに通訳してくれる。〈赤んぼうのベアトリスがここに連れてこられたとき、だれも手話を知らなかった。メアリーとちがって、まったく耳が聞こえないわけじゃないそうだ。おばさんののどを触《さわ》りながらくちびるを見ることで、話している内容がわかったらしい。とても利口なんだね!　ベアトリスは自分なりのやり方でくりかえし音を出しはじめた。おばさんもおじいさんも、ちゃんと理解したそうだ〉

〈ベアトリスが風変わりなカチカチという音を立てるのは、ことばの一種なの?〉

〈いいや〉トーマスが答える。〈それはベアトリスが受けた……首の傷のせいだろう。それでも、メアリーがたとえ手を失ってもまだ手話ができるように、ベアトリスはやり方を理解しているよ。けっしてそんなことにはならないけどね〉

ベアトリスが集会場から連れ出される前に、わたしのほうを向いた。わたしはベアトリスに近づき、ポケットから取り出した人形をベアトリスの手のひらに押《お》しつけた。ベアトリスは長いあいだ人形を見つめる。あふれる涙《なみだ》をぬぐうように見えた。ベアトリスがわたしを見上げた。〈女の子〉と、わたしから教わった手話をくりかえす。わたしは、ひざからくずれて倒《たお》れそう。ベアトリスは人形を胸に押《お》しつけ出ていった。

ついて行きそうになったのを、トーマスに引き止められた。〈行かせなきゃいけないよ。ベアトリスは、これから傷をいやすだろう。早霜《はやじも》で凍《こお》ってしまう植物の芽も、たんねんに育めば、ほかの植物と同じように美しく咲《さ》くことができるのだから〉トーマスは大きな両手を器《うつわ》の形にしてからそっと開き、手放すことが必要なのだと伝えた。

〈ベアトリスのおじいさんは、ここにいるの？〉わたしは聞いた。

〈亡《な》くなったそうだ〉トーマスが答える。〈だが、メアリーがはじめに会った女性はベアトリスのおばさんだし、ほかの人たちもベアトリスを心から愛している。ベアトリスをふるさとに連れてきてくれてありがとう〉

〈トーマス、ベアトリスにいったいなにがあったの？　詮索《せんさく》するつもりじゃないけど、わたしはベアトリスに対して責任があるから……〉

〈きみはベアトリスによくしてくれた〉トーマスが話す。〈メアリーを島へ帰す船が決まったら、わたしが聞いたことを伝えるよ。だが、ジェレミア・スキフかナンシーが、ベアトリスがマシュピーにもどったと入植者のだれかに話すつもりかを知っておきたい。ここの人たちに危険をもたらす可能性があるからね〉

〈ジェレミアは、自分たちがベアトリスを誘拐《ゆうかい》したと思ってる。社会的な立場や仕事上の利害関係のために、今回の件からきっぱり手を引くでしょうし、ナンシーにもそうするよう指示するのはまちがいないわ〉

〈メアリーがそういうのならよかった〉トーマスが話す。〈ベアトリスを誘拐《ゆうかい》したスキフ氏は正しかったよ〉

みんなで集会場を出ようとすると、わたしより十センチくらい身長が高い笑顔《えがお》の青年が、ついてくるよう身ぶりで示した。トーマスが青年にうなずいたから、わたしを島に送りとどけてくれる船を探してもらうあいだ、青年について行くことにした。

村で一番大きな家に入った。手洗い場を案内され、ごつごつした香《こう》ばしい丸パンが、空腹で鳴っていたお腹《なか》を満たしてくれた。わたしはヴィンヤード島のチルマークからヴェイル屋敷《やしき》、クインシーへと弧《こ》を描《えが》いて移動してきた。そして今、マシュピーの家で歓迎《かんげい》されてる。暗闇《くらやみ》の中にも純粋《じゅんすい》な光を見つけられることを学んだ。食事の片付けを手伝うとわたしは申し出た。気まずさも恥《は》ずかしさもなく、みんなで指をさしたり、身ぶりでコミュニケーションをとったりする。わたしは感謝してほほえんだ。つぎにすることは？

もう一度だけベアトリスに会いたいと、どうにか伝えてみた。別れのあいさつをするために、おばさんがベアトリスを連れてきた。ベアトリスは年下のいとこから借りた青いスカートとブラウスを身につけ、飾《かざ》りのない革靴《かわぐつ》をはき、羊毛のショールを肩《かた》にかけてる。髪《かみ》は切りそろえて、短い三つ編みにしてある。ベアトリスの変身ぶりにおどろいた。わたしを見て、ベアトリスはうれしそうに笑った。近づいてきてわたしの手を取る。こんなふうに、にっこり笑うベアトリスを見るのははじめて。ベアトリスは親しい人間としてわたしを信頼《しんらい》してくれたんだ。

ベアトリスは手で耳と口をふさいで、わたしの耳が聞こえないことを示した。わたしはうなずく。わたしがヴェイル屋敷《やしき》でした手話のほかにも、ベアトリスは動きをくりかえした。今やベアトリスが先生だ。ベアトリスは人とやりとりするのにヴィンヤード島の手話を元に自分なりの手話を作り出すかも。考えるだけでわくわくする！　だれか、わたしたちの会話を助けてくれないかしらと思い、見回してみる。けれどからだを休ませるため、ベアトリスはまた連れていかれた。

はじめての教師としての仕事は完全な失敗じゃなかったのかもしれない。ふりかえってみれば、わたしの失敗はすべて大失敗だったわけじゃない。また挑戦《ちょうせん》する機会があることを願ってる。わたしには少しは自分のお金がある。いつかどこかへ行ってみたい。

トーマスがもどってきて、わたしが乗る船が一時間後に出航すると告げた。〈波止場《はとば》でいっしょに待つよ〉トーマスがいっしょにいてくれてうれしい。わたしはベアトリスが描《か》いた、口や目の代わりに黒い丸がある女性についてなど、ベアトリスの過去の話に欠けている部分を知りたくなった。でも先に大切なことをはっきりさせよう。

〈わたしがここにいるのをどうして知ったの？　また捕鯨船《ほげいせん》に乗ることになったとサリーから聞いてたのよ。奥様《おくさま》を亡《な》くされたこと、お悔《く》やみ申し上げます。ヘレンは、強くてよき人でした〉

トーマスは暗い海を見つめてる。

〈親類に会いに来ていたんだ。ひとり目の妻は奴隷《どれい》で、うばわれて売りとばされた。二度と女性に心を捧《ささ》げることはないと誓《ちか》ったよ。それでもヘレンのように魅力的《みりょくてき》な女性から目をそらすことはできなかった。病というものは、むごいことをするね〉

トーマスは両手をぎゅっとにぎりしめている。トーマスの手に触《ふ》れようと手をのばしかけたけれど、トーマスの怒《いか》りを消しさることができるのはわたしじゃない。

トーマスを見ながら、彼が歩んできた歴史について考えた。サリーのおかげで、サリーの家族は入植者たちだけじゃなく、アフリカにルーツを持たないワンパノアグ族ともいかにちがうかを理解できた。トーマスは捕鯨船員《ほげいせんいん》からひどい扱《あつか》いを受けてるの？　そう考えると胸が苦しくなる。

〈サリーが会いたがってた〉わたしは話す。〈もどってきてほしい、って〉

〈わたしの娘《むすめ》は独立心旺盛《おうせい》だよ〉トーマスが話す。

わたしはトーマスの目をのぞきこんで、にっこりする。〈サリーには、まだお父さんが必要よ〉

〈アクィナにいい青年がいるんだよ〉

わたしは、にやりとする。〈その話、サリーはしてなかった〉

〈深く悲しんでいる姿をサリーに見せたくないんだ。わたしはただの老人で、自分のや

り方に固執《こしつ》し、サリーの足を引っぱるだろう〉

〈そんなことないのはわかってる。それにね、わたしはサリーに借りがあるの〉

トーマスが笑う。〈今度はなにをやらかしたんだい?〉

〈気にしないで〉わたしはいたずらっぽく笑う。〈でも、わたしといっしょにもどれば、サリーに借りを返せる。ほんのちょっと寄るだけでいいから〉

〈契約《けいやく》した捕鯨船《ほげいせん》が水漏《みずも》れしたんだ。それで契約《けいやく》を解除されたよ〉トーマスが告白する。

〈ここに残って、雑用でもしようかと思ってるんだ〉

〈ろうの少女を家族と再会させるようなことね。そう、ベアトリスになにが起きたの?〉

〈それについてはいろいろな話があるんだ。だが、わたしが聞いて信用できる話では、ベアトリスの母親が結婚《けっこん》せずにろうの赤んぼうを産んだというものだ。母親は、家族に逆らった呪《のろ》いだと思った。そして赤んぼうを残して、夫のところへもどった。ベアトリスの実の父親は、娘《むすめ》をどう育てていいかわからなくて困り、妹と親戚《しんせき》といる父親のもとにベアトリスを預けた。あるとき、ベアトリスの母親がやってきた。集会場の近くで遊んでいたベアトリスを、母親が首にひもを巻いて殺そうとした。サリーのように治療《ちりょう》の仕事をしているベアトリスのいとこが、ふたりを見つけてベアトリスを救ったんだ〉

〈わたしたちが集会場に入ったとき、ベアトリスが倒《たお》れたのも当然ね。たったひとりの我《わ》が子に母親がそんなことをするなんて〉

〈耳が聞こえないことは誤解され、苦痛と思われているからね。ベアトリスの母親は罪悪感を抱《いだ》いていたのか、魂《たましい》が病《や》んでいたのかもしれない。いずれにせよ、母親も重い代償《だいしょう》を払《はら》ったらしい〉

わたしは思い出して聞いた。〈ベアトリスは誘拐《ゆうかい》されたのよね？〉

〈母親の親族は、ベアトリスをヴェイル屋敷《やしき》に連れもどすために馬車をよこしたんだ。マシュピーのコミュニティ全員が、娘《むすめ》を殺そうとした母親を起訴《きそ》することを望んだ。だがベアトリスは親族のところへ連れていかれ、心に傷を負いながらも生きのびた。先住民地区の監督官《かんとくかん》は、ベアトリスのために正しい判断を下してほしいという願いを聞き入れなかった。この話がすべて明るみに出れば、ベアトリスが取り上げられる可能性が高いことも母親の親族は知っていた〉

〈そんなの、おかしい！〉

〈ああ、おかしいよな〉トーマスが答える。〈植民地制度は、先住民族の子どもたちを奴《ど》隷《れい》労働させる権利をイギリス人家族に与《あた》えているんだ。こういう状況《じょうきょう》で暮らすワンパノアグ族の子どもを何回見たか、考えてみてごらん。ワンパノアグ族には、それを防ぐ術《すべ》がないんだよ。今回の場合、ベアトリスの母親の親族は、たとえ軽蔑《けいべつ》する親戚《しんせき》であっても、ベアトリスを「スコー」として育てられるのに耐《た》えられなかったんだろう。スコーは、入植者が先住民族の女性に対して軽蔑的《けいべつてき》に使うことばだよ〉

まさかという思いで聞いた。〈だからベアトリスを使用人にすると見せかけて連れ出し、囚人《しゅうじん》としてヴェイルに閉じこめたの？　そして母親を病院に閉じこめたのね〉

〈白人だけの社会を求めるのは、もともといた人びとや共有している土地をだめにしてしまうよ〉トーマスが話す。

〈わたしなりに経験したわ。トーマスやサリー、ベアトリスの家族にとっては、もっとつらかったでしょうね〉

〈わたしたちはみな、それと闘《たたか》っているが、程度の差はある。地主や指導者として名乗り出る男たちが心を入れ替《か》えるまで、わたしたちは全員、危険にさらされているんだ〉

わたしたちはしばらくだまっていた。だめにされてしまった相手に立ち向かうには、どうしたらいいの？

〈ねえ〉わたしは手で話す。〈あの船に、わたしは乗るのね。わたしの耳が聞こえないこ

と、行き先を船長に伝えてある？〉

〈伝えたよ。でも念のため、わたしも同行したほうがいいだろう。娘《むすめ》のようすもたしかめないとね〉

つかれきっていても、自然に顔がほころんだ。空はもう暗いビロードのマントでおおわれ、月や星の輝《かがや》きはない。それでも、いっしょにふるさとへ帰れる！

26

島でわたしたちの上陸を待つ人はだれもいなかった。わたしのトランクと手紙は後から届くだろうから、母さんと父さんはものすごくびっくりするだろう。トーマスが船長にお礼を伝え、わたしたちは大通りまでの坂を上り、島の高台へと進んだ。明かりが灯《とも》された家があるおかげで道しるべになってる。いつも堂々として見えるヒルマン一家の家には、風情《ふぜい》が感じられる。ジョン・アダムズに会ったことをサラに話したらおどろくだろうな！

トーマスに道のわきへ引っぱられた。荷車が来る音を聞いたにちがいない。うちの農場の端《はし》に着く前に、荷車が速度を落とした。パイ夫妻だ。前が見えるようにランタンを持ってるけど、照らし出されたわたしを見て信じられないという顔をした。

〈メアリー〉パイ夫人が手で話す。〈ここにいるなんて信じられない。どうやってこんなに早く着いたの？　メアリーのお母さんは昨日、手紙を出したと話していたわ〉

なんの話かわからないことを伝えるため、わたしは首を横にふって話した。〈リチャー

ズさんといっしょにコッド岬《みさき》から船で帰ってきたところなんです〉

《トーマス》パイさんはランタンをふりながら声をかけた。《きみなのかい?》

〈はい〉トーマスが手で話す。〈偶然《ぐうぜん》にも、メアリーと会う成り行きになったんです〉

母さんは、わたしを家に呼ぶ手紙を書いたの? どういうこと?

パイさんはわたしの手をつかんで、自分とパイ夫人の間に座《すわ》るよう引き上げた。

〈リー牧師の家まで乗っていくかい?〉パイさんがトーマスにたずねる。

〈ありがとう、でもアクィナまで歩いて帰ります。娘と話す心がまえをするので〉

〈農場に寄ってエイモンに会うのもいいかも〉わたしが話す。〈でも、赤い髪《かみ》の毛のいたずらっ子たちには気をつけてね〉

〈また今度にするよ〉トーマスはほほえみ、暗闇《くらやみ》の中を歩いていった。トーマスとサリーが再会する場に、わたしもいられたらよかったのに。

〈そろそろ行きましょう〉パイ夫人がランタンの明かりの下で話した。〈のんびりしていられないわ〉

〈リー牧師の具合が悪いんですか?〉わたしはたずねた。わたしが帰ってくるべき理由としては、おかしな感じがする。〈母と父に先に会ってもいいでしょうか〉

〈ふたりは牧師館にいるだろう〉パイさんが教えてくれた。〈リー牧師はとても元気だよ〉

パイさんとパイ夫人が視線を交《か》わしながら、荷車は進んでいく。今は真夜中過ぎのはず。どうしてふたりは荷車に乗ってるの？　母さんと父さんは、どうしてリー牧師の家にいるんだろう？　ストーブのそばで暖を取っていた船の上より空気が凍《い》てついてる。とても暗くて、洞窟《どうくつ》の中を走ってるみたい。

牧師館へ着くと、ほかの荷車もとまっていた。ものをわきまえていなければ、クインシーのスキフ家で倒《たお》れたまま夢を見ていると思うだろう。けれど夢よりわけがわからないし、生々しい。

明かりがじゅうぶん灯《とも》された牧師館に入り、ようやくみんなの姿を見ることができた。パイ夫妻のどちらかが、わたしが着いたと話したんだろう。母さんがふりかえり、わたしにかけよってきたから。

〈メアリー、ほんとうにあなたなの？〉わたしを上から下まで見ながら母さんがたずねる。

〈みんな、そう聞くのね！〉わたしが答える。〈話せば長いのだけれど、コッド岬《みさき》からトーマス・リチャーズといっしょに船で帰ってきたの〉

〈お休みをとっただけ?〉母さんは片方の手で手話をして、もう一方の手はわたしの手をしっかりにぎってる。

〈ヴェイル屋敷《やしき》での仕事はやめたの〉わたしは母さんと父さんに伝えた。父さんは後ろからやってきて、やさしく抱《だ》きしめてくれた。

リー牧師の家の手伝いをしているティルトンさんが、食べものをすすめてくれた。わたしはていねいに断った。

〈どうしてこんな冬の寒い夜に牧師館でパーティーをするのか教えて?〉

〈パーティーじゃないんだ〉父さんが話す。〈ぎりぎり間に合ってよかった〉

〈なにがあったの?〉

〈エズラだよ〉父さんはエズラのサインネームを使い、両手でEの文字を作って波のように前に動かした。

〈エズラの具合がよくないって母さんの手紙に書いてあったわ〉わたしが話す。〈エズラが牧師館にいるの?〉

父さんは、ため息をついた。母さんが話す。〈エズラは浜辺《はまべ》にある倒《たお》れそうな家から出たがらないし、お医者さまに治療《ちりょう》させなかったの。傷《いた》んだカキを食べたとか、北風で冷え

たとか話していたみたい〉

〈エズラはどこが悪いの？〉わたしは聞いた。

〈心臓発作《ほっさ》を起こしたようだが、おとなしくしていなかったんだ〉母さんが涙《なみだ》をふくあいだ、父さんが話した。〈ロブスターのしかけを確認《かくにん》しなくちゃだとか、ブラック・ドッグ号を修理しなきゃだとか、ちゃんと修理できる人がだれもいないとかいい続けた。そして船の上で作業していたときに、とうとう倒《たお》れたんだ〉

〈大通りでエズラの黒猫《くろねこ》を見かけたとき、なにかがおかしいと思ったんだ〉パイさんが口をはさんだ。〈ただ座《すわ》って、からだをなめていた。わたしが立ちどまると、黒猫《くろねこ》は船までかけていった。エズラは自分で立つことができなかったから、荷車に寝《ね》かせて、ここに連れてきたんだ〉

パイ夫人が続けて話す。〈エズラは、リー牧師の家で世話をしてもらうのをとてもいやがったの。そのせいでティルトンさんは何度も、エズラが世話を受け入れないのなら家の手伝いをやめると警告したわ〉

父さんが控《ひか》えめに手話をする。〈ずっとメアリーに会いたがってたよ。メアリーが帰ってくるのをわかってたんだ。おまえに謝《あやま》らなくちゃならないと話していた〉

わたしはエズラがするように話した。〈まったくもう。船にいたとき、わたしをずっとこわがらせたから、ちょっとけんかしたの〉

〈メアリーが部屋に入ってもいいか、エズラに聞いてくるよ〉父さんは歩いていった。

〈明日の朝でもいい？〉わたしは母さんに聞いた。〈とてもくたびれてるのに気づいたの。自分のベッドでぐっすり眠《ねむ》りたい〉

〈メアリー〉母さんが話す。〈エズラは、朝日が出るまでもたないと思うわ〉

〈浜《はま》にある小屋にもどらないの？〉わたしは聞いた。〈それがエズラらしいのに。騒《さわ》がれるのをいやがるでしょ〉

〈ちがうの〉母さんが答える。〈エズラは、この世を去るしたくができているのよ〉よろけて後ろに下がるわたしをパイ夫人が支えてくれた。〈そんなのうそ。エズラはいつも百二十歳《さい》まで生きるといってたんだから、まだ生きなきゃ〉

リー牧師が話に加わった。〈その時を決めるのは神であり、それはまもなくなのです〉わたしを見つめる、悲しげなみんなの顔をうかがった。だれかが笑って、すべてじょうだんだと話してほしい。

父さんがもどってきた。〈メアリーに会いたいそうだ〉

母さんが客用寝室《しんしつ》のドアまで連れて行ってくれた。〈いっしょに行く?〉

〈いいえ〉わたしは答える。〈ふたりだけがいい〉

部屋に入ってドアを閉めると、ここはアンドリュー・ノーブルが一時的に寝泊《ねと》まりしていて、持ち物をこっそり探《さぐ》るために忍《しの》びこんだ部屋だと気づいた。あちこちに花やろうそくが置かれてる。いやな感じがする部屋だと思ったのは、わたしだけじゃないんだ。

〈メアリー〉エズラが節くれだった手を挙げた。エズラの手には、十年を八倍にした分の物語といじわるが詰《つ》まってる。わたしが知る中で一番表現力豊かに手話をする人だ。

〈おれの葬式《そうしき》にようこそ〉

〈やめて〉わたしはベッドに近づきながら話した。

〈ほかにどういえばいいんだ?〉エズラが話す。〈洗礼式の逆だが、まだ祈《いの》りを捧《ささ》げてるよ。切り花もにおいつきろうそくも、ぞっとするな。あのばあさんが、おれに仕返ししてるんだな〉

〈どうしてわたしに会いたがってくれたの?〉わたしは聞いた。〈謝《あやま》るつもりだなんていわないでね〉

〈本土での仕事がうまくいったのか知りたかったんだ〉

〈じょうだんでしょ〉鼻をむずむずさせながら話した。

〈そう見えるかい?〉

〈ひどかったわ。想像してたよりもずっとひどかった〉わたしは認める。〈少女は汚物《おぶつ》にまみれて、ほんとうに鎖《くさり》でつながれてたの。執事《しつじ》はわたしたちみたいな人を見下すだけじゃなく、国に対する裏切《うらぎ》り者でもあった〉

〈いい仲間と出会ったんだな。少女はどこにいる?〉

〈ふるさとで家族といっしょにいるわ〉

〈おお、そうか。うまくいくとわかってたよ〉

〈そんなふうには話していなかったでしょ〉

〈おれのひやかしや、かんしゃくなんか気にするな〉エズラが話す。〈おまえさんはよくわかってると思ってたぞ。いつもやりあってたじゃないか〉

〈わたし、あまりエズラの話を聞かなかったよ〉目に涙《なみだ》をためて話す。〈どのけんかのこと?〉

〈大切なことは、ひとつだけだ〉エズラが話す。

となりにある毛布を探《さぐ》りながら、エズラは両手をできるだけ遠くにのばした。するとスミシーがそばにある椅子《いす》から飛びあがったからおどろいた。スミシーは、からだをくるんと丸める。

〈メアリーの父親に、おれのお気に入りの籐椅子《とういす》をゆずる〉エズラが話す。〈おれの釣《つ》り道具《どうぐ》とロブスターのしかけは、最初に手にした船乗りに受け取る権利がある。おれのくずれそうな宮殿《きゅうでん》に住みたがるやつがいるとは思えない。メアリーが好きなときに行けばいい。町のルールにしたがわない思想家には、もってこいの場所だ。そしてブラック・ドッグ号は、甲板《かんぱん》をみがき、帆《ほ》を上げ、寝床《ねどこ》を広げ、錨《いかり》を上げ、錨《いかり》を下ろす……〉

〈死んじゃだめ〉わたしは食い下がる。

〈まあ、見てろって〉あごを動かしながらエズラが話す。さらにことばをいくつか手で話しはじめたものの、それからは、ほとんど動かなくなった。わたしはドアの外にいる母さんを呼びに行った。母さんは男の人たちを呼んだ。男の人たちがエズラの意識を回復させようとしてもだめだとわかるまでのあいだ、わたしは横に立ってた。

リー牧師が祝福のことばとともにエズラの目を閉じるまで、片方の目がわたしを見つめてたことに気づいた人はいた？　みんなは、わたしがエズラとなにを話したのか知りたがった。そのほとんどを、わたしは話さなかった。スミシーもエズラについて行ってしまった。

たのに気づき、わたしは部屋を出た。

居間の赤紫色《あかむらさきいろ》のソファに座《すわ》った。みんなが忙《いそが》しそうに動きまわる中、パイ夫人はわたしのとなりに座《すわ》った。

〈友だちが亡《な》くなってとても残念ね〉パイ夫人が話す。〈あなたはじゅうぶん悲しみを味わったわ。でも、こういうことはどうしようもないのだから〉

わたしは理解しようと、ゆっくりうなずいた。

〈メアリーの生徒は？〉パイ夫人が聞いた。

〈ベアトリスです〉わたしは答える。〈ベアトリスにはわたしが必要だと思ったのですが、ベアトリスを自由にできてからは、あの子がいないと自分のするべきことがわからなくなってしまって〉

〈その通りね〉パイ夫人が話す。〈でも生徒はつぎからつぎへと現れるわ。なかにはずっと覚えている生徒もいるでしょう〉パイ夫人はわたしのほっぺたをやさしくつまんだ。〈前を向き続けるのをやめないでね〉

たいていは、パイ夫人からもらったふたつ目の基本は真実だと証明《しょうめい》されるにちがいない——どこから来たかより、どう行動するかのほうが重要です——ベアトリスの場合、ベアトリスを全面的に受け入れてくれたただひとつの居場所、マシュピー族に属していることが、この先の人生における道すじとなるはずだ。同じことが、わたしとヴィンヤード島にもいつもあてはまるだろう。いつか、この考えを恩師のパイ夫人と分かち合いたい。

わたしは牧師館の外に出た。空は真っ暗で、町に喪《も》のおおいがかけられてる。

家に帰ると、わたしは寝《ね》て起きて食べて寝《ね》た。なぐさめのない、たいくつなくりかえしだ。


六日後、散歩からの帰り道で、ブラック・ドッグ号が水平線に見えなかった。わたしは感情のおもむくままに手を飛ぶように動かした。

エズラの最後のことばはラテン語の「イン・エクセルシス（高いところ）」だった。エズラに「デオ（神）」にまつわることばで人生を終える余裕《よゆう》なんてなかったとみんなは思いこんでる。聖書の「グロリア・イン・エクセルシス・デオ（天のいと高きところには神に栄光あれ）」は、たくさんの人にとって救いのことばであり、最期のときにエズラが生まれ持った善良さを証明《しょうめい》するものだった。がんこにこぶしをふるエズラの姿をわたしは想像した。エズラは、けっして教会に行くような人じゃなかった。そして、このことばはわたしに向けられたものだと感じてる。ラテン語の「イン・エクセルシス」は「いと高きところに」という意味だ。もしエズラが、すべての人に神の恵みがありますようにというつもりだったら？　海にたたきつけられてもへこたれない、見えない敵と戦ってもすきを見せないために。

わたしはいろいろなものになると心に決めていた。従順な娘《むすめ》、理想の妹、物語の作家。ヴィンヤード島のこの地域におけるろう者の歴史を、わたしは書き上げるつもり。けれど勇気ある行動をしないまま、書くだけでじゅうぶんなの？

母さんの期待にむりに合わせなくちゃいけない？　社会の偏見《へんけん》にも？　いつだってわたしは、多くのことが完全とはいかないだろう。完全さに近づきたいと思うのはなぜ？

わたしは、わたしと似ているけれど、とても不運な少女を助けた。犠牲者《ぎせいしゃ》と生存者との差は、助けが間に合うかどうかだ。ほかの人が沈《しず》んでいるのに、わたしたちは泳げない。どこかで波にゆられている、孤独《こどく》で手に負えない人を想像してみる。岸に打ち上げられるか、潮に引き上げられるのを待っている人を。名前はわからず、夢は忘れ去られてしまう。もはや束縛《そくばく》は解かれた。子どもじみた遊びの時は過ぎ去った。この島はもう、わたしをしばりつけない。

作者による解説

マーサズ・ヴィンヤード島の遺伝性難聴《なんちょう》

一六四〇年から一八〇〇年代後半まで、マーサズ・ヴィンヤード島にあるチルマークでは、遺伝性難聴《なんちょう》の人が数多くいました。一時はチルマークに住む二十五人のうち一人に、生まれつき聴覚障害《ちょうかく》があったといわれています。先天性難聴《なんちょう》は、潜性遺伝《せんせい》(父親と母親から受け継いだ一対の遺伝子の両方に遺伝変異がある場合に現れる遺伝形式)です。島には、マーサズ・ヴィンヤード手話(MVSL)という独特の手話があり、ろう者と聴者《ちょうしゃ》ともに手話で意思疎通《いしそつう》していました。MVSLは、ほかの手話に統合され、アメリカ手話(ASL)になりました。島で生まれ育った遺伝性ろう者で最後までMVSLを使っていたケイティ・ウェストは一九五二年に亡《な》くなりました。

フンパノアグ族について

マサチューセッツ州には、連邦《れんぽう》政府に認められた先住民族がふたつあります。ノエペ(ワンパノアグ族のことばで「水に囲まれた乾《かわ》いた土地」の意味)またはマーサズ・ヴィンヤード島のゲイヘッド(アクィナ:ワンパノアグ族のことばで「丘《おか》の下の土地や島のはしにある岸」の意味)に住むワンパノアグ族と、ケープ・コッドのマシュピーに住むワンパノアグ族です。ワンパノアグ族にはほかにもチャパキディック島に住むチャパキディックのワンパノアグ族、プリマス南部に住むヘリング・ポンドのワンパノアグ族がいます。

ワンパノアグ族は「夜明けの民《たみ》」としても知られ、現在のマサチューセッツ州東部とロードアイランド州東部に一万二千年以上にわたり暮らしていました。二〇〇七年、マシュピーに住むワンパノアグ族は連邦政府《れんぽうせいふ》公認《こうにん》の主権部族になりました。二〇一五年、連邦《れんぽう》政府はマシュピーの一五〇エーカーとトーントンの一七〇エーカーの土地を部族の保留地として認めると発表しました。この文章を書いている時点で、マシュピーのワンパノアグ族にはおよそ二六〇〇人が登録されています。

二〇二〇年三月二十七日、トランプ政権下でCOVID-19が大流行するさなか、部族評議会は、保留地指定を取り消しアメリカ合衆国内務省の同意を得て三〇〇エーカー以上の土地を連《れん》邦信託《ぼうしんたく》から外すとインディアン事務局から通告されました。すると、SNS上でハッシュタグ#IStandWithMashpeeを使用して平和的な抗議《こうぎ》活動が広がりました。二〇二〇年六月六日、アメリカ合衆国連邦《れんぽう》地方裁判所は内務省の判決を覆《くつがえ》して部族の主張を再評価し、部族の保留地としての地位を維持《いじ》するよう指示しました。アメリカ合衆国内務省はこの判決を不服として控《こう》訴《そ》しました。二〇二一年二月、バイデン政権の内務省は控訴《こうそ》を取り下げ、部族の主権を確保しました。

インディアン児童福祉《ふくし》法《ほう》（ICWA）について

ファーストコンタクト（異なる文明・文化をもつ者どうしが初めて出会うこと）以来、アメリカ全土の先住民の子どもたちの多くは、奴隷《どれい》、年季《ねんき》奉公《ぼうこう》、寄宿学校での残酷《ざんこく》な同化政策、またはその他の目的のために、強制的に家庭から連れ去られ、家族や部族と再会することができませんでした。一九七八年に制定されたインディアン児童福祉《ふくし》法《ほう》（ICWA）は、親権、里親、養子縁組において、ネイティブ・アメリカンの子どもたちを家族から連れ去ることに関する管轄権《かんかつけん》を規定する連邦法《れんぽうほう》で、州や代理業者に委ねるのではなく、その子の帰属する部族に管轄権《かんかつけん》を認め委ねるものです。ICWAは、家庭、家族、そしてネイティブ・アメリカンの文化全体から引き離《はな》される子どもの数があまりにも多いことに対応して作られました。ICWAが制定される以前は、ネイティブ・アメリカンの子どもの二十五から三十五パーセントが、家族から引き離《はな》された後、ネイティブ・アメリカンの文化とはまったく関係のない、主に非先住民の家庭に強制的に引き取られました。ICWAは現在、アメリカ合衆国のいくつかの州で攻撃にさらされています。

「テントウムシの歌」

この伝統的な詩には出典が複数あり、おそらく一七七四年には作られたとされています。わたしは、ポエトリー・ファンデーションのウェブサイトに掲載《けいさい》されているマザー・グースの詩から選びました。このサイトには、ほかの童謡や、マザー・グースについての簡単な解説も掲《けい》載《さい》されています(https://www.poetryfoundation.org/)。

ヴェイルについて

ライマン・エステート(ヴェイルと呼ばれることもある)は、マサチューセッツ州ウォルサムにある歴史的な屋敷《やしき》です。一五〇年以上にわたり、ライマン家の夏の別荘《べっそう》でした。セーレムの建築家サミュエル・マッキンタイアが設計し、一七九八年に完成したフェデラル様式の邸宅《ていたく》は、もともとは自宅、芝生、庭園、森林、鹿《しか》のいる公園で構成されていました。高い天井《てんじょう》、大きな窓、大理石の暖炉《だんろ》を備えた巨大《きょだい》な舞踏室《ぶとうしつ》は、正式なパーティーに使用されました。温室は一七〇〇年代後半に建設され、アメリカで最も古いものと考えられています。数年前に訪《おとず》れたとき、わたしはこの家に魅了《みりょう》されました。映画監督のグレタ・ガーウィグも同様で、ルイーザ・メイ・オルコットによる『若草物語』を二〇一九年に映画化する際、この家をガードナー夫人の家として使用しました。現在、この屋敷《やしき》はだいぶ様変わりしていますが、映画に登場する舞踏《ぶとう》室《しつ》はまだ見られます。本作のなかで、この屋敷《やしき》で起こる出来事は、すべてフィクションであり、ライマン家に基《もと》づくものではありません。

メアリ・ウルストンクラフト

メアリ・ウルストンクラフト（一七五九—一七九七）はイギリスの社会思想家で作家、フェミニズムの先駆者《せんくしゃ》です。ウルストンクラフトの最も有名な著書『女性の権利の擁護《ようご》』（一七九二年）は、男性が女性より本質的に優《すぐ》れているのではなく、女性が同じレベルの教育を受けていないためにそう見えるだけだと論じています。ウルストンクラフトは次女メアリ・ウルストンクラフト・ゴドウィン（メアリー・シェリー）を出産後、二週間足らずで亡《な》くなりました。メアリー・シェリーは後に古典となる物語『フランケンシュタイン』を書きました。

アン・サリバンとヘレン・ケラー

アン・サリバン（一八六六—一九三六）は、盲《もう》ろう児ヘレン・ケラー（一八八〇—一九六八）の家庭教師として広く知られています。アンはわずか二十歳《さい》のときに、優れた知恵と機知をもってヘレンにコミュニケーションを教え、ふたりは多くの賞賛を受けました。一八八六年から一九三三年の間に書かれたアンの手紙は、ヘレンの教育に関連し、パーキンス盲学校《もうがっこう》のマイケル・アナグノス校長に送られたもので、わたしはメアリーとベアトリスの交流の描《えが》き方の参考にしました。メアリーがパイ夫人に忠告されたように、アンは慎重《しんちょう》に教えつつ思いきったことをしました。厳格なカリキュラムに縛《しば》られることなく、手近にあるあらゆるものを教える道具として使いました。そして、息苦しくはあるけれど慣れ親しんだ環境《かんきょう》からヘレンを引き離《はな》すべきだと悟《さと》りました。また、外界とコミュニケーションが取れないことに激怒《げきど》した幼いヘレンから暴力をふるわれても、アンは耐《た》えつづけました。アンの手紙には、黒人の子どもたちを含《ふく》むケラー家の使用人に対する人種差別に触れている点にも留意しなくてはなりません。

グラミスの怪物《かいぶつ》

トーマス・ライアン＝ボウズは一八二一年十月二一日、トーマス・リヨン・ボウズ（グラミス卿）とシャーロット・リヨン・ボウズの間に生まれました。トーマスは「生まれた日に死んだ」と“Peerage of Scotland”（スコットランドの貴族名鑑）には、トーマスは「生まれた日に死んだ」と記録されています。けれど、それから数十年後、醜《みにく》い子どもがスコットランドのグラミス城の秘密の部屋に隠《かく》され、隔離《かくり》されて育てられたという噂《うわさ》が広まりはじめました。この話から「グラミスの怪物《かいぶつ》」の伝説が生まれました。秘密の部屋が存在するという根拠《こんきょ》があり、トーマス・ライアン＝ボウズの墓石がないことも、この話を裏付けています。若いころにこの話を読んだとき、望まれなかった障害児の悲惨《ひさん》な例として強く印象に残りました。

謝辞

本作は、前作の“Show Me a Sign”(『目で見ることばで話をさせて』)よりも比較的《ひかくてき》早く書き上げました。困ったときは、仕事仲間や友人への感謝の念が強くなるものだと実感しています。

飛びぬけてすばらしいスカラスティック社のみなさまに感謝申し上げます。編集者のトレイシー・マック、あなたがわたしに最初に作家としてのチャンスを与《あた》えてくれたときから、わたしたちは長い道のりを歩んできました！　わたしのあり方を尊重し、わたしの直感に敬意を払《はら》い、わたしの弱点を改善し、わたしを驚かせる方法ですべてをまとめてくれてありがとう。あなたの芸術性と配慮《はいりょ》は、あらゆるページで輝いています。同じく編集者のベンジャミン・ガルテンベルグは、本作を形作るためにたくさんの意見を出し、すべての質問に即座《そくざ》に返信をくれ、そして誠実な読者と手際《てぎわ》よくやりとりしてくれたことに感謝しています。マチリカ・コステウによる優《すぐ》れたブックデザインのおかげで、この本がよりよい形になりました。広報担当のエリザベス・フェラーリは、わたしが一番必要としているときにいつもよいニュースを送ってくれ、これまでとはようすのまったくちがう年に進んで宿泊先《しゅくはくさき》を案内してくれました。重要な仕事をしてくれた、エリン・バーガー、リゼット・セラーノ、エミリー・ヘドルソン、レイチェル・フェルド、ジュリア・アイスラー、ジョディ・スティリアーノ、エリザベス・ホワイティング、ジャクリーン・ルービン、ダン・モーザー、そしてニッキー・マッチに感謝します。不思議な力があるニッキー、わたしたちにはいつもNEIBA 2019があります。

意義のある作品になるかどうか、わたしにはわかりませんでした。本作は、わたしのエージェントであるダンハム・リテラリー社のレスリー・ザンペッティの努力とサポートなしには存在しませんでした。よいときも悪いときも、仕事の後でも週末のおしゃべりでも、わたし特有の必要性を心から尊重し、理解してくれました。忠実で、積極的で、愉快《ゆかい》な人です。わたしたちはやり遂《と》げ、まだ挑戦しつづけます！　ジェニー・ダンハムにも感謝します。

ボビー・ベンサーは、わたしが勤務する図書館で「B&Tタイトル・トークブック・バズ」をしてくださいました。お会いできてうれしかったです。早くから熱心なファンでいてくれてありがとう。

画家のジュリー・モースタッドが、文字通りメアリーのもうひとつの面を表現し、物語の中心にある二人の関係性と、すべてのろう者・難聴者《なんちょうしゃ》の子どもたちとその養育者とのコミュニケーションの大切さを伝える、大胆《だいたん》で卓越《たくえつ》した装画を描《えが》いてくれたことに感謝します。活動家であり、ワンパノアグ族のひとつ、チャパキディック部族の精神的指導者であるペニー・ギャンブル・ウィリアムスが、今回も真偽《しんぎ》を確認《かくにん》するために読む仕事を引き受けてくださったことに深く感謝申し上げます。つねに注意深くことばを選び、鋭《するど》い洞察力《どうさつりょく》を発揮《はっき》してくれました。わたしは与《あた》えられた課題を解決するために懸命《けんめい》に作業しました。アクィナのワンパノアグ族で、ワンパノアグ族の歴史家であり、研究者でもあるリンダ・クームズには、文章について徹底的《てっていてき》かつ具体的な意見をいただき感謝します。ろう者・難聴者《なんちょうしゃ》の表現に関する提案とフィードバックをくれたアンドレア・シェットルに感謝を捧《ささ》げます。ロングボウ＝マクヘンリー家の人たちは、アフリカ系先住民のアイデンティティと歴史に対するわたしの理解を豊かにしつづけてくれました。膝《ひざ》から下を切断した経験を話してくれたカミルに感謝の意を表します。そして口唇《こうしん》裂《れつ》について話してくれた若きリズ、わたしはエリーをあなたのようなダンサーに描きました。

批評家、ブロガー、そして"Show Me a Sign"(『目で見ることばで話をさせて』)を受け入れて宣伝してくれた、児童書作家仲間たちに深い感謝を。名前を挙げるときりがありませんが、つぎのみなさまに感謝のことばを贈《おく》ります――ベッツィ・バード、アレックス・ジーノ、ルイーザ・ホフスタッター、マイク・ユング、エリン・エントラーダ・ケリー、シシリー・ルイス、シーナ・マクフィーリー、アンジー・マンフレディ、メグ・メディナ、リン・ミラー＝ラハマン、キミコ・ペティス、デビー・リース、アリ・シュリップ、リサ・イー、クリスティーナ・

スーントーンバット、アン・E・バーグ、アイダ・サラザー、シュー氏、Indigo's Bookshelf（インディゴの本棚《ほんだな》）、We Need Diverse Books（わたしたちには多様な本が必要だ）へ！

そして、ゆるぎない友であるエディス・キャンベル、アリア・ジョーンズ、デビー・ルイス、ガビ・シェレメト、ロス・ウッドブリッジに感謝を。とても優秀《ゆうしゅう》な姉のジーンは、わたしの人生において最高の助言者であり、わたしはあなたの情報源であり、信奉者《しんぽうしゃ》です。

デジタルデバイスの画面とマスクによる保護の後ろに追いやられた二〇二〇年のすべてのろう者・難聴者《なんちょうしゃ》の子どもたちと若者にこの本を捧《ささ》げます。IEP（個別教育計画）で義務づけられている教育を受けられず、通訳や字幕のないオンライン課題を与えられ、家族のなかでひとりだけASL（アメリカ手話）で話すことができるお子さんたちへ。「取り残された」人たちへ……わたしはその隔《へだ》たりをなんとかしたいと思いました。わたしは、あなたのためにこの物語を書きました。なぜなら、あなたは――いつでも――だれかにとって大切な存在だからです。

訳者あとがき

『目で見ることばで話をさせて』の続編『あの子を自由にするために』をお届けします。一作目ではメアリーが誘拐《ゆうかい》されましたが、本作では立派な屋敷《やしき》に閉じこめられた少女をメアリーが助ける物語で、ミステリー要素も加わりさらに手に汗握《あせにぎ》る展開になっています。ボストンに誘拐《ゆうかい》されつらく恐《おそ》ろしい経験をしたメアリーが、またボストンへ行くなんて！とメアリーの母親が心配する気持ちが痛いほどわかりました。その一方で、教師になる夢をもちながら小学校卒業後は勉強を継続《けいぞく》できず、宙ぶらりんな状態をもてあましているところに家庭教師を依頼《いらい》する手紙が届いたのは、メアリーにとっては夢への手がかりと思えたのかもしれません。

作者による充実《じゅうじつ》した解説がありますので、訳者のわたしからは、メアリーがベンの名字と勘違《かんちが》いした「カルパー」について、本文でも触《ふ》れましたがもう少しだけ補足します。カルパー・リングはカルパー・スパイ・リングとも呼ばれるスパイ組織で、新聞に暗号化したメッセージを掲載していたそうです。スパイチームには女性もおり、カルパー・リングをモチーフにして映像化された作品もいくつかあるようです。

メアリーが庭師のベンの上着の裏地に「カルパー」とあるのに気づいた描写《びょうしゃ》がありますが、一作目で書かれていた通り、ろう者は耳が聞こえないことを補うようにそれ以外の感覚がするどくなるそうです。ちょうどこのあとがきを書いているときに、『私たちが目を澄《す》ますとき、』（詠里、講談社）というマンガを読みました。翻訳家《ほんやくか》を目指しているろうの主人公が、翻訳《ほんやく》の参考にするためにピアノ演奏をはじめて見せてもらう場面があります。床《ゆか》から伝わる振動《しんどう》だけでなく、ピアノに直接触《ふ》れて音を感じるようすは、本書のメアリーを思い出しました。

本作のもうひとりの主人公であるワンパノアグ族のろうの少女、ベアトリスについても少し触《ふ》れたいと思います。マーサズ・ヴィンヤード島でもワンパノアグ族は差別を受けていましたが、本土でも住んでいた土地を取り上げられ、キリスト教への改宗強制など先住民族に対する強い迫害《はくがい》がありました。さらに女性や子どもを奴隷《どれい》として売られることもあったのです。そのような状況《じょうきょう》で白人女性とワンパノアグ族男性とのあいだに生まれたベアトリスは、耳がよく聞こえないせいで、一層苦しむことになったのでした。聞こえる親のもとに生まれたろうの子どもは、親が手話をできないせいで声に出して会話をする方向で教育されがちなため、手話を身につけるのに時間がかかると聞いたことがあります。ひとりひとりに必要な教育を受ける機会が失われないよう願うばかりです。

三作目の"Sail Me Away Home"では、メアリーは念願の教師として島で働いています。けれどあるトラブルをきっかけに休職を余儀《よぎ》なくされ、宣教師に連れられヨーロッパへ渡《わた》ります。メアリーが憧《あこが》れたローラン・クレールのいるパリろう学校も訪問する物語で、メアリーの世界はさらに広がるようです。

二〇二四年十二月

横山和江

アン・クレア・レゾット

アメリカの作家。手話と口話でコミュニケーションする、ろう者。ニューヨーク州ロングアイランド生まれ。1991年に大学卒業後、ロングアイランドの図書館で12年以上司書を務め、障害やいじめに関する本を紹介してきた。『目で見ることばで話をさせて』の原書、“Show me a Sign”は、シュナイダー・ファミリーブック賞受賞のほか、カーカス・レビュー、スクール・ライブラリー・ジャーナルなどで年間ベストブックに選ばれるなど高く評価された。ろう者コミュニティのバイリンガルバイカルチュラル(ASL/英語)メンバー。新型コロナウイルスの世界的大流行のあいだ、手話をしない家庭のろう者の青少年と連絡を取り続けてきた。

横山和江

子どもの本の翻訳家。埼玉県生まれ、山形県在住。前作『目で見ることばで話をさせて』(岩波書店)で、日本子どもの本研究会作品賞を受賞。訳書に『アグネスさんとわたし』(岩波書店)、『水のはなし　水をめぐる冒険の旅へ』『わたしの心のきらめき』(ともに鈴木出版)、『スペルホーストのパペット人形』(偕成社)、『きみが生きるいまのおはなし』(文研出版)、『サディがいるよ』(福音館書店)『ジュリアンとウエディング』(サウザンブックス社)など多数。やまねこ翻訳クラブ会員。JBBY会員。

あの子を自由にするために
アン・クレア・レゾット 作

2025年2月26日　第1刷発行

訳　者　横山和江《よこやまかずえ》

発行者　坂本政謙

発行所　株式会社 岩波書店
〒101-8002 東京都千代田区一ツ橋2-5-5
電話案内 03-5210-4000
https://www.iwanami.co.jp/

印刷・三秀舎　カバー・半七印刷　製本・松岳社

ISBN 978-4-00-116054-3　　Printed in Japan
NDC 933　318 p.　19 cm